Le Livre de Poche Jeunesse

L'ORDRE DES RÔDEURS

JOHN FLANAGAN

L'APPRENTI D'ARALUEN

L'ORDRE DES RÔDEURS

TOME 1

Traduit de l'anglais (Australie)
par Blandine Longre

L'édition originale de cet ouvrage a été publiée
en langue anglaise par Random House, Australie,
sous le titre :
Ranger's Apprentice, The Ruins of Gorlan

Pour Michael

ARALUEN, PICTA ET CELTICA

AN 643 DE NOTRE ÈRE

Prologue

Morgarath, Seigneur des Montagnes de Pluie et de Nuit, ancien Baron du fief de Gorlan dans le Royaume d'Araluen, parcourut du regard son triste domaine balayé par les pluies et lança un énième juron.

C'était tout ce qui lui restait désormais : un fouillis de falaises de granite aux contours déchiquetés, des amas de rochers et de montagnes glaciales, de gorges à pic et d'étroits défilés escarpés, de gravier et de roche, sans aucun arbre ni trace de verdure pour en briser la monotonie.

Quinze ans plus tôt, il avait été repoussé dans cette région inhospitalière qui était devenue sa prison, mais il se souvenait encore du charme des vertes clairières et des collines généreusement boisées de son ancien fief, des cours d'eau poissonneux et des champs aux récoltes abondantes et riches en gibier. Gorlan avait été un bel endroit animé. Les Montagnes de Pluie et de Nuit, elles, étaient mortes et désolées.

En bas, dans la cour du château, un escadron de Wargals s'entraînait. Morgarath, à l'écoute du chant guttural et rythmé qui accompagnait chacun de leurs mouvements, les observa quelques secondes. Les Wargals étaient des êtres trapus et difformes, aux traits à demi humains, des brutes qui arboraient un long museau et des crocs semblables à ceux d'un ours ou d'un molosse.

Évitant tout contact avec les humains, les Wargals vivaient et se reproduisaient dans ces montagnes éloignées depuis des temps reculés. Personne, de mémoire d'homme, n'avait jamais posé les yeux sur l'un d'entre eux, mais il subsistait des rumeurs et des légendes racontant qu'une tribu de bêtes sauvages, à demi intelligentes, vivait dans les Montagnes. Morgarath, des années plus tôt, avait projeté de se révolter contre le Royaume d'Araluen et il avait quitté son fief de Gorlan afin d'aller à leur recherche. Il pensait que si de telles créatures existaient vraiment, elles seraient un atout dans la guerre à venir.

Cela lui prit des mois, mais finalement, il les trouva. Hormis leur chant sans paroles, les Wargals ne possédaient pas de langage et communiquaient par le biais d'une forme primitive de transmission de pensée. Mais leur esprit restait simple et leur intellect faible. Ils étaient ainsi prédisposés à se voir dominés par une intelligence et une détermination supérieures.

Morgarath les plia à sa volonté et ils devinrent pour lui l'armée idéale : d'une laideur cauchemardesque, dépourvus de toute pitié, ils étaient totalement soumis à ses ordres mentaux.

Tout en les observant, il se remémorait les chevaliers en armures étincelantes, vêtus avec éclat, qui concouraient aux tournois du Château de Gorlan, leurs dames en robes de soie qui les encourageaient et applaudissaient leurs exploits. Il les comparait à ces créatures difformes, au pelage noir, et il laissa échapper un nouveau juron.

Les Wargals, à l'écoute de ses pensées, détectèrent son trouble et s'agitèrent de façon inquiétante, interrompant leurs exercices. Avec colère, il leur ordonna de reprendre l'entraînement et, bientôt, leur chant résonna à nouveau.

Morgarath s'éloigna de la fenêtre dépourvue de vitre et s'approcha du feu qui ne suffisait pas à dissiper l'humidité et le froid qui régnaient dans son sinistre château. Quinze ans, se dit-il encore une fois. Quinze ans qu'il s'était rebellé contre Duncan, le roi fraîchement couronné, un jeune homme d'une vingtaine d'années. Tandis que la maladie du vieux souverain progressait, il avait tout organisé avec soin, comptant sur l'indécision et la confusion qui suivraient sa mort pour semer la zizanie parmi les autres Barons et saisir l'occasion de s'emparer du trône.

Il avait secrètement entraîné son armée de Wargals, les rassemblant dans les montagnes, prêts à frapper au bon moment. Puis, dans les jours de désordre et de chagrin qui suivirent la mort du roi, quand les Barons durent se rendre jusqu'au Château d'Araluen afin d'accomplir les rites funéraires, laissant leurs armées sans personne à leur tête, il attaqua. En seulement quelques jours, Morgarath s'était rendu maître du quart sud-est du Royaume, mettant en déroute les troupes désorientées qui avaient tenté de s'opposer à lui.

Duncan, jeune et inexpérimenté, n'aurait jamais pu lui résister. Morgarath n'avait plus qu'à s'emparer du Royaume et à exiger le trône.

Cependant, le Seigneur Northolt, Commandant en chef de l'armée du vieux roi, avait réuni quelques-uns des plus jeunes barons dans une confédération fidèle au nouveau roi, ce qui avait renforcé la détermination de Duncan et fortifié le courage vacillant des autres. Les armées adverses se rencontrèrent sur la lande de Hackham, près de la rivière Glissac. Cinq heures durant, les attaques et les contre-attaques successives entraînèrent des pertes sévères et personne n'avait pu dire qui remporterait la bataille. La Glissac était peu profonde, mais ses dangereuses étendues de sables mouvants et de boue formaient une barrière infranchissable, qui protégeait le flanc droit de l'armée de Morgarath.

C'est alors que l'un de ces fouineurs en manteau gris, ceux qu'on appelait des Rôdeurs, fit traverser la rivière à gué à une troupe de cavalerie lourde, à un endroit secret situé dix kilomètres en amont.

Les Wargals, entraînés à se battre dans des montagnes escarpées, avaient une seule faiblesse : ils craignaient les chevaux et ne purent résister à pareil assaut de la cavalerie. Ils se dispersèrent, battirent en retraite jusqu'aux limites du défilé du Pas-de-Trois, puis repartirent dans les Montagnes de Pluie et de Nuit. Morgarath, voyant sa défaite, avait fui avec eux. C'est là qu'il était exilé depuis quinze ans, complotant patiemment contre ceux qui lui avaient fait du tort, et qu'il haïssait.

Maintenant, songeait-il, il est temps de prendre ma revanche. Ses espions lui rapportaient que le Royaume s'était affaibli et se laissait aller, et sa présence dans ces montagnes avait été oubliée. Le nom de Morgarath appartenait désormais à la légende, un nom dont les mères se servaient pour menacer et faire taire les enfants pleurnicheurs, leur disant que, s'ils n'étaient pas sages, le sombre seigneur Morgarath viendrait les chercher.

Le temps était venu. Une nouvelle fois, il mènerait ses Wargals au combat. Mais cette fois, il aurait des alliés. Cette fois, il sèmerait la confusion et le désordre à l'avance. Cette fois, aucun de ceux qui s'étaient ligués contre lui par le passé n'aurait la vie sauve pour aider le roi Duncan.

Car les Wargals n'étaient pas les seules créatures terrifiantes qu'il avait trouvées dans ces sombres montagnes. Il avait d'autres alliés, encore plus effroyables : de redoutables bêtes qu'on appelait des Kalkaras.

Le temps était venu de les lâcher.

1

— Essaie de manger quelque chose, Will. Après tout, demain est un grand jour.

Jenny, une jolie blonde enjouée, désigna l'assiette à laquelle Will avait à peine touché, et lui sourit d'un air encourageant. Will s'efforça de lui rendre son sourire, mais échoua lamentablement. Il piocha du bout des doigts dans son assiette, où s'empilaient pourtant ses mets préférés. Ce soir, l'estomac noué par l'anxiété et l'appréhension, il ne parvenait pas à avaler un seul morceau.

Le lendemain serait un grand jour, il le savait. En fait, il ne le savait que trop. Le jour le plus important de sa vie, le Jour du Choix, déterminant pour son avenir.

— Le trac, je suppose, dit George.

Ce dernier reposa sa fourchette bien fournie pour

attraper les revers de sa veste d'un air posé. George, un garçon à la mine sérieuse, mince et dégingandé, nourrissait une fascination pour les règlements et les lois. Il avait tendance à examiner les deux aspects d'une question, puis à en débattre parfois longuement.

— Une chose terrible, l'anxiété. Qui paralyse à un tel point que l'on ne peut plus ni penser, ni manger, ni parler, observa-t-il.

— Je n'ai pas le trac, dit Will avec précipitation, voyant Horace qui levait les yeux vers lui, prêt à lancer une remarque sarcastique.

George hocha plusieurs fois la tête, réfléchissant à la réponse de Will.

— D'un autre côté, un brin de nervosité peut aussi améliorer une performance, aiguiser la perception et affiner les réactions. Ainsi, que tu sois inquiet – si, bien sûr, tu l'es – ne doit pas nécessairement t'inquiéter... pour ainsi dire.

Will ne put réprimer un léger sourire narquois. Il se dit que George ferait un excellent homme de loi. Le Maître des scribes le choisirait certainement le lendemain matin. Will songea que là était son véritable problème : parmi les cinq orphelins, il était le seul à craindre le Grand Choix qui aurait lieu dans une douzaine d'heures.

— Il a raison d'être nerveux ! se moqua Horace. Après tout, quel Maître va vouloir de lui comme apprenti ?

— Je suis certaine que nous sommes tous anxieux, dit Alyss, qui offrit à Will l'un de ses rares sourires. Nous serions stupides de ne pas l'être.

— Eh bien ce n'est pas mon cas ! dit Horace, qui rougit quand il vit qu'Alyss avait haussé les sourcils et que Jenny s'était mise à glousser.

On reconnaissait bien là Alyss, se dit Will. Il savait que la grande et gracieuse jeune fille avait déjà reçu la promesse d'être l'apprentie de Dame Pauline, responsable du service diplomatique du Château de Montrouge. Elle faisait semblant d'être inquiète et s'était retenue de relever la gaffe d'Horace : preuve qu'elle était déjà une habile diplomate.

Bien évidemment, Jenny serait immédiatement attirée par les cuisines, le domaine de Maître Chubb, le chef cuisinier du château. Il était renommé d'un bout à l'autre du Royaume pour les banquets servis dans l'imposante salle à manger de Montrouge. Jenny adorait cuisiner, elle était facile à vivre et son inébranlable bonne humeur ferait d'elle une précieuse recrue dans l'agitation des cuisines.

Le choix d'Horace se porterait sur l'École des guerriers. Will jeta un œil vers son camarade, qui attaquait avec voracité la dinde rôtie, le jambon et les pommes de terre empilés dans son assiette. Cet athlète-né était costaud pour son âge. Il n'y avait aucun risque que la place lui soit refusée. Horace correspondait exactement au profil des recrues que Messire Rodney recherchait comme apprentis guerriers : robuste, athlétique, bien bâti ; et, pensa Will avec un rien d'aigreur, pas trop intelligent. L'École ouvrait une voie vers la chevalerie pour des garçons de basse extraction, comme Horace, mais possédant des capacités physiques qui leur permettaient de servir le Royaume en devenant chevaliers.

Restait Will. Quel serait son choix ? Plus important encore, comme Horace l'avait fait remarquer, quel Maître l'accepterait comme apprenti ?

Le Jour du Choix était un tournant essentiel dans l'existence des pupilles du château, des orphelins qui devaient leur éducation à la générosité du Baron Arald, Seigneur du fief de Montrouge. Pour la plupart, leurs parents étaient morts au service du châtelain, et le Baron estimait qu'il était de son devoir de prendre soin des enfants de ses sujets et de leur donner l'occasion d'améliorer leur statut social chaque fois que cela était possible.

Le Jour du Choix était l'une de ces occasions.

Une fois par an, les pupilles qui avaient atteint leur quinzième année postulaient pour faire leur apprentissage auprès de l'un des Maîtres au service du château et de ses habitants. Habituellement, les apprentis étaient sélectionnés en fonction de la profession de leurs parents ou de l'influence que ces derniers avaient sur les Maîtres. Les pupilles n'avaient pas ces avantages mais, grâce au Jour du Choix, ils pouvaient obtenir une place qui leur offrait un avenir.

Les orphelins qui n'étaient pas choisis, ou pour

lesquels on ne trouvait aucun métier, étaient placés chez l'un des paysans du village voisin, afin de participer aux travaux des champs et de soigner les bestiaux qui procuraient de la viande aux habitants du château. Il était rare que cela arrive, Will le savait, le Baron et les Maîtres s'arrangeaient pour fournir une place à chacun. Mais c'était un sort qui l'effrayait plus que tout autre.

Les yeux d'Horace croisèrent les siens et il lui sourit d'un air suffisant.

— T'as toujours l'intention d'être candidat pour l'École des guerriers, Will ? demanda-t-il entre deux bouchées de dinde et de patates. Si c'est le cas, tu ferais mieux de manger quelque chose. Tu as besoin de te muscler un peu..., ajouta-t-il en s'étranglant de rire.

Will lui lança un regard mauvais. Quelques semaines plus tôt, Horace avait entendu Will confier à Alyss qu'il souhaitait ardemment entrer à l'École des guerriers. Depuis, Horace avait fait de sa vie un enfer, en répétant le plus souvent possible que la frêle carrure de Will ne se prêtait absolument pas aux rigueurs d'un entraînement guerrier.

Horace avait probablement raison et cela ne faisait qu'aggraver les choses. Il était grand et musclé, alors que Will était petit et maigre. Will était agile, rapide et possédait une force étonnante, mais il n'avait tout simplement pas la taille requise pour devenir un apprenti guerrier. Ces dernières années, il n'avait cessé d'espérer qu'il ferait sa « poussée de croissance » avant le Jour du Choix. Mais rien ne s'était passé et le grand jour était désormais proche.

Comme Will ne disait rien, Horace comprit qu'il avait visé juste, chose rare dans leur relation tumultueuse. Ces dernières années, Will et lui s'étaient régulièrement affrontés. Horace, le plus fort des deux, avait généralement le dessus, mais parfois, grâce à sa vivacité et son agilité, Will lui avait lancé un coup de pied ou de poing puis s'était enfui avant qu'Horace ne puisse l'attraper.

Pourtant, si Horace l'emportait généralement lors de leurs affrontements physiques, il était rare de le voir gagner une joute verbale. L'esprit de Will était aussi agile que ses jambes et il réussissait presque toujours à avoir le dernier mot. À vrai dire, ce penchant avait souvent été à l'origine de leurs disputes : Will n'avait pas encore appris qu'avoir le dernier mot n'était pas forcément une bonne idée. Cette fois, Horace décida d'en profiter :

— Tu as besoin de muscles pour entrer à l'École des guerriers, Will. De vrais muscles, dit-il en jetant un œil autour de la table pour voir si les autres l'approuvaient.

Les pupilles, mal à l'aise, se concentraient sur leur assiette.

— Et surtout, d'en avoir un à la place du cerveau ! rétorqua Will.

Malheureusement, Jenny ne put s'empêcher de

glousser. Horace, cramoisi, se leva de son siège. Mais Will fut plus rapide et, avant même qu'Horace puisse se dépêtrer de sa chaise, il était déjà près de la porte. Alors que Will battait en retraite, Horace se contenta de lancer :

— C'est ça ! Fiche le camp, Will Sans-Nom ! Tu n'as pas de nom et personne ne voudra de toi comme apprenti !

Depuis le vestibule, Will entendit cette dernière remarque et il se sentit rougir. C'était pour lui la pire des insultes ; il s'était pourtant efforcé de le dissimuler à Horace, sachant que cela lui aurait fourni une arme supplémentaire.

C'était la vérité, personne ne connaissait le nom de famille de Will. On ne savait pas qui avaient été ses parents. Contrairement à ses camarades, qui vivaient déjà au château avant que leurs parents meurent et dont on connaissait les familles, Will était arrivé de nulle part, quand il n'était qu'un nouveau-né. Quinze ans plus tôt, on l'avait trouvé sur les marches de l'orphelinat, enveloppé d'une petite couverture et couché dans un panier. Un mot, épinglé à la couverture, disait :

Sa mère est morte en lui donnant la vie.
Son père est mort en héros.
Merci de prendre soin de lui. Il s'appelle Will.

Cette année-là, il n'y avait qu'un seul autre enfant, une orpheline. Le père d'Alyss, un lieutenant de cavalerie, était mort durant la bataille de Hackham, lors de laquelle l'armée wargal de Morgarath avait été vaincue et avait battu en retraite dans les montagnes. Accablée par le chagrin, la mère d'Alyss avait succombé à une fièvre quelques semaines après son accouchement. Il y avait donc suffisamment de place dans l'orphelinat pour l'enfant inconnu et le Baron Arald avait bon fond : malgré les circonstances inhabituelles, il avait autorisé à ce que Will soit pris en charge par le château de Montrouge. Selon toute logique, si le message disait vrai, le père de Will avait dû mourir dans la guerre contre Morgarath, et puisque le Baron y avait joué un rôle essentiel, il était de son devoir d'honorer le sacrifice de ce père inconnu.

Grâce à la bonté du Baron, Will devint ainsi un enfant du château et reçut éducation et instruction. Au fil du temps, d'autres enfants les avaient rejoints, Alyss et lui, jusqu'à ce qu'ils soient au nombre de cinq dans la même classe d'âge. Mais ses camarades gardaient des souvenirs de leurs parents ou, dans le cas d'Alyss, des gens les avaient connus et pouvaient lui en parler ; Will, lui, ignorait tout de son passé.

C'est pourquoi il s'était inventé une histoire qui l'avait aidé tout au long de ces années passées à l'orphelinat. Et avec le temps, il avait ajouté des détails et de l'épaisseur à son récit, si bien que lui-même se mit à y croire.

Il savait que son père était mort en héros. Il était donc naturel de l'imaginer revêtu d'une armure, combattant des hordes de Wargals, les fauchant de son épée, jusqu'à ce que leur nombre ait raison de lui. Will avait souvent convoqué cette haute silhouette dans son esprit, voyant chaque détail de son armure, mais sans jamais pouvoir discerner son visage.

En tant que guerrier, son père se serait attendu à ce qu'il suive la même voie. Voilà pourquoi il était si important pour Will d'appartenir à l'École des guerriers. Plus il semblait improbable qu'il serait choisi, plus il se raccrochait désespérément à l'espoir de devenir chevalier.

Il sortit du bâtiment et se retrouva dans la cour sombre du château. Le soleil était couché depuis longtemps et les torches placées tous les trente mètres environ le long des murs d'enceinte diffusaient une lueur vacillante. Il hésita un instant. Il ne voulait pas retourner à l'intérieur et affronter les continuelles moqueries d'Horace. Cela se terminerait à coup sûr en bagarre, une bagarre dont il sortirait perdant, à n'en pas douter. George essaierait certainement d'analyser les différents aspects de la situation et ne ferait que la rendre plus confuse encore. Alyss et Jenny tenteraient peut-être de le réconforter, surtout Alyss, qui avait grandi à ses côtés. Mais, à cet instant, il ne voulait pas de leur compassion et ne se sentait pas capable d'affronter Horace ; il se dirigea donc vers l'unique endroit où il savait qu'il serait seul.

À maintes reprises, l'énorme figuier qui poussait près du donjon avait été son refuge. Le garçon n'avait pas le vertige ; il y grimpa avec aisance et atteignit le sommet de l'arbre, où les branches les plus légères s'inclinaient sous son poids. Par le passé, il avait souvent pu échapper à Horace en se réfugiant là. Ce dernier, plus costaud, ne pouvait rivaliser d'agilité avec Will et refusait de le suivre si haut. Will trouva une position confortable entre deux branches et s'y cala, son corps s'accordant aux légers mouvements des branchages que berçait la brise nocturne. Plus bas, dans la cour, il apercevait les petites silhouettes des gardes qui effectuaient leur ronde.

Il entendit la porte de l'orphelinat s'ouvrir et aperçut Alyss qui le cherchait du regard. La jeune fille hésita quelques instants puis, semblant hausser les épaules, retourna à l'intérieur. Sur le sol de la cour, le long rectangle de lumière de la porte ouverte disparut soudain, tandis qu'elle la refermait doucement derrière elle. Étrange, se dit-il, que les gens aient si rarement l'idée de lever les yeux.

Un doux froissement d'ailes se fit entendre et un hibou se posa sur la branche voisine ; sa tête pivota et ses yeux immenses captèrent les derniers rayons de la faible lumière. L'oiseau observa le garçon avec indifférence, comme s'il savait qu'il n'avait rien à craindre de lui. C'était un chasseur silencieux, un seigneur nocturne.

— Toi, au moins, tu sais qui tu es, dit-il doucement à l'oiseau.

La tête du hibou pivota en sens inverse et il s'élança alors dans l'obscurité, laissant Will seul avec ses pensées.

Les lumières du château s'éteignirent peu à peu, les unes après les autres. Les torches ne furent plus que des tisons fumants, remplacées à minuit lors du changement de la garde. Bientôt, il n'y eut plus qu'une seule lueur visible ; il savait qu'elle provenait du bureau du Baron, où le Seigneur de Montrouge travaillait probablement encore, le visage penché sur des rapports et des documents. La pièce était presque au même niveau que Will et il apercevait la solide carrure du Baron assis devant sa table. Finalement, l'homme se leva, s'étira et se pencha en avant pour éteindre la lampe avant de quitter la pièce, se dirigeant ensuite vers ses appartements situés à l'étage au-dessus. Le château était maintenant endormi, à l'exception des gardes postés sur le chemin de ronde, qui restaient aux aguets.

Will prit conscience que dans moins de neuf heures il serait confronté au Choix, et il craignait le pire. En silence, il descendit de l'arbre et, d'un air misérable, se dirigea vers le dortoir des garçons, plongé dans l'obscurité.

2

— Allons, les candidats ! Par ici ! Un peu d'énergie !

Celui qui parlait ainsi – ou plutôt hurlait – était Martin, le secrétaire du Baron. Sa voix résonnait encore dans le vestibule quand les cinq jeunes gens se levèrent avec hésitation des longs bancs de bois sur lesquels ils avaient pris place. Soudain inquiet à l'idée que le grand jour était enfin arrivé, chacun se mit à avancer en traînant les pieds, personne ne voulant être le premier à franchir le seuil de la grande porte que Martin tenait ouverte.

— Allez, on avance ! mugissait Martin avec impatience.

Finalement, Alyss se décida à prendre la tête du groupe ; Will avait deviné qu'elle le ferait. Maintenant que la jeune fille blonde et élancée avait pris les devants, ils la suivirent.

Quand ils pénétrèrent dans le bureau du Baron, Will regarda autour de lui avec curiosité. Il ne connaissait pas cette partie du château. Les gens de basse extraction, dont faisaient partie les pupilles, étaient rarement accueillis dans le donjon, qui comprenait le secteur administratif et les appartements privés du Baron. La pièce était immense, le plafond imposant et les murs avaient été bâtis dans d'énormes blocs de pierre, assemblés par une mince couche de mortier. Sur le mur est, une large fenêtre était ouverte aux grands vents, mais ses volets en bois massif pouvaient être fermés en cas d'intempéries. Il se rendit compte que c'était par cette ouverture qu'il avait pu observer le Baron la nuit précédente. Aujourd'hui, le soleil entrait à flots jusqu'à la table de chêne massif qui servait de bureau au Baron.

— Allez, entrez ! En rang, en rang !

Martin semblait très heureux d'imposer momentanément son autorité. Le groupe, toujours d'un pas traînant, se mit lentement en rang ; il les regarda faire et ses lèvres se crispèrent en signe de désapprobation.

— Par ordre de taille ! Le plus grand en tête !

Martin leur indiqua l'endroit exact où se placer. Peu à peu, ils s'organisèrent. Horace était bien sûr le plus grand. Alyss prit place à ses côtés. Puis vint George, plus petit qu'elle d'une demi-tête, et terriblement maigre. Will et Jenny hésitèrent. Elle lui sourit et lui fit signe de se placer avant elle, même si elle le dépassait certainement d'un centimètre ou deux. On reconnaissait bien là Jenny, qui savait que Will souffrait d'être le plus petit. Tandis que Will se plaçait après George, la voix de Martin l'interrompit :

— Pas toi ! La fille d'abord !

Jenny haussa les épaules comme pour s'excuser et prit la place que Martin lui avait désignée. Will se mit en bout de rang, vexé que Martin ait ainsi fait remarquer sa petite taille.

— Allons ! Dépêchez-vous un peu ! Au garde-à-vous ! ajouta Martin, quand une voix caverneuse l'interrompit :

— Je ne crois pas que cela soit vraiment nécessaire, Martin.

C'était le Baron Arald, qui venait d'entrer à l'insu de tous par une petite porte située derrière son large bureau. Ce fut alors au tour de Martin de se mettre au garde-à-vous ; ou du moins, dans une position qui lui semblait appropriée : ses maigres coudes saillaient de ses flancs, ses talons, qu'il se forçait à serrer l'un contre l'autre, accentuaient le creux de ses jambes arquées, et il avait brutalement rejeté la tête en arrière.

Le Baron leva les yeux au ciel. Parfois, lors de telles occasions, le zèle de son secrétaire le désolait. Le Baron était un homme de forte carrure, large d'épaules, à la taille épaisse et très musclé, tel qu'un chevalier du Royaume devait l'être. Mais il était reconnu qu'il appréciait la bonne chère et la boisson et on ne pouvait attribuer sa corpulence à sa seule musculature. Ses cheveux et sa courte barbe brune, soigneusement taillée, étaient parsemés de quelques traces grisonnantes qui allaient de pair avec ses quarante-deux ans ; une forte mâchoire, un nez imposant et, sous des sourcils touffus, des yeux noirs et perçants. Un visage autoritaire, se dit Will, mais qui conservait un air de bonté. Dans son regard sombre, on percevait une surprenante lueur d'amusement. Will l'avait déjà remarquée, lors des rares visites qu'Arald leur rendait afin de voir comment progressaient les orphelins.

— Messire ! hurla Martin, si fort que le Baron tressaillit légèrement, les candidats sont rassemblés !

— Je m'en étais aperçu, répondit patiemment le Baron. Auriez-vous l'amabilité de demander aux Maîtres de nous rejoindre ?

— À vos ordres ! répliqua Martin.

Il essaya de claquer des talons mais il portait des chaussures de cuir souple et sa tentative était vouée à l'échec. Avec un air martial, il se dirigea vers la porte principale du bureau. Will songea qu'il ressemblait à un coq. Martin avait déjà posé la main sur la poignée de la porte, mais le Baron l'interrompit à nouveau, avec douceur :

— Martin ?

Le secrétaire lui lança un coup d'œil interrogateur et le Baron, sur le même ton, continua :

— Demandez-leur sans hurler. Les Maîtres n'apprécieraient pas.

— Bien, Messire, répondit Martin d'un air quelque peu déconfit.

Il ouvrit la porte et fit l'effort de parler un ton plus bas :

— Maîtres, le Baron vous attend.

Les Maîtres des différentes écoles entrèrent sans ordre préétabli. Ils s'admiraient et se respectaient, par conséquent, ils n'obéissaient pas strictement à l'étiquette. Messire Rodney, qui dirigeait l'École des guerriers, entra le premier. Comme le Baron, il était de haute taille et large d'épaules ; il était vêtu de l'habituelle cotte de mailles sous une tunique portant son blason, une tête de loup écarlate. Il avait reçu ces armoiries dans sa jeunesse, après avoir combattu les navires des Skandiens, ces pilleurs qui ravageaient sans répit la côte orientale du Royaume. Il portait évidemment une épée à la ceinture : tout chevalier devait s'en munir quand il apparaissait en public. Il avait à peu près le même âge que le Baron, ses yeux étaient bleus et son visage aurait pu être d'une admirable beauté, n'était son énorme nez cassé. Il arborait une grosse moustache mais, contrairement au Baron, n'avait pas de barbe.

À sa suite, entra Ulf, le Maître des palefreniers, chargé des soins et de l'entraînement des puissants destriers de Montrouge. Il avait de vifs yeux marron, de vigoureux avant-bras musculeux et d'épais poignets. Il portait un simple gilet de cuir par-dessus sa tunique et ses chausses de laine, et de hautes bottes de cuir souple montaient au-dessus de ses genoux.

Dame Pauline suivait Ulf. Cette femme mince et élégante, à la chevelure grise, avait été très belle dans sa jeunesse et sa grâce et son allure pouvaient encore faire tourner la tête aux hommes. Dame Pauline, qui devait ce titre au travail réalisé en politique étrangère, était à la tête du service diplomatique de Montrouge. Le Baron tenait ses compétences en haute estime et elle était l'un de ses plus proches confidents et conseillers. Arald disait souvent que les filles étaient de meilleures recrues pour les missions diplomatiques. Elles avaient tendance à montrer plus de subtilité que les garçons, naturellement attirés par l'École des guerriers. Et tandis que ces derniers se fiaient à leur force physique pour résoudre la moindre difficulté, on pouvait compter sur les filles pour se servir de leur intelligence.

Il était sans doute logique que Nigel, le Maître des scribes, fasse son entrée juste derrière Dame Pauline. En attendant Martin, ils avaient abordé des questions qui les concernaient tous deux. Nigel et Dame Pauline étaient des amis mais travaillaient aussi ensemble. Les scribes dont Nigel avait la charge rédigeaient les documents officiels et les communiqués qui étaient remis aux diplomates de Dame Pauline pour être ensuite distribués. Il était aussi de bon conseil, car il possédait des connaissances étendues dans le domaine juridique. Nigel était un petit homme maigre et nerveux ; son visage vif et curieux rappelait à Will celui d'un furet. Ses cheveux étaient d'un brun brillant, ses traits étaient fins et ses yeux sombres ne cessaient d'aller et de venir d'un coin à l'autre de la pièce.

Maître Chubb entra le dernier : un gros homme qui arborait le ventre arrondi des chefs cuisiniers et qui portait une veste et un haut couvre-chef blancs. Son effroyable caractère était célèbre et il pouvait s'enflammer aussi vite que de l'huile sur le feu ; en sa présence, les pupilles se comportaient donc avec une extrême prudence. Où qu'il aille, ce rouquin au visage rougeaud, au front de plus en plus dégarni, avait toujours avec lui une louche de bois qui faisait office de bâton de commandement. Il l'utilisait aussi très souvent comme une arme qui s'abattait en un craquement sonore sur le crâne des apprentis négligents, étourdis ou trop lents. Parmi les pupilles, Jennifer était la seule à voir en lui un héros. Peu lui importait la louche de bois, elle avait la ferme intention de travailler pour lui et d'apprendre ses secrets.

Il y avait bien sûr d'autres Maîtres au château, dont l'armurier et le forgeron. Mais seuls ceux qui avaient des places à offrir étaient présents ce jour-là.

— Les Maîtres sont arrivés, Messire ! dit Martin, d'une voix – dont le volume semblait être proportionnel à l'importance de l'occasion – déjà plus forte.

Le Baron leva à nouveau les yeux au ciel.

— J'ai bien vu, répondit-il paisiblement.

Il ajouta, d'un ton plus officiel :

— Bonjour à vous, Dame Pauline, bonjour Messires.

Les Maîtres le saluèrent à leur tour puis le Baron se retourna vers Martin :

— Nous pourrions peut-être commencer ?

Martin opina à plusieurs reprises, consulta une liasse de documents qu'il tenait en main, s'avança vers les candidats et se plaça face à eux.

— Bien, le Baron attend ! Le Baron attend ! Qui est le premier ?

Will, les yeux baissés, dansait nerveusement d'un pied sur l'autre, et soudain, il eut la sensation d'être observé. Il leva les yeux et sursauta quand il rencontra le regard indéchiffrable de Halt, le Rôdeur.

Il ne l'avait pas vu entrer dans la pièce. Il comprit que la mystérieuse silhouette avait dû se glisser par la petite porte dérobée quand leur attention à tous s'était portée sur l'arrivée des Maîtres. Halt se tenait maintenant derrière le fauteuil du Baron, légèrement en retrait, vêtu, comme à l'accoutumée, de brun et de gris, enveloppé dans la longue cape des Rôdeurs, d'un gris-vert moucheté. Halt était un homme troublant. Il avait pour habitude de surgir près de vous au moment où vous vous y attendiez le moins, et vous ne l'entendiez jamais approcher. Les villageois, superstitieux, pensaient que les Rôdeurs pratiquaient une forme de magie qui les rendait invisibles aux yeux des gens ordinaires. Will n'était pas certain d'y croire, mais il n'était pas non plus certain de ne pas y croire.

Il se demanda pourquoi Halt était présent : il n'appartenait pas à la catégorie des Maîtres et, autant que Will le sache, il n'avait jamais assisté à une Cérémonie du Choix avant aujourd'hui.

Brusquement, l'homme le quitta des yeux et ce fut comme si une lumière s'était éteinte. Will se rendit compte que Martin parlait à nouveau. Il avait remarqué que le secrétaire se répétait souvent, comme si chacun de ses mots était suivi de son écho.

— Alors, qui est le premier ? Le premier ?

Le Baron soupira ostensiblement.

— Pourquoi ne pas commencer par le premier de la file ? suggéra-t-il sur un ton raisonnable.

Et Martin acquiesça à plusieurs reprises.

— Bien sûr, Seigneur, bien sûr. Que le premier sorte du rang et se place face au Baron.

Après un instant d'hésitation, Horace s'avança et se mit au garde-à-vous. Le Baron l'observa pendant quelques secondes.

— Ton nom ? demanda-t-il.

Horace répondit, en hésitant légèrement sur la meilleure façon de s'adresser au Baron :

— Horace Altman, Messire... euh... Seigneur.

— As-tu une préférence, Horace ?

Le Baron avait l'air de connaître la réponse avant même de l'avoir entendue.

— L'École des guerriers, Seigneur ! répondit Horace avec fermeté.

Le Baron hocha la tête. Il s'y attendait. Il regarda

Rodney, qui étudiait le garçon d'un air pensif et évaluait ses compétences potentielles.

— Maître des guerriers ? dit le Baron.

Habituellement, il appelait Rodney par son prénom, et n'utilisait pas son titre. Mais la cérémonie était officielle. De la même manière, Rodney employait généralement « Messire » pour s'adresser au Baron, mais un jour comme celui-ci, il était plus approprié d'utiliser « Seigneur ».

Quand le grand chevalier s'approcha d'Horace, on entendit le léger cliquetis de sa cotte de mailles et de ses éperons. Il l'observa de haut en bas, puis se plaça derrière lui. Le garçon tourna la tête en même temps que lui.

— Tiens-toi tranquille, lui dit le Maître.

Le garçon interrompit son mouvement et regarda droit devant lui.

— Il a plutôt l'air robuste, Seigneur, et on a toujours besoin de nouveaux apprentis, dit-il en passant la main sur son menton. Tu montes à cheval, Horace Altman ?

Une expression dubitative traversa le visage d'Horace ; il comprit que cette lacune pouvait être un obstacle à la sélection.

— Non, Messire, je...

Il était sur le point d'ajouter que les pupilles du château avaient rarement l'occasion d'apprendre à monter mais Messire Rodney l'interrompit :

— Aucune importance. On t'apprendra.

Le grand chevalier regarda le Baron et acquiesça.

— Parfait, Seigneur, je le prends à l'École des guerriers, à condition que l'habituelle période d'essai de trois mois se déroule bien.

Le Baron nota quelque chose sur une feuille de papier et eut un bref sourire en direction du jeune homme, maintenant ravi et soulagé.

— Félicitations, Horace. Présente-toi à l'École demain matin, à huit heures tapantes.

— À vos ordres, Messire, répondit Horace avec un large sourire.

Il se tourna vers Sir Rodney et s'inclina légèrement.

— Merci, Messire !

— Ne me remercie pas encore, répondit le chevalier d'un ton brusque. Tu ne sais pas à quoi tu viens de t'engager.

3

— Le suivant ? demandait Martin.

Horace, l'air toujours radieux, reprit place dans le rang. Alyss s'avança gracieusement, ce qui irrita Martin qui aurait voulu la désigner lui-même.

— Alyss Mainwaring, Seigneur, dit-elle de sa voix tranquille et posée.

Puis, avant même qu'on le lui ait demandé, elle ajouta :

— Je demande à être affectée au service diplomatique.

Arald sourit à cette jeune fille à l'air solennel, dont la paisible assurance conviendrait bien à la profession choisie. Il se tourna vers Dame Pauline.

— Dame Pauline ?

Elle hocha la tête à plusieurs reprises.

— J'ai déjà parlé à Alyss, Seigneur. Je pense qu'elle fera une excellente apprentie. J'approuve sa décision.

Alyss fit un petit salut de la tête en direction de la femme qui allait devenir son professeur. Will trouvait qu'elles se ressemblaient : grandes, avec des mouvements élégants et une allure sérieuse. Il ressentit un vif mouvement de sympathie pour Alyss, sa camarade de toujours, car il savait combien ce choix lui tenait à cœur. Alyss recula et Martin, qui ne voulait pas être devancé une nouvelle fois, désignait déjà George.

— Parfait ! Tu es le suivant ! Le suivant ! Salue le Baron.

George s'avança, ouvrit plusieurs fois la bouche et la referma, mais aucun son n'en sortit. Ses camarades le regardaient avec étonnement. George, qu'ils tenaient pour un orateur hors pair, était paralysé par le trac. Finalement, il réussit à marmonner quelques mots que personne n'entendit. Le Baron se pencha vers lui, l'oreille tendue.

— Excuse-moi, je n'ai pas bien compris...

George leva les yeux vers le Baron et, au prix d'un violent effort, parvint à prononcer, d'une voix presque inaudible :

— G... George Carter, Seigneur. L'École des scribes, Seigneur.

Martin, toujours soucieux des convenances, prit une grande inspiration avec l'intention de rabrouer le garçon pour cette présentation peu conforme. Avant qu'il ne puisse le faire, au soulagement général, le Baron s'avança.

— Merci, Martin, cela ira.

Le secrétaire parut un peu chagriné mais ne dit mot. Le Baron jeta un œil vers Nigel, son scribe officiel et son homme de loi, en levant le sourcil d'un air interrogateur.

— Je l'accepte, Seigneur, dit Nigel. J'ai vu certains de ses travaux et il est vraiment doué en calligraphie.

— Il ne semble pas être un orateur très convaincant, dit le Baron d'un air dubitatif. Qu'en pensez-vous ? Cela pourrait poser un problème si, à l'avenir, il était amené à donner des conseils juridiques.

Nigel écarta cette objection :

— Je vous assure, Seigneur, qu'avec l'entraînement adéquat ce genre de difficulté ne constitue pas un obstacle. Nullement, Seigneur.

Le scribe glissa ses mains dans les larges manches de son habit, pareil à celui d'un moine, et se laissa entraîner par son sujet :

— Je me rappelle un garçon qui nous a rejoints il y a sept ans, et qui ressemblait effectivement à celui-ci. Il avait lui aussi l'habitude de marmonner en s'adressant à ses chaussures, mais nous lui avons bien vite montré comment surmonter ce défaut. Certains de nos orateurs d'abord les plus réticents sont devenus les plus éloquents d'entre nous, Seigneur, les plus talentueux.

Le Baron était sur le point de lui répondre, mais Nigel le prit de vitesse :

— Vous serez peut-être même étonné d'apprendre que, quand j'étais moi-même enfant, l'anxiété me faisait bégayer, c'était effroyable. Effroyable, Seigneur. Je pouvais à peine aligner deux mots de suite.

— Ce qui ne me semble plus vraiment être le cas aujourd'hui, réussit à placer le Baron, un peu sèchement.

Nigel comprit le sens de la remarque et sourit. Il salua le Baron.

— Parfaitement, Seigneur. Bientôt, nous aiderons le jeune George à surmonter sa timidité. Rien ne vaut la vie mouvementée d'un scribe pour y parvenir. Exactement ce qu'il lui faut.

Le Baron sourit malgré lui. L'École des scribes était un lieu studieux où il était rare que l'on élève la voix ; on y débattait avec logique et raison. Pour sa part, quand il rendait visite aux scribes, il trouvait l'endroit ennuyeux à mourir. Il ne connaissait aucun autre lieu où l'atmosphère soit si peu « mouvementée ».

— Je vous crois sur parole, répliqua-t-il. Très bien, George, ajouta-t-il en se tournant vers le garçon, ta requête t'est accordée. Présente-toi demain à l'École des scribes.

George se dandinait maladroitement d'un pied sur l'autre ; il marmotta quelque chose à voix basse. Le Baron se pencha à nouveau, les sourcils froncés, tentant de saisir ses paroles.

— Que dis-tu ?

Finalement, George leva les yeux et parvint à murmurer :

— Merci, Seigneur.

Et il recula précipitamment pour se fondre à nouveau dans l'anonymat relatif du rang.

— Oh ! s'exclama le Baron, un peu surpris. Pas de quoi. Le suivant, maintenant...

Déjà, Jenny s'avançait. La jolie blonde était aussi un peu potelée. Mais cela lui allait bien et, chaque fois qu'il y avait fête au château, elle ne manquait pas de partenaires pour les danses, qu'ils soient des pupilles ou des fils de serviteurs.

— Maître Chubb, Messire ! s'écria-t-elle en s'avançant près du bureau du Baron.

Ce dernier observa le visage rondouillard de la jeune fille et lut dans ses yeux bleus l'impatience qui y brillait ; il ne put réfréner un sourire.

— Que lui voulez-vous ? demanda-t-il gentiment.

Elle hésita, prenant conscience que, tout à son enthousiasme, elle avait enfreint le protocole.

— Oh ! Pardonnez-moi, Messire... Baron... Votre Seigneurie, improvisa-t-elle à la hâte, sa langue écorchant la manière appropriée de s'adresser au châtelain.

— Seigneur ! souffla Martin.

Le Baron Arald se tourna vers lui d'un air perplexe.

— Oui, Martin ? Qu'y a-t-il ?

Le secrétaire eut la présence d'esprit d'afficher un

air embarrassé. Il savait que son maître avait fait exprès de mal interpréter son interruption. Il inspira profondément et dit sur un ton d'excuse :

— Je... voulais simplement vous informer que la candidate s'appelle Jennifer Dalby, Messire.

Le Baron acquiesça et Martin, en serviteur dévoué, lut dans ses yeux son approbation.

— Merci, Martin. Revenons à toi, Jennifer Dalby...

— Jenny, Messire, rétorqua l'irrésistible jeune fille.

Le Baron haussa les épaules d'un air résigné.

— D'accord. Jenny. Je suppose que tu souhaites devenir l'apprentie de Maître Chubb ?

— Oh oui, Messire, s'il vous plaît ! répondit-elle avec ardeur, tournant un regard plein d'adoration vers le corpulent cuisinier.

Chubb fronça pensivement les sourcils et l'examina.

— Mumm... Pourquoi pas..., grommela-t-il en allant et venant devant elle.

Elle lui sourit d'un air charmeur mais Chubb n'avait que faire de ces ruses féminines.

— Je travaillerai dur, Messire, dit-elle avec ferveur.

— C'est à espérer ! répliqua-t-il avec entrain. Je m'en assurerai : pas de flemmards ni de tire-au-flanc dans mes cuisines, sache-le.

Craignant que l'occasion ne lui échappe, Jenny joua sa carte maîtresse :

— J'ai la silhouette idéale pour l'emploi.

Chubb était d'accord, elle était bien en chair. Arald dut à nouveau réprimer un petit sourire.

— Il y a du vrai dans ce qu'elle dit, intervint-il, et le cuisinier se tourna vers lui en signe d'assentiment.

— La silhouette est essentielle, Messire, tous les grands cuisiniers ont tendance à être... enveloppés.

Il regarda à nouveau la jeune fille et se mit à réfléchir. Les autres pouvaient peut-être se permettre d'accepter des apprentis en un clin d'œil, mais la cuisine était un domaine à part.

— Dis-moi, que ferais-tu d'un pâté de dinde ?

Jenny lui lança un sourire éclatant et répondit sans hésiter :

— Je le mangerais !

Chubb lui donna un petit coup de louche sur la tête.

— Mais non ! Comment le cuisinerais-tu ?

Jenny hésita, rassembla ses idées, puis se mit à décrire longuement par quels procédés elle créerait un tel chef-d'œuvre. Ses camarades, le Baron, les Maîtres et Martin l'écoutaient respectueusement, sans rien comprendre à ce qu'elle racontait. En revanche, Chubb approuvait de la tête ; puis il l'interrompit afin d'avoir davantage de précisions sur la façon de rouler la pâte.

— Neuf fois, dis-tu ?

Il avait l'air intrigué et Jenny insista, sûre d'elle :

— Ma mère disait toujours : « Huit fois pour

qu'elle soit bien feuilletée, et une neuvième fois par amour. »

Chubb secouait la tête d'un air pensif.

— Intéressant, intéressant..., dit-il. Je la prends, Seigneur.

— Quelle surprise..., dit Arald doucement. Très bien, Jennifer, présente-toi aux cuisines demain matin.

— Jenny, Messire, le corrigea-t-elle, avec un sourire qui illumina la salle.

Le Baron sourit à son tour. Il parcourut du regard le petit groupe qui se tenait devant lui.

— Il ne nous reste donc plus qu'un seul candidat...

Il jeta un coup d'œil à sa liste puis releva la tête, rencontra le regard anxieux de Will et l'encouragea d'un geste. Will s'avança et seul un murmure s'échappa de sa gorge que l'angoisse avait desséchée :

— Will, Messire, je m'appelle Will.

4

— Will ? Will comment ? demanda Martin avec irritation.

Il feuilletait les documents sur lesquels figuraient les renseignements pour chaque candidat. Secrétaire du Baron depuis seulement cinq ans, il ne savait rien de l'histoire de Will. Quand il s'aperçut qu'aucun nom de famille n'était noté dans le dossier du garçon, il crut avoir commis une erreur et s'en voulut.

— Quel est votre nom, mon garçon ? demanda-t-il sévèrement.

Will le regarda avec hésitation ; il avait redouté cet instant.

— Je... n'ai pas..., commença-t-il.

Mais par bonheur, le Baron prit posément la parole.

— Will est un cas à part, Martin.

D'un regard, il fit comprendre au secrétaire qu'il

ne devait pas insister. Il se tourna vers Will et lui sourit d'un air encourageant.

— Quelle école aimerais-tu rejoindre, Will ?

— L'École des guerriers, s'il vous plaît, Seigneur, répliqua Will, en s'efforçant de prendre un ton assuré.

Un pli barra le front du Baron et Will sentit ses espoirs s'envoler.

— L'École des guerriers, Will ? Ne crois-tu pas que tu es... un peu petit ? demanda gentiment le Baron.

Will se mordit la lèvre. Il s'était dit que s'il le désirait assez fort, s'il croyait vraiment en lui-même, il serait accepté, en dépit de ses défauts si visibles.

— Je n'ai pas encore fait ma poussée de croissance, Messire, déclara-t-il d'un ton désespéré. C'est ce que tout le monde dit.

Le Baron se caressa la barbe tout en examinant le garçon. Il lança un regard au Maître des guerriers.

— Rodney ?

Le grand chevalier s'avança, étudia Will un instant puis secoua lentement la tête.

— J'ai peur qu'il soit bien trop petit, Seigneur.

Une main glaciale venait d'étreindre le cœur de Will.

— Je suis plus robuste que j'en ai l'air, Messire.

Mais le Maître était inflexible ; il se tourna vers le baron, et même s'il ne semblait pas particulièrement apprécier la situation, il secoua négativement la tête.

— As-tu un second choix, Will ? demanda le Baron. Sa voix était douce, inquiète, même.

Will hésita un long instant, il n'avait jamais réfléchi à une autre carrière. Finalement, il se décida :

— L'École des palefreniers, Messire ?

C'est là qu'étaient entraînés et soignés les puissants destriers que montaient les chevaliers de Montrouge. Will se disait qu'au moins, cette école entretenait des liens avec l'École des guerriers. Mais Ulf, le Maître des palefreniers, faisait déjà non de la tête, avant même que le Baron ne lui ait demandé son avis.

— J'ai besoin d'apprentis, Seigneur, mais celui-ci n'est pas de taille : jamais il ne pourrait maîtriser mes chevaux, leurs sabots le piétineraient dès qu'il s'approcherait d'eux.

C'est à travers un voile humide que Will distinguait maintenant le Baron. Il luttait désespérément contre les larmes qui menaçaient de couler le long de ses joues. S'il éclatait en sanglots et pleurait comme un bébé devant le Baron, les Maîtres et ses camarades après avoir été refusé à l'École des guerriers, ce serait la pire des humiliations.

— Quels talents possèdes-tu, Will ? demanda le Baron.

Il se creusa la tête : contrairement à Alyss, il n'était bon ni à l'écrit ni en langues. Il était loin d'égaler George en calligraphie et il n'avait pas non plus les compétences de Jenny en cuisine. Enfin, il ne possédait ni les muscles, ni la force d'Horace.

— Je suis bon grimpeur, Messire, dit-il finalement, voyant que le Baron attendait une réponse.

Mais il venait de commettre une erreur ; il s'en rendit compte aussitôt quand Chubb, le cuisinier, lui lança un regard furieux.

— Pour ça, il sait grimper ! Je me rappelle son ascension le long d'un tuyau pour arriver jusqu'aux cuisines et voler un plateau de gâteaux mis à refroidir sur le rebord de la fenêtre !

Will resta bouche bée devant des propos aussi injustes : cela avait eu lieu deux ans plus tôt ! Il voulut leur dire qu'il n'était alors qu'un enfant et que ç'avait été une simple farce, mais le Maître des scribes prit à son tour la parole :

— Et au printemps dernier, il a grimpé jusqu'à notre salle d'étude du troisième étage, où il a lâché deux lapins au beau milieu d'un débat juridique. Ce fut extrêmement perturbant !

— Des lapins, dites-vous ? demanda le Baron.

Nigel acquiesça énergiquement.

— Un mâle et une femelle, Seigneur, si vous voyez ce que je veux dire... Extrêmement perturbant !

Will ne vit pas que la très sérieuse Dame Pauline avait discrètement placé une main élégante devant la bouche. Elle dissimulait sans doute un bâillement, mais quand elle ôta sa main, les commissures de ses lèvres étaient encore légèrement relevées...

— Oui, bien sûr, dit le Baron, nous savons tous comment se comportent les lapins.

— De plus, comme je vous l'ai dit, Seigneur, c'était le printemps ! crut bon d'ajouter Nigel, au cas où le Baron n'aurait pas bien saisi l'allusion.

Dame Pauline laissa échapper une petite toux qui n'avait rien de très gracieux. Le Baron, quelque peu surpris, se tourna vers elle.

— Je pense que nous vous avons tous parfaitement compris, Maître des scribes, dit-il.

Il posa à nouveau les yeux sur le malheureux garçon, qui gardait pourtant la tête haute et regardait droit devant lui. À cet instant, le Baron éprouva de la compassion pour Will. Il voyait ses vifs yeux marron se remplir de larmes, contenues par la seule force de sa volonté. Il ne prenait aucun plaisir à infliger cette épreuve au garçon, mais c'était de son devoir. Il soupira en son for intérieur.

— Quelqu'un parmi vous saurait-il comment employer ce garçon ?

Bien malgré lui, Will ne put s'empêcher de tourner son visage vers les Maîtres et de les supplier du regard, tout en priant que l'un d'eux revienne sur sa décision et le choisisse. Mais à tour de rôle, sans mot dire, ils secouèrent négativement la tête.

Chose étonnante, ce fut le Rôdeur qui brisa le terrible silence qui régnait dans la salle.

— Il y a une chose que vous devez savoir à propos de ce garçon, Seigneur.

Pour la première fois, Will entendait Halt parler. Sa voix était profonde et douce, et l'on y distinguait encore une pointe de l'accent guttural des Hiberniens. Il s'avança et tendit au Baron un papier plié en quatre. Arald l'ouvrit, prit connaissance de son contenu et fronça les sourcils.

— Vous en êtes certain, Halt ?

— Tout à fait, Seigneur.

Le Baron replia soigneusement la feuille et la posa sur son bureau. Il était plongé dans ses pensées et ses doigts tambourinaient sur la table ; il prit enfin la parole :

— Il me faut y réfléchir jusqu'à demain.

Halt fit un signe de la tête et recula, donnant l'impression de s'évanouir dans le décor. Will observait cet énigmatique personnage avec angoisse, se demandant quel renseignement il venait de transmettre au Baron. Tout comme nombre de gens, Will avait grandi dans l'idée qu'il valait mieux éviter les Rôdeurs. Ils appartenaient à un Ordre obscur, impénétrable et nimbé de mystère et on les considérait avec de l'appréhension, voire de la crainte.

Penser que Halt possédait des renseignements le concernant ne lui disait rien qui vaille ; des informations suffisamment importantes pour qu'elles soient transmises au Baron, justement ce jour-là. Le papier reposait sur le bureau, cruellement proche et pourtant impossible à atteindre.

Il se rendit compte que les autres s'agitaient autour de lui et que le Baron s'adressait à l'assemblée :

— Félicitations à ceux qui ont été choisis

aujourd'hui. C'est un grand jour pour vous tous et vous êtes maintenant autorisés à aller vous divertir. Les cuisines prépareront un banquet que vous prendrez dans vos quartiers et vous serez libres d'aller et venir comme bon vous semblera dans le château et le village jusqu'au soir. Demain, à la première heure, vous vous présenterez devant vos Maîtres. Et un conseil, soyez ponctuels.

Il sourit aux quatre jeunes gens puis s'adressa à Will, avec dans la voix un brin de sympathie :

— Will, je t'informerai de ma décision demain.

Il se tourna vers Martin et lui fit signe de faire sortir les nouveaux apprentis.

— Merci à tous, dit-il et il quitta la pièce par la porte dérobée.

Les Maîtres sortirent à sa suite et Martin reconduisit les jeunes gens à la porte. Ils bavardaient avec animation, soulagés et ravis d'avoir été sélectionnés par les Maîtres de leur choix.

Will restait à la traîne ; il eut un mouvement d'hésitation quand il passa devant le document posé sur le bureau. Il le fixa quelques secondes, comme si ses yeux avaient pu traverser le papier pour le lire. Et soudain, une fois encore, il eut comme l'impression d'être observé. Il leva les yeux et rencontra ceux du Rôdeur, toujours aussi sombres ; celui-ci se tenait debout derrière le fauteuil à haut dossier du Baron, presque invisible dans sa longue cape. Will frissonna et quitta la salle avec précipitation.

5

Minuit était passé depuis longtemps. Les torches vacillantes disposées autour de la cour du château avaient été remplacées une première fois, mais leur lueur faiblissait déjà. Des heures durant, Will avait patiemment fait le guet, dans l'attente du moment où les lumières baisseraient, quand les soldats se mettraient à bâiller au cours de la dernière heure de leur tour de garde.

La journée précédente avait été la pire qu'il ait jamais vécue. Tandis que ses camarades fêtaient l'événement, festoyaient et chahutaient en toute insouciance entre le château et le village, Will s'était discrètement éclipsé en direction de la forêt, à un kilomètre ou deux. Là, dans la fraîcheur verdoyante, à l'ombre des arbres, il avait passé l'après-midi à repenser avec amertume au déroulement de la Cérémonie du Choix, qui lui avait infligé une profonde et douloureuse déception ; et il n'avait pas cessé de s'interroger sur le contenu du papier remis au Baron.

Alors que le jour baissait et que les ombres s'allongeaient dans les champs en bordure de la forêt, Will avait pris une décision.

Il lui fallait découvrir ce que disait ce document. Ce soir.

Une fois la nuit tombée, il avait repris le chemin du château en évitant villageois et serviteurs et, comme la veille, il avait grimpé en secret dans le figuier. Au passage, sans se faire remarquer, il s'était d'abord glissé dans les cuisines et y avait trouvé du pain, du fromage et des pommes, qu'il dévorait à présent, sans prendre le temps de les savourer, un air sombre sur le visage. La soirée était bien avancée et le château se préparait pour la nuit.

Il observa les mouvements de la garde afin de se faire une idée de la régularité de leurs tours de ronde. En plus de la troupe de soldats, un sergent était posté à l'entrée de la tour où se trouvaient les appartements du Baron. Mais l'homme, corpulent, paraissait à moitié endormi, et il ne devrait probablement pas représenter un véritable danger pour Will. Après tout, le garçon n'avait nullement l'intention de passer par la porte et d'emprunter l'escalier.

Au fil des années, son insatiable curiosité et sa tendance à explorer des endroits qui lui étaient interdits lui avaient permis d'apprendre à se déplacer à découvert sans se faire repérer.

Le vent agitait les plus hautes branches de l'arbre et, au clair de lune, elles dessinaient sur le sol des motifs changeants dont Will tirait avantage pour se mouvoir. D'instinct, il accorda ses pas au rythme des arbres, se fondant avec aisance dans les ombres qui se formaient et se déformaient sur le sol, et qui l'aidaient à se dissimuler. D'une certaine façon, l'absence d'abri rendait sa tâche plus aisée : le gros sergent n'imaginerait pas que quelqu'un traverserait la cour à découvert ; ainsi, ne s'attendant pas y voir qui que ce soit, il ne remarqua pas Will.

Hors d'haleine, le garçon s'aplatit contre la paroi rugueuse de la tour. Le sergent se trouvait à moins de cinq mètres et Will l'entendait respirer bruyamment, mais un léger renfoncement le dissimulait à la vue de l'homme. Il dut tendre le cou et lever les yeux afin d'examiner le mur et de repérer à quelle hauteur se situait la fenêtre du bureau du Baron, loin sur sa droite. Pour l'atteindre, il lui faudrait d'abord grimper à la verticale, puis avancer à l'horizontale le long de la paroi jusqu'à un point en décalage par rapport à la position du sergent, et enfin monter à nouveau jusqu'à la fenêtre. Il passa nerveusement sa langue sur ses lèvres. Contrairement aux murs bien lisses de l'intérieur de la tour, la paroi extérieure comportait de larges interstices entre les énormes blocs de pierre. L'escalader ne poserait aucun problème : ses pieds et ses mains auraient de nombreuses prises. Il savait qu'à certains endroits le vent et la pluie avaient certainement érodé la pierre et il lui faudrait avancer prudemment.

Si on le surprenait, il ne pourrait pas faire croire à une farce. Il se trouvait dans un endroit du château où il n'avait pas le droit d'être en pleine nuit. Après tout, si le Baron postait un garde à sa porte, ce n'était pas sans raison et personne n'était censé s'approcher de ce lieu à moins d'y avoir à faire.

Avec anxiété, il se frotta les mains. Que lui feraient-ils ? Il avait déjà été mis à l'écart lors de la Cérémonie du Choix. Personne ne voulait de lui. Il était condamné à passer sa vie à travailler dans les champs. Que pouvait-il y avoir de pire ?

Pourtant, un doute persistait dans son esprit : il n'était pas certain d'être destiné à une telle existence ; il lui restait un soupçon d'espoir : le Baron changerait peut-être d'avis. Si, le matin suivant, Will le suppliait, lui parlait de son père en lui expliquant pourquoi il lui fallait absolument intégrer l'École des guerriers, son vœu pourrait peut-être, par chance, être exaucé. Puis, une fois accepté, il leur montrerait comment son enthousiasme et sa détermination feraient de lui un élève digne de l'École, en dépit de sa taille.

En revanche, si on le surprenait au cours des quelques minutes à venir, ce mince espoir serait anéanti. Il ne savait ce qui pourrait lui arriver, mais il était raisonnable de penser qu'ils refuseraient certainement de l'engager à l'École des guerriers.

Il hésitait, incapable de prendre une décision ; ce fut alors le gros sergent qui lui procura l'élan nécessaire : Will entendit son souffle sonore, ses pieds chaussés de bottes qui avançaient en traînant sur les dalles ; l'homme rassemblait son attirail, sur le point d'entamer l'une de ses imprévisibles rondes.

Avec aisance, le garçon se mit à grimper à toute allure le long du mur et parcourut les cinq premiers mètres en quelques secondes, allongeant ses membres contre la paroi rugueuse à la manière d'une araignée géante munie de quatre pattes. Mais quand il entendit les lourds pas arriver à sa hauteur, il se figea et resta agrippé au mur, craignant que le moindre petit bruit n'alerte la sentinelle.

Effectivement, le sergent paraissait avoir entendu quelque chose. Il s'arrêta juste au-dessous de l'endroit où Will était accroché, scruta l'obscurité en s'efforçant d'y distinguer autre chose que les ombres mouvantes et les taches de lumière que renvoyaient la lune et les arbres. Mais, ainsi que Will s'en était fait la remarque la nuit précédente, il était rare que les gens lèvent la tête. Le sergent, convaincu de ne rien avoir entendu d'inquiétant, reprit sa ronde laborieuse.

Will put alors poursuivre son ascension et se déplacer de côté afin de se positionner directement sous la fenêtre qui l'intéressait. Ensuite, ses pieds et ses mains trouvèrent aisément des prises et il avança presque aussi lestement que s'il marchait, s'élevant de plus en plus sur la paroi de la tour.

À un moment, il commit l'erreur de jeter un œil vers le bas : à l'ordinaire, il n'avait pas le vertige, mais la tête lui tourna légèrement quand il vit à quelle hauteur il se trouvait et la distance qui le séparait des dalles de la cour. Le sergent était à nouveau en vue, une minuscule silhouette. Will cligna vivement des yeux pour que son vertige s'estompe et reprit son ascension, peut-être un peu plus lentement et prudemment.

Une sensation de soulagement l'envahit quand enfin ses mains se refermèrent sur le rebord en pierre de la fenêtre, et qu'après s'y être hissé et avoir fait basculer ses jambes, il atterrit prestement sur le sol.

Le bureau du Baron était évidemment désert. La lumière de la lune, aux trois quarts, entrait à flots par la grande fenêtre.

Sur le bureau, là où le Baron l'avait laissée, se trouvait la feuille de papier qui devait décider de son avenir. Il jeta autour de lui des regards inquiets. Derrière le bureau, l'énorme fauteuil à haut dossier paraissait monter la garde, et les autres meubles se dessinaient indistinctement, sombres et immobiles dans la pénombre. Sur l'un des murs, le portrait d'un ancêtre semblait l'accuser du regard.

Il chassa ces pensées fantaisistes et, sans bruit, traversa la pièce, ses semelles souples glissant sur le plancher nu. La feuille de papier brillait dans le clair de lune ; elle était à présent à sa portée.

« Tu la lis et tu repars bien vite », se dit-il.

C'était tout ce qui lui restait à faire. Il tendit la main.

Ses doigts effleurèrent le papier.

Une main sortit de nulle part et saisit son poignet !

Will hurla de terreur. Son cœur ne fit qu'un tour et il se retrouva face au regard glacial de Halt le Rôdeur.

Par où était-il entré ? Will était certain que la pièce était vide, et il n'avait pas entendu de porte s'ouvrir. Puis il se rappela que le Rôdeur avait pour habitude de s'envelopper dans cette grande cape d'un gris-vert moucheté pour se fondre dans le décor et s'évanouir dans l'ombre jusqu'à se rendre invisible.

Mais cela n'avait pas d'importance. Seul comptait le fait qu'il ait attrapé Will dans le bureau du Baron ; tous ses espoirs s'écroulaient.

— Je pensais bien que tu allais tenter quelque chose de ce genre, dit le Rôdeur à voix basse.

Le cœur de Will battait la chamade sous l'effet du choc et il ne dit mot. Il baissa la tête, honteux et désespéré.

— Qu'as-tu à répondre ?

Will secoua la tête, peu désireux de la relever et de rencontrer le regard sombre et perçant. Les mots que prononça alors le Rôdeur confirmèrent ses plus grandes craintes :

— Dans ce cas, voyons ce que le Baron en pensera.

— S'il vous plaît, Halt ! Pas...

Will stoppa net. Son acte était inexcusable et la moindre des choses était d'affronter sa punition avec courage. Comme un guerrier. Comme mon père, se dit-il.

Le Rôdeur l'observa durant quelques secondes. Will eut l'impression de voir dans ces yeux une brève lueur... familière ? Mais les yeux s'étaient déjà assombris à nouveau.

— Quoi donc ? demanda Halt sèchement.

Will secoua la tête.

— Rien.

D'une poigne de fer, le Rôdeur le conduisit hors de la pièce puis l'entraîna dans le large escalier en colimaçon qui menait aux appartements du Baron. Les sentinelles postées en haut des marches dévisagèrent avec surprise le sinistre Rôdeur et le garçon qui l'accompagnait. Sur un bref signe de Halt, ils s'écartèrent et ouvrirent les portes des appartements.

La pièce était vivement éclairée et, un instant, Will regarda autour de lui d'un air confus. Il était sûr d'avoir vu les lumières s'éteindre à cet étage quand il veillait du haut de son arbre. Il remarqua alors que de lourdes draperies recouvraient les fenêtres. La sobriété de l'ameublement de l'étage du dessous n'avait rien à voir avec le fouillis accueillant de canapés, de tabourets, de tapis, de tapisseries et de fauteuils qui régnait ici. Le Baron Arald était assis dans l'un d'eux et consultait une pile de rapports.

Quand Halt et son captif firent leur entrée, il leva les yeux.

— Vous aviez donc raison, constata le Baron.

Halt acquiesça.

— Je vous l'avais bien dit, Seigneur. Il a traversé la cour comme une ombre, a esquivé la sentinelle et a escaladé la paroi de la tour comme une araignée.

Le Baron mit de côté le document qu'il tenait entre les mains et se pencha vers Halt.

— Il a escaladé la tour ? Vous en êtes certain ? demanda-t-il avec incrédulité.

— Sans corde ni échelle, Seigneur. Aussi aisément que vous montez sur votre cheval le matin ; peut-être encore plus facilement, dit Halt avec un vague sourire.

Le Baron fronça les sourcils. À cause de sa corpulence, il avait parfois besoin d'aide pour monter à cheval après une nuit trop courte, mais que Halt le lui rappelle n'avait pas l'air de l'amuser du tout.

— Bien, la situation est grave, dit-il en scrutant Will avec sévérité.

Will ne dit mot. Il ne savait s'il fallait être d'accord ou non avec le Baron, l'une ou l'autre solution pouvait lui être défavorable. Il aurait pourtant préféré que Halt n'ait pas vexé le Baron en faisant allusion à son poids. Cela ne lui faciliterait apparemment pas les choses.

— Qu'allons-nous donc faire de toi, jeune Will ? reprit le Baron.

Il se leva et se mit à arpenter la salle. Will leva les

yeux vers lui, en essayant de deviner s'il était ou non de bonne humeur. Le visage barbu et vigoureux ne laissait rien transparaître. Il interrompit ses allées et venues et se caressa la barbe d'un air pensif. Puis, sans regarder le garçon découragé, il demanda :

— Dis-moi, jeune Will, que ferais-tu à ma place ? Que ferais-tu d'un garçon qui entre par effraction dans ton bureau au beau milieu de la nuit afin d'y dérober un important document ?

— Je n'ai rien volé, Seigneur !

Will n'avait pu s'empêcher de contester cette accusation. Le Baron se tourna vers lui, et leva les sourcils d'un air incrédule. Will reprit faiblement :

— Je... voulais... le lire, c'est tout.

— Sans doute, dit le baron, et le même étonnement se lisait sur son visage, mais tu n'as pas répondu à ma question. Que ferais-tu à ma place ?

Will baissa à nouveau la tête. Il pouvait demander grâce. Il pouvait s'excuser ou tâcher de s'expliquer. Mais il redressa les épaules et prit une décision : il avait choisi de risquer le tout pour le tout. Il n'avait donc nullement le droit de demander à être pardonné.

— Seigneur..., commença-t-il avec hésitation, sachant que son avenir se jouait en cet instant.

Le Baron l'observait, à demi tourné vers la fenêtre.

— Oui ?

Will se résolut à continuer :

— Seigneur, je ne sais comment j'agirais à votre place ; en revanche, je sais que mes actes sont inexcusables et j'accepterai votre châtiment, quel qu'il soit.

Tout en s'exprimant ainsi, il leva les yeux vers le Baron et aperçut quelque chose d'indéfini dans le regard que ce dernier lança à Halt. Bizarrement, il y lut comme de l'approbation, ou une certaine connivence, mais ce fut très bref.

— Que proposez-vous, Halt ? demanda le Baron d'un ton neutre et prudent.

Will se tourna alors vers le Rôdeur, dont le visage était sévère, comme à l'accoutumée. Sa barbe grisonnante et ses cheveux courts lui donnaient l'air encore plus menaçant.

— Nous devrions peut-être lui faire lire ce document qu'il tenait tant à voir, Seigneur, suggéra-t-il en sortant le papier de sa manche.

Le Baron s'autorisa un sourire.

— Bonne idée. En un sens, son châtiment y est déjà inscrit, non ?

Will regarda les deux hommes tour à tour. Il ne comprenait pas ce qui se passait. Le Baron semblait trouver cette idée assez amusante, contrairement à Halt, que la plaisanterie laissa de marbre. Il répondit sur un ton neutre :

— Si vous le dites, Seigneur.

Le Baron eut un geste impatient de la main.

— Quel rabat-joie vous faites, Halt ! Ne le prenez pas mal ! Allez, montrez-lui ce papier.

Le Rôdeur traversa la pièce et tendit au garçon le

document pour lequel il avait pris tant de risques. Sa main trembla quand il s'en saisit. Son châtiment ? Comment le Baron aurait-il pu savoir qu'il mériterait d'être puni avant même que le délit n'ait été commis ?

Il se rendit compte que le Seigneur l'observait avec curiosité. Halt, comme toujours, restait aussi impassible qu'une statue. Will déplia la feuille et lut les mots que Halt y avait tracés :

Le garçon nommé Will possède les qualités requises pour devenir un Rôdeur. Je suis prêt à le prendre comme apprenti.

6

Will, totalement désemparé, ne pouvait détacher ses yeux du papier.

Il ressentit d'abord un certain soulagement à l'idée de ne pas être condamné à travailler dans les champs pour le restant de ses jours. Et il ne serait pas puni pour être entré dans le bureau du Baron. Mais ce sentiment fut soudain remplacé par un doute horripilant : il ne savait rien des Rôdeurs, hormis ce qu'en disaient les superstitions et les légendes qui circulaient. Il ne savait rien non plus de Halt, excepté qu'il ressentait de l'inquiétude dès que ce sinistre personnage tout de gris vêtu se trouvait dans les parages.

Désormais, il lui faudrait passer tout son temps avec cet homme ; cette idée, décidément, ne lui disait rien de bon.

Il leva les yeux vers les deux hommes. Il vit le Baron

sourire d'un air impatient ; il devait croire que Will accueillerait cette nouvelle avec joie. Quant à Halt, le garçon ne pouvait distinguer son visage, qui restait dans l'ombre du grand capuchon de sa cape. Le sourire du Baron s'évanouit ; la réaction de Will ou, plutôt, son absence évidente de réaction, paraissait l'intriguer.

— Alors, qu'en dis-tu, Will ? demanda-t-il d'un ton encourageant.

Will prit une profonde inspiration.

— Merci, Messire... Seigneur, balbutia-t-il.

Et si la plaisanterie du Baron à propos de son châtiment était plus sérieuse qu'il n'y paraissait ? Devenir l'apprenti de Halt était peut-être la pire des punitions. Le Baron n'avait pourtant pas l'air de le penser ; l'idée semblait plutôt lui plaire et Will connaissait son bon cœur. Le Baron soupira d'aise et reprit place dans son fauteuil. Il leva les yeux vers le Rôdeur et lui désigna la porte.

— Pourriez-vous nous laisser seuls quelques instants, Halt ? J'ai deux mots à dire à Will en privé.

Le Rôdeur le salua d'un air grave.

— Certainement, Seigneur, dit une voix qui sortait de dessous le capuchon.

Silencieusement, comme à son habitude, il passa devant Will, se dirigea vers la porte et sortit de la pièce. Sans un bruit, il referma derrière lui et Will frissonna. Quel homme étrange !

— Assieds-toi, Will.

Le Baron lui désigna l'un des petits fauteuils qui faisaient face au sien. Will, inquiet, s'assit sur le bord du siège, comme prêt à fuir. Le Baron s'en aperçut et soupira.

— Ma décision n'a pas l'air de te faire grand plaisir.

Arald semblait en effet déçu, et Will ne comprenait pas pourquoi. Il n'aurait pas imaginé qu'un personnage aussi puissant que le Baron puisse s'intéresser un tant soit peu à ce qu'un orphelin pensait de ses décisions. Il ne savait quoi répondre et demeura silencieux, attendant que le Baron reprenne la parole :

— Tu préférerais travailler dans les champs ?

Il se refusait à croire qu'un garçon aussi plein d'entrain et d'énergie puisse préférer mener une existence ennuyeuse et monotone, mais peut-être se trompait-il. Will le rassura sans tarder :

— Non, Messire !

Le Baron eut alors un petit geste interrogateur.

— Dans ce cas, préfères-tu que je te punisse pour tes agissements ?

Will allait répondre, mais se ravisa, comprenant ce que sa réponse pourrait avoir d'insultant. Le Baron lui fit cependant signe de continuer.

— C'est que... justement... J'ai l'impression d'avoir déjà été puni, Messire.

Il remarqua le pli qui barrait le front du Baron et reprit avec précipitation :

— Je... je ne sais rien des Rôdeurs, Messire. Et les gens disent...

Il laissa sa phrase en suspens. De toute évidence, le Baron tenait Halt en haute estime, et Will se disait qu'il serait indélicat d'expliquer que les gens du peuple craignaient les Rôdeurs et les prenaient pour des sorciers. Il vit le Baron hocher la tête : son regard avait perdu de sa perplexité et s'était fait bienveillant.

— Je comprends. Les gens disent que les Rôdeurs sont des mages noirs, c'est bien ça ?

Will acquiesça sans s'en rendre compte.

— Dis-moi, Will, est-ce que Halt t'effraie ?

— Sûrement pas, Messire ! répondit-il à la hâte.

Voyant que le Baron le regardait fixement, il ajouta avec réticence :

— Eh bien... peut-être un peu.

Le Baron se cala au fond de son fauteuil et croisa les doigts.

Il saisissait maintenant pourquoi le jeune homme semblait réticent, et il s'en voulait de ne pas y avoir pensé plus tôt. Après tout, il connaissait bien les Rôdeurs, mieux qu'un garçon de tout juste quinze ans, influencé par les superstitions que le personnel du château propageait à voix basse.

— Les Rôdeurs appartiennent effectivement à un Ordre mystérieux, mais il n'y a aucune raison d'avoir peur d'eux... à moins d'être un ennemi du Royaume.

Il voyait bien que le garçon était suspendu à ses lèvres et il ajouta, en guise de plaisanterie :

— Tu n'es pas un ennemi du Royaume, Will ?

— Non, Messire ! s'écria Will, terrorisé.

Le Baron soupira à nouveau. Il avait horreur que les gens ne comprennent pas son humour. Malheureusement, en tant que suzerain, ses paroles étaient toujours considérées avec le plus grand sérieux.

— Bien, bien. Je sais que ce n'est pas le cas. Mais crois-moi, je pensais que ma décision te ferait plaisir. Un garçon aussi audacieux que toi prendra goût à vivre en Rôdeur et tu seras aussi à l'aise dans ce rôle qu'un poisson dans l'eau. C'est une grande chance pour toi, Will.

Il s'interrompit et regarda attentivement le garçon, que d'autres doutes assaillaient.

— Très peu de garçons sont choisis comme apprentis Rôdeurs, tu sais. Les occasions sont rares.

Will hocha la tête, mais il n'était pas entièrement convaincu. Il se dit qu'en souvenir de son rêve il devait, une dernière fois, tenter de rejoindre l'École des guerriers. Après tout, le Baron semblait vraiment de bonne humeur ce soir, malgré la façon dont Will avait agi dans son bureau.

— Je voulais être un guerrier, Messire, dit-il timidement.

Mais le Baron secoua immédiatement la tête.

— J'ai peur que tes talents ne te mènent vers une voie différente. Halt l'a compris dès qu'il t'a vu et c'est pourquoi il t'a choisi.

— Ah !

Il savait que les paroles du Baron auraient dû le rassurer mais ce n'était pas tout à fait le cas.

— C'est juste que Halt a toujours l'air si sombre...

— Il ne possède certes pas mon brillant sens de l'humour ! répondit le Baron.

Mais comme Will le dévisageait d'un air ébahi, le seigneur marmonna quelque chose dans sa barbe. Le garçon se demanda ce qu'il avait bien pu faire pour vexer le Baron et il préféra changer de sujet.

— Mais... quelle est la fonction exacte d'un Rôdeur, Seigneur ?

Le Baron hocha la tête à nouveau.

— C'est à Halt de te l'expliquer. Ils sont un peu excentriques et ils n'aiment pas trop que l'on parle d'eux. Et maintenant, tu devrais peut-être rentrer et essayer de dormir un peu. Tu dois te présenter chez Halt à six heures demain matin.

— Bien, Seigneur.

Will quitta le fauteuil sur lequel il était si mal assis. Devenir un apprenti Rôdeur ne le réjouissait guère, mais il n'avait pas le choix. Il salua le Baron qui hocha brièvement la tête en retour et se dirigea vers la porte. La voix du Baron l'arrêta :

— Will ? Cette fois, emprunte les escaliers.

— Bien, Seigneur, répondit-il avec sérieux.

Il ne comprit pas pourquoi le Baron leva les yeux au ciel en marmottant à nouveau. Cette fois, Will distingua quelques mots, quelque chose concernant des « plaisanteries ».

Il quitta la pièce. Les sentinelles étaient toujours à leur poste sur le palier, mais Halt avait disparu. Du moins, à première vue. Avec le Rôdeur, on ne pouvait jamais être sûr de rien.

7

Quitter le château après tant d'années lui procurait un sentiment étrange. Arrivé en bas de la colline, avec en bandoulière un petit baluchon contenant tout ce qu'il possédait, Will se retourna et contempla les énormes remparts.

Le Château de Montrouge dominait le paysage. Bâti au sommet d'une petite colline, c'était un imposant édifice triangulaire, orienté vers l'ouest, qui comportait une tour à chaque angle. Au centre, entourés de trois murs de défense, se trouvaient la cour centrale et le donjon ; cette quatrième tour s'élevait au-dessus des autres et abritait les salles officielles ainsi que les appartements privés du Baron et ceux de ses officiers. Le château avait été construit en pierre de fer, une roche quasi indestructible et, dans le soleil du petit matin, bas sur l'horizon, il en émanait une lueur rougeoyante, ce qui lui avait donné son nom : Montrouge, ou la Montagne Rouge.

Au pied de la colline, de l'autre côté de la rivière Tarbus, s'étendait le village de Wensley, un joyeux fouillis de maisons construites çà et là, auquel s'ajoutaient une auberge et des ateliers répondant aux nécessités de la vie campagnarde : un tonnelier, un charron, un forgeron ainsi qu'un fabricant de harnais. Les terres environnantes avaient été défrichées, d'abord pour procurer aux villageois des champs cultivables mais aussi pour empêcher les ennemis d'approcher sans être vus. En période de troubles, les paysans faisaient traverser la rivière à leurs troupeaux en empruntant le pont de bois, dont la travée centrale était ensuite ôtée, et se réfugiaient derrière les énormes remparts du château, que protégeaient les soldats du Baron et les chevaliers formés à l'École des guerriers.

La chaumière de Halt, nichée à la lisière de la forêt, se trouvait à l'écart du château et du village. Le soleil se levait au-dessus de la futaie quand Will arriva à la maison en rondins. Une mince spirale de fumée sortait de la cheminée et Will devina que Halt était déjà debout. Il s'avança sur le petit balcon qui bordait l'un des murs de la chaumière, hésita un instant, puis, après avoir pris une profonde inspiration, frappa résolument à la porte.

— Entre, dit une voix.

Will ouvrit la porte.

L'intérieur était petit mais, chose surprenante, avait

l'air accueillant et bien entretenu. Will se tenait dans la pièce principale, là où l'on vivait et prenait les repas ; au fond, séparée par un banc de pin, était aménagée une petite cuisine. De confortables chaises étaient disposées autour de l'âtre ; il y avait aussi une table en bois, très propre, des pots et des marmites bien astiqués, et même un vase posé sur le dessus de la cheminée, rempli de fleurs sauvages aux couleurs vives. Le soleil matinal entrait à flots par une grande fenêtre de la salle, qui donnait sur deux autres pièces. Halt était assis sur l'une des chaises et ses pieds bottés reposaient sur la table.

— T'es à l'heure, c'est déjà ça, dit-il d'un ton bourru. Tu as pris ton petit déjeuner ?

— Oui, Messire, répondit Will.

Fasciné, il observait le Rôdeur : c'était la première fois qu'il le voyait sans sa cape ni son capuchon. Il portait de simples vêtements de laine brune et grise et de légères bottes de cuir. Il était plus âgé que Will ne l'avait cru. Ses cheveux et sa barbe, bruns et courts, étaient grisonnants, parsemés de taches argentées, grossièrement taillés ; Will avait l'impression que Halt les avait coupés lui-même avec son couteau de chasse.

Le Rôdeur se leva et Will fut frappé par sa frêle carrure. La cape grise lui avait caché bien des choses : Halt était mince et de petite taille, beaucoup plus petit, en réalité, que la moyenne. Mais il se dégageait de lui une puissance et une vigueur qui compensaient ces failles et le personnage n'en était que plus intimidant.

— Ça y est ? Tu as vu ce que tu voulais voir ? lui demanda brusquement le Rôdeur.

Will sursauta nerveusement.

— Oui, Messire ! Pardon, Messire !

Halt répondit par un grognement et lui désigna l'une des deux petites pièces que Will avait remarquées en entrant.

— Ce sera ta chambre, tu peux y ranger tes affaires.

Il se dirigea vers le poêle à bois de la cuisine. Will pénétra d'un pas hésitant dans la chambre, qui était petite mais propre et confortable, à l'image de la chaumière. Il y avait un petit lit le long d'un des murs, une armoire et une table avec, posés dessus, une bassine et un pichet. Will remarqua aussi le bouquet de fleurs sauvages fraîchement cueillies qui apportait une belle touche de couleur à la pièce. Il déposa son petit baluchon de vêtements sur le lit et retourna dans la salle commune.

Le dos tourné, Halt s'affairait devant le poêle. Le garçon toussota pour attirer son attention mais Halt continua de touiller la tisane qui chauffait. Will toussa à nouveau.

— T'as pris froid, gamin ? demanda le Rôdeur sans se retourner.

— Euh... non, Messire.

— Dans ce cas, pourquoi tu tousses ? reprit Halt, cette fois en se tournant vers lui.

Will hésitait.

— Eh bien, Messire, commença-t-il timidement, je voulais juste vous demander... que fait exactement un Rôdeur ?

— Il ne pose pas de questions inutiles, gamin ! Il garde les yeux et les oreilles grands ouverts, il observe et écoute ; enfin, s'il n'a pas trop d'air dans la tête, il apprend !

— Oh, je vois, répondit Will.

En fait, il ne voyait rien du tout. Il se dit que ce n'était certainement pas le moment d'insister, mais il ne put s'empêcher d'ajouter, d'un ton un peu provocateur :

— Je me demandais seulement à quoi s'occupaient les Rôdeurs, c'est tout.

Halt avait perçu l'insolence dans la voix du garçon et se tourna vers lui, une étrange lueur dans le regard.

— Dans ce cas, je ferais mieux de te le dire : un Rôdeur, ou plus exactement, un apprenti Rôdeur, est chargé de faire le ménage.

Un sentiment d'angoisse submergea le garçon ; il se doutait qu'il venait de commettre une erreur tactique.

— Le ménage ?

Halt acquiesça d'un air très satisfait.

— Parfaitement, le ménage. Regarde autour de toi.

Il s'interrompit et, d'un geste, désigna la pièce ; puis il reprit :

— Tu vois des serviteurs ?

— Non, Messire, répondit Will lentement.

— « Non messire », effectivement ! On n'est pas dans un immense château plein de serviteurs. Ici, c'est une pauvre chaumière. Et il faut aller chercher l'eau, couper le bois, balayer le sol et battre les tapis. Et qui est censé faire ça, d'après toi ?

Will essaya de formuler une réponse différente de celle qui semblait maintenant inévitable mais rien ne lui vint à l'esprit et, finalement, il se résigna :

— Peut-être moi, Messire ?

— T'as tout compris, lui dit le Rôdeur.

Et il débita à toute allure une série de consignes :

— Le seau est là, le tonneau devant la porte, l'eau est dans la rivière, la hache est dans l'appentis et le bois derrière la cabane. Le balai est près de la porte et j'imagine que tu sauras trouver le plancher...

— Oui, Messire, dit Will.

Le garçon avait déjà retroussé ses manches. Il avait remarqué le tonneau qui, à l'évidence, était la réserve en eau pour la journée. Il calcula qu'il devait pouvoir contenir vingt ou trente seaux d'eau. Il poussa un soupir en se disant que la matinée n'allait pas être de tout repos.

Alors qu'il sortait de la maison, le seau vide à la main, Will entendit le Rôdeur se parler à lui-même d'une voix satisfaite, tout en se servant une tasse de tisane et se rasseyant :

— J'avais oublié à quel point il était agréable d'avoir un apprenti !

Will trouvait incroyable qu'une chaumière aussi petite et déjà propre en apparence puisse demander autant de nettoyage et d'entretien. Après avoir rempli le tonneau d'eau fraîche (trente et un seaux pleins...), il débita un tas de bûches entassées derrière la maison, et empila avec soin le bois pour le feu. Il balaya la chaumière, puis Halt décida que le tapis de la grande pièce avait besoin d'être dépoussiéré. Will dut le rouler, le porter à l'extérieur, le suspendre à une corde accrochée entre deux arbres puis le battre sauvagement afin d'en extirper des nuages de poussière. De temps à autre, Halt passait la tête par la fenêtre pour lancer quelques encouragements, de brefs commentaires tels que : « Tu as oublié un endroit sur la gauche », ou : « Mets-y un peu d'énergie, gamin ! »

Une fois le tapis replacé au sol, Halt décida que certaines de ses marmites manquaient de lustre.

— Il va falloir les récurer un peu, dit-il, en se parlant à lui-même.

Ce que Will traduisit par : « Il va falloir que TU les récures. » Sans un mot, il emporta les marmites au bord de la rivière et, après les avoir remplies à moitié de sable fin et d'eau, il les décapa jusqu'à les rendre étincelantes.

Entre-temps, Halt s'était installé sur le balcon et, assis sur une chaise de toile, il consultait ce qui semblait être des courriers officiels. En passant une ou deux fois devant lui, Will s'aperçut que quelques documents portaient des écussons et des armoiries, mais la plupart avaient comme en-tête le motif d'une simple feuille de chêne.

Quand Will eut terminé, il tendit les marmites à Halt pour que ce dernier les inspecte. Le Rôdeur grimaça quand il aperçut son image déformée dans le cuivre brillant.

— Hum... C'est pas mal. Même mon visage s'y reflète.

Puis il ajouta, sans l'ombre d'un sourire :

— C'est peut-être pas une si bonne idée que ça...

Will ne pipa mot. Avec n'importe qui d'autre, il aurait pu croire à une plaisanterie, mais avec Halt, jamais on ne savait. Ce dernier dévisagea brièvement le garçon puis haussa légèrement les épaules et lui fit signe d'aller ranger les marmites dans la cuisine. Will avait à peine passé la porte quand il entendit le Rôdeur :

— Hum... Bizarre...

Pensant qu'il s'adressait à lui, Will rebroussa chemin.

— Vous disiez ? demanda-t-il d'un air méfiant.

Chaque fois que Halt avait trouvé une nouvelle corvée à lui confier, il lui avait donné des consignes du genre : « C'est étrange, le tapis de la salle est bien poussiéreux », ou bien : « Je crois que le poêle aurait grand besoin d'une bonne provision de bois. »

Tout le jour, ce manque de naturel avait passablement agacé Will mais Halt semblait trouver cela amusant. Pourtant, cette fois, c'était un rapport qui avait plongé le Rôdeur dans ses pensées ; ce dernier leva la tête, un peu surpris d'entendre la voix de Will.

— Quoi donc ?

Will haussa les épaules.

— Désolé, mais quand vous avez dit « bizarre... », j'ai cru que vous vous adressiez à moi.

Halt hocha plusieurs fois la tête, tout en examinant à nouveau le rapport d'un air soucieux.

— Non, non, dit-il d'un ton un peu distrait. Je lisais simplement ceci...

Sa voix s'évanouit et il fronça les sourcils. Il avait éveillé la curiosité de Will et ce dernier attendait la suite avec impatience.

— Qu'est-ce que c'est ? se risqua-t-il à demander.

Mais quand le Rôdeur posa ses yeux sombres sur lui, Will regretta sa question. Halt le dévisagea brièvement. Puis il rétorqua :

— Tu es bien curieux.

Will hocha la tête d'un air gêné, et Halt reprit la parole, d'une voix d'une étonnante douceur :

— Mais je suppose que c'est un trait de caractère qui convient à un apprenti Rôdeur. Après tout, c'est bien pour cette raison que nous t'avons mis à l'épreuve dans le bureau du Baron.

— À l'épreuve ?

Will posa la lourde bouilloire de cuivre près de la porte.

— Vous vous attendiez à ce que je pénètre dans le bureau du Baron ?

Halt acquiesça.

— Si tu n'avais rien tenté, j'en aurais été bien déçu. Je voulais aussi voir comment tu t'en sortirais.

D'un signe de la main, il arrêta le torrent de questions qui était sur le point de jaillir de la bouche de Will.

— Nous en discuterons plus tard, dit-il, en jetant un regard éloquent vers la bouilloire et les marmites.

Will se baissa pour les ramasser, mais sa curiosité prit le dessus et il se tourna une nouvelle fois vers le Rôdeur.

— Et que dit ce rapport que vous lisez ?

Il y eut un nouveau silence tandis que Halt le dévisageait, peut-être pour le jauger.

— Le Seigneur Northolt est mort. Il aurait été tué par un ours la semaine dernière, au cours d'une partie de chasse.

— Northolt ? demanda Will.

Le nom lui était vaguement familier mais il n'arrivait pas à le situer.

— L'ancien commandant suprême de l'armée royale, lui rappela Halt.

Will opina, comme s'il l'avait toujours su. Halt semblait disposé à répondre à ses questions et il s'enhardit :

— Qu'y a-t-il donc de si bizarre à cela ? Après tout, il arrive que des gens soient de temps en temps tués par un ours.

— C'est vrai, mais je crois que le fief de Cordom est situé un peu trop à l'ouest pour que l'on y trouve des ours. Je me dis que Northolt était un chasseur trop expérimenté pour se lancer seul à la poursuite d'un animal.

Il haussa les épaules, comme pour chasser cette idée.

— Cependant, la vie réserve bien des surprises et les gens font parfois des erreurs.

Il fit un nouveau signe de la main en direction de la cuisine pour signifier que la conversation était terminée.

— Quand tu auras rangé ça, tu pourras peut-être nettoyer l'âtre.

Will obéit. Mais quelques minutes plus tard, en passant devant une fenêtre pour se diriger vers l'immense cheminée qui tenait tout un mur de la salle, il jeta un œil à l'extérieur et aperçut le Rôdeur, le rapport à la main, qui se tapotait le menton d'un air soucieux, visiblement perdu dans ses pensées.

8

Un peu plus tard dans l'après-midi, Halt n'eut plus de travaux ménagers à donner à Will. Il inspecta la chaumière du regard : les ustensiles de cuisine, rutilants, le foyer, impeccable, le plancher, parfaitement balayé et le tapis, sans aucune trace de poussière ; un tas de bois avait été posé près de l'âtre, et à côté du poêle de la cuisine, dans un panier d'osier, se trouvaient de plus petites bûches.

— Hum... Pas mal... pas mal du tout.

Ce maigre compliment procura un immense plaisir à Will, mais avant qu'il ne puisse pleinement l'apprécier, Halt ajouta :

— Tu sais cuisiner, gamin ?

— Cuisiner, Messire ?

Halt leva les yeux au ciel, comme s'il s'adressait à un être supérieur et invisible.

— Pourquoi les jeunes gens répondent-ils donc toujours à une question par une autre question ?

Comme Will ne disait mot, il reprit :

— Exactement, cuisiner. Préparer de la nourriture de telle sorte qu'elle puisse être ingurgitée. Confectionner un repas. J'imagine que tu sais ce qu'est un aliment ? Un repas ?

— Oui..., répondit Will prudemment, tâchant de réprimer toute intonation interrogative de sa voix.

— Bien. Comme je te l'ai dit ce matin, on n'est pas dans un grand château ici. Et si nous voulons manger, nous devons faire la cuisine nous-mêmes.

Il employait à nouveau ce « nous », se dit Will. Jusqu'ici, chaque fois que Halt avait dit « nous », il fallait comprendre « tu ».

— Je ne sais pas cuisiner, avoua le garçon.

Et Halt frappa dans ses mains avant de les frotter entre elles.

— Je le sais bien ! C'est le cas de la plupart des garçons. Il va donc falloir que je t'apprenne. Suis-moi.

Il le conduisit à la cuisine et là, il l'initia aux grands mystères de l'art culinaire : peler et hacher les oignons, choisir un morceau de bœuf dans le garde-manger et le découper en cubes réguliers, éplucher des légumes puis faire griller la viande dans une poêle et finalement y ajouter une généreuse goutte de vin rouge et une pincée de ce que Halt appelait ses « ingrédients secrets ». Bientôt, un ragoût à l'air savoureux mijotait sur le poêle.

En attendant, ils s'assirent sur le balcon et discutèrent tranquillement dans le soir qui tombait.

— L'Ordre des Rôdeurs fut fondé il y a plus de cent cinquante ans, sous le règne du roi Herbert. Que sais-tu de lui ?

Halt jeta un regard de biais au garçon assis à ses côtés. Il avait lancé sa question sans prévenir afin d'étudier la réaction de Will.

Ce dernier hésitait. Il se rappelait vaguement ce nom, rencontré lors des leçons d'histoire, mais aucun détail ne lui revenait à l'esprit. Il décida pourtant de faire semblant de s'en souvenir, afin de ne pas passer pour un ignorant en ce premier jour d'apprentissage.

— Ah... oui, le roi Herbert. Nous l'avons étudié.

— Vraiment ? dit le Rôdeur d'un air affable. Tu pourrais peut-être m'en dire un peu plus ?

Il s'allongea légèrement et croisa les jambes afin de se mettre à l'aise. Will fouillait désespérément sa mémoire, s'efforçant de retrouver n'importe quel petit détail. Il avait accompli quelque chose... mais quoi donc ?

— Il était...

Will hésitait, tâchant de faire croire qu'il rassemblait ses idées.

— ... roi !

Là-dessus, il était sûr de lui, et il jeta un œil vers le Rôdeur pour voir s'il pouvait s'arrêter là. Halt se contenta de sourire et lui fit signe de continuer.

— Il était roi... il y a cent cinquante ans, reprit Will, avec l'air de quelqu'un qui s'y connaît.

Le Rôdeur sourit et attendit la suite.

— Hum... je crois me souvenir qu'il a fondé l'Ordre des Rôdeurs, dit-il avec optimisme.

Halt leva les sourcils, simulant l'étonnement.

— Vraiment ? C'est ce dont tu te souviens ?

Will, embarrassé, se rendit compte que Halt avait simplement dit que l'Ordre avait été fondé sous le règne d'Herbert, mais pas nécessairement par lui.

— Hum... en fait, quand je dis ça, je veux dire qu'il était roi quand l'Ordre a été créé.

— Il y a cent cinquante ans ? lui souffla Halt.

— C'est bien ça, acquiesça-t-il énergiquement.

— Eh bien, c'est remarquable, quand on sait que je te l'ai appris il y a tout juste une ou deux minutes, rétorqua le Rôdeur, tout en fronçant les sourcils d'un air contrarié.

Will se dit qu'il valait mieux se taire à présent. Finalement, le Rôdeur ajouta sur un ton plus doux :

— Écoute, si tu ignores quelque chose, n'essaie pas de faire croire le contraire, dis-moi simplement : « Je ne sais pas. » C'est clair ?

— Oui, Halt, répondit Will en baissant les yeux.

Il y eut un silence puis il ajouta :

— Halt ?

— Oui ?

— À propos du roi Herbert... en fait, je ne sais pas grand-chose.

Le Rôdeur émit un petit grognement.

— Ah ? Je ne m'en étais pas rendu compte... Mais je suis certain que la mémoire va te revenir : c'est lui qui a chassé les clans du Nord hors de nos terres, jusqu'aux Terres Hautes...

Effectivement, Will se le rappela tout de suite, mais il ne le dit pas à Halt. Il ne voulait pas à nouveau paraître maladroit. Le roi Herbert était connu comme le « Père de l'Araluen moderne ». Il avait rassemblé les cinquante fiefs en une puissante alliance afin de vaincre les clans du Nord. Will vit là un moyen de regagner un brin d'estime aux yeux du Rôdeur, en mentionnant le surnom du roi...

— On l'appelle parfois « le Père de l'Araluen moderne », dit Halt, qui avait devancé Will. Il fut à l'origine de l'union des cinquante fiefs, qui est encore notre modèle actuel.

— Ça me revient un peu, maintenant, dit Will, pensant que ce « un peu » ne lui donnerait pas l'air de vouloir faire le malin.

Halt lui jeta un coup d'œil, les sourcils froncés, et reprit :

— À l'époque, pour des raisons de sécurité, le roi se dit que le Royaume avait besoin d'un service de renseignements qui agisse avec intelligence.

— Un service intelligent ?

— Non, un service de renseignements ; mais il faut savoir faire preuve de perspicacité et agir avec intelligence, si l'on veut comprendre ce que mijotent les ennemis, présents ou à venir ; ce qu'ils préparent, ce qu'ils pensent. Quand on sait ces choses à l'avance, on peut alors déjouer leurs projets. C'est pourquoi Herbert a fondé l'Ordre des Rôdeurs, afin que le roi soit toujours tenu informé. Nous sommes les yeux et les oreilles du Royaume.

— Comment faites-vous ? demanda Will, dont la curiosité était éveillée.

Halt s'en aperçut et le garçon vit une lueur d'approbation dans son regard.

— Nous gardons nos yeux et nos oreilles en alerte. Nous partons en patrouille à travers le Royaume, parfois plus loin. Nous écoutons, observons et rapportons ce que nous avons appris.

Will hocha la tête et réfléchit.

— Est-ce pour cela que vous apprenez à devenir invisibles ?

Le Rôdeur approuva cette nouvelle question mais prit garde à ne pas montrer sa satisfaction au garçon.

— Nous ne savons pas nous rendre invisibles. C'est ce que croient les gens, c'est tout. Mais nous savons comment ne pas nous faire remarquer. Cela demande des années d'apprentissage et d'entraînement, mais tu possèdes déjà certains talents.

Will, surpris, leva les yeux vers Halt.

— C'est vrai ?

— La nuit dernière, quand tu as traversé la cour du château, tu t'es servi des ombres et des mouvements du vent pour ne pas te faire repérer, je me trompe ?

— Non, c'est bien ça.

Jusqu'alors, personne n'avait jamais compris comment il s'y prenait pour se déplacer sans être vu. Halt reprit :

— Nous employons une technique similaire pour nous fondre dans le décor, nous y dissimuler, en devenir partie intégrante.

— Je vois, dit Will lentement.

— En revanche, il faut s'assurer que personne d'autre n'agit de la sorte en même temps que toi.

Durant un instant, Will crut que le Rôdeur plaisantait, mais le visage de Halt était toujours aussi grave qu'à l'ordinaire.

— Combien êtes-vous ?

Halt et le Baron avait plusieurs fois fait allusion à l'Ordre des Rôdeurs, mais Will n'en avait jamais vu qu'un seul, Halt.

— Le roi Herbert en désigna cinquante, un pour chaque fief. Mon poste est à Montrouge et mes confrères sont répartis dans les quarante-neuf autres châteaux du Royaume. Nous espionnons nos ennemis mais nous sommes aussi les gardiens de la loi. Nous patrouillons le fief dont nous avons la charge et nous nous assurons que les habitants obéissent aux lois.

— Je croyais que c'était le rôle du Baron, rétorqua Will.

Halt secoua la tête.

— Le Baron est un juge. C'est auprès de lui que les gens formulent leurs griefs et il règle alors les conflits. Mais les Rôdeurs, eux, font respecter la loi ; quand un délit est commis, nous nous mettons en quête de preuves. Ce rôle nous convient parfaitement car les gens se rendent rarement compte de notre présence. Nous enquêtons et recherchons les coupables.

— Que se passe-t-il ensuite ?

Halt haussa légèrement les épaules.

— Soit nous présentons nos conclusions au Baron du fief et celui-ci se charge de l'arrestation et de l'inculpation, soit nous... réglons nous-mêmes le problème, quand l'affaire est urgente.

— Comment faisons-nous exactement ? demanda Will sans s'en rendre compte.

Halt le gratifia d'un long regard pensif.

— Pas grand-chose quand on est un simple apprenti depuis seulement quelques heures. Par contre, quand on a été Rôdeur pendant plus de vingt ans, on sait généralement quoi faire sans avoir à demander conseil.

— Ah, dit Will, qui venait d'être proprement remis à sa place.

— Ensuite, en période de guerre, nous agissons en tant que forces spéciales : nous guidons les armées, partons en éclaireurs, passons les lignes ennemis pour leur causer des ennuis, et ainsi de suite. C'est un peu plus exaltant que de travailler dans une ferme, ajouta-t-il en regardant Will.

Will était d'accord. Après tout, être un apprenti Rôdeur pouvait présenter quelques attraits.

— Quelle sorte d'ennemis ?

D'aussi loin qu'il s'en souvienne, Montrouge avait toujours été en paix.

— Des ennemis qui viennent de l'intérieur ou de l'extérieur. Des gens comme les pilleurs skandiens, ou encore Morgarath et ses Wargals.

Will frissonna à l'évocation du Seigneur des Montagnes de Pluie et de Nuit, à propos duquel il avait entendu d'épouvantables récits. Halt hocha la tête d'un air sombre.

— Il faut effectivement se soucier de Morgarath et de ses Wargals. C'est pourquoi les Rôdeurs les surveillent. Nous tâchons d'apprendre s'ils se rassemblent, s'ils se préparent à partir en guerre.

— Cependant, dit Will, surtout pour se rassurer, la dernière fois qu'ils ont attaqué Araluen, les armées des Barons en ont fait de la chair à pâté.

— C'est vrai, mais ils avaient été avertis de cette attaque...

Il s'interrompit et regarda Will d'un air entendu.

— Par un Rôdeur ?

— C'est exact ; un Rôdeur a appris que les Wargals étaient en marche, et il put alors guider la cavalerie jusqu'à un gué secret afin de prendre l'ennemi à revers.

— Ce fut une belle victoire.

— C'est vrai, et on la doit à la vigilance et à l'habileté d'un Rôdeur, qui connaissait bien certains chemins et des sentiers secrets.

— Mon père est mort dans cette bataille, ajouta Will à voix basse.

Halt le regarda avec curiosité.

— Comment ça ?

— C'était un héros, un vaillant chevalier.

Le Rôdeur ne dit rien, comme s'il se demandait s'il devait ou non parler.

— Je n'étais pas au courant, se contenta-t-il d'observer.

Will fut déçu : un instant, il avait eu l'impression que le Rôdeur aurait pu lui en apprendre davantage sur son père et lui faire le récit de sa mort héroïque. Il haussa les épaules.

— C'est pour cette raison que je tenais tant à rejoindre l'École des guerriers, pour suivre son exemple.

— Tu possèdes d'autres qualités, déclara Halt.

Will se rappela que la nuit dernière, le Baron lui avait dit à peu près la même chose.

— Halt...

Le Rôdeur lui fit signe de continuer.

— Je me demandais... Le Baron m'a raconté que vous m'aviez choisi ?

Halt acquiesça de la tête, mais resta silencieux.

— Et vous dites tous les deux que j'ai d'autres talents, des talents qui conviennent à un apprenti Rôdeur...

— C'est bien ça.

— Et... quels sont-ils ?

Le Rôdeur s'adossa au mur et croisa les mains derrière la tête.

— Tu es agile. C'est une bonne chose, commença-t-il. Et comme je te l'ai dit, tu sais te déplacer en toute discrétion. C'est essentiel. Tu es rapide sur tes jambes. Et tu es curieux...

— Curieux ? Que voulez-vous dire ?

Halt le regarda sévèrement.

— Toujours à poser des questions. Toujours à attendre une réponse. C'est pourquoi j'ai demandé au Baron de te mettre à l'épreuve à l'aide de ce bout de papier.

— Mais... quand m'avez-vous remarqué ? Je veux dire... quand avez-vous eu l'idée de me choisir ?

— Ah, je crois bien que ce fut dans les cuisines de Maître Chubb, quand je t'ai vu voler ces gâteaux.

Will en resta bouche bée.

— Vous m'observiez ? Mais c'était il y a des lustres ! Où vous trouviez-vous ?

— Dans la cuisine. Tu étais bien trop occupé pour faire attention à moi.

Will secoua la tête sans comprendre. Il avait été certain que la cuisine était vide. Puis il se rappela à nouveau comment Halt, enveloppé dans sa cape, pouvait se rendre presque invisible. Décidément, il comprit qu'être Rôdeur ne consistait pas seulement à savoir cuisiner ou faire le ménage.

— Ton habileté m'a impressionné, mais une autre chose m'a plu encore davantage.

— Quoi donc ?

— Un peu plus tard, quand Maître Chubb t'a interrogé, j'ai vu que tu hésitais. Tu étais sur le point de nier, pour les gâteaux. Pourtant, tu as avoué. Tu t'en souviens ? Il t'a frappé la tête avec sa louche en bois.

Will eut un large sourire et se frotta la tête d'un air pensif. Il entendait encore le craquement sonore de la louche qui s'abattait sur son crâne.

— Je me demande si je n'aurais pas mieux fait de mentir ce jour-là, avoua-t-il.

Halt secoua lentement la tête.

— Oh non, Will. Si tu avais menti, tu ne serais jamais devenu mon apprenti.

Halt se leva et s'étira, se préparant à rentrer dans la maison, où le ragoût mijotait toujours.

— À table, maintenant.

9

Horace laissa tomber son sac sur le sol du dortoir et s'effondra en travers de son lit en gémissant de soulagement.

Chacun de ses muscles lui faisait mal. Jamais il n'aurait pensé qu'il pouvait souffrir autant et être à ce point épuisé. Jamais il n'aurait cru que son corps comptait autant de muscles qui puissent être à ce point endoloris. Il se demanda, encore une fois, s'il parviendrait à supporter les trois années d'entraînement à l'École des guerriers. Cela faisait moins d'une semaine qu'il était un cadet et, déjà, il se sentait anéanti.

Quand il avait demandé à rejoindre l'École, Horace avait en tête la vision floue de chevaliers au combat, vêtus d'armures scintillantes, craints et vénérés par la foule des petites gens dont la plupart, dans son imagination, étaient de jolies filles, sa camarade Jenny y figurant en bonne place. Il pensait alors que l'École conjuguait séduction et aventure et que les cadets étaient enviés et admirés de tous.

La réalité était tout autre. Jusqu'à présent, les garçons se levaient avant l'aube et s'entraînaient intensément une heure durant, avant même de prendre leur petit déjeuner : ils couraient, levaient des poids ou se rangeaient par équipe de dix pour soulever de lourdes bûches et les porter au-dessus de leur tête. Ils rentraient épuisés dans leurs quartiers, où ils se lavaient rapidement à l'eau froide, avant de mettre de l'ordre dans le dortoir. Venait ensuite l'inspection méticuleuse des lieux qu'effectuait Messire Karel, un vieux chevalier astucieux qui connaissait toutes les ruses auxquelles les apprentis avaient recours pour écourter le nettoyage du dortoir ou le rangement de leur équipement et faire leur lit plus rapidement. Si l'un des vingt garçons enfreignait la moindre petite règle, les équipements étaient alors jetés à terre, les lits retournés et les poubelles vidées sur le sol : il ne leur restait plus qu'à tout recommencer, au lieu d'aller prendre le petit déjeuner.

En conséquence, les nouveaux cadets ne dupaient jamais Messire Karel plus d'une fois. Pour Horace, ce qu'on leur servait au petit déjeuner n'avait rien d'exceptionnel, mais s'il sautait ce repas, une matinée longue et ardue l'attendait, jusqu'au repas suivant qui ne durait que vingt minutes, conformément aux règles spartiates de l'École.

Ensuite, deux heures durant, ils suivaient des cours d'histoire militaire et de tactique. Plus tard, les cadets effectuaient une course d'obstacles, un exercice conçu pour évaluer leur vitesse, leur agilité, leur équilibre et leur endurance. Le parcours était minuté et, si un élève ne réussissait pas à l'effectuer en moins de cinq minutes, il était immédiatement renvoyé au départ. Il était rare de pouvoir le réussir sans tomber au moins une fois et le terrain était jonché de dangereuses flaques d'eau boueuse et de trous remplis d'une affreuse substance d'origine inconnue, à laquelle Horace préférait ne pas trop penser.

Suivait le déjeuner ; si on était tombé durant le parcours, il fallait à nouveau se laver à l'eau froide avant d'entrer dans le réfectoire, ce qui écourtait de moitié la pause repas. Ainsi, tout au long de cette première semaine, une faim tenace et d'intenses douleurs musculaires furent les seules sensations qui rythmèrent le quotidien du garçon.

Il y avait ensuite d'autres cours, puis un nouvel entraînement dans la cour du château, sous la surveillance d'un cadet plus âgé. Enfin, les élèves se rassemblaient et effectuaient des manœuvres en formation serrée jusqu'en fin de journée. Ils disposaient ensuite de deux heures libres, pour nettoyer et réparer leur attirail et préparer les leçons du lendemain.

À moins que l'un d'entre eux n'ait transgressé une

règle au cours de la journée, ou attiré sur lui la colère d'un instructeur. Dans ce cas, tous les élèves étaient invités à remplir de pierres leur sac et à se mettre en marche pour une promenade de douze kilomètres au pas de course dans la campagne environnante. Le parcours ne suivait jamais de routes ou de sentiers bien plats. Il leur fallait courir sur un terrain inégal et accidenté, grimper des collines et traverser des rivières, passer à travers des buissons touffus où des plantes rampantes et d'épaisses broussailles griffues manquaient de les mettre à terre.

Horace venait d'achever l'une de ces promenades. Plus tôt dans la journée, en cours de tactique militaire, l'un de ses camarades avait été surpris en train de faire passer un bout de papier à un autre élève. Le garçon y avait malheureusement dessiné un portrait peu flatteur de l'instructeur au long nez qui leur faisait la classe. Pire, ce garçon possédait un certain talent de caricaturiste et le portrait était très ressemblant.

Horace et sa classe avaient donc été invités à remplir leurs sacs et à se mettre en route.

Tandis qu'ils gravissaient péniblement la première colline, Horace s'était aperçu qu'il distançait progressivement les autres garçons. Après seulement quelques jours, le régime sévère de l'École lui était déjà profitable : il était en meilleure forme physique qu'il ne l'avait jamais été, sans parler de son naturel athlétique. Il n'en était pas conscient, mais il courait avec aisance, alors que les autres semblaient peiner. Peu à peu, il se retrouva loin devant eux ; il avançait d'un pas ferme, la tête haute, en respirant régulièrement par le nez.

Jusqu'ici, il n'avait pas encore eu l'occasion de vraiment faire connaissance avec ses camarades. Au fil des années, il en avait évidemment croisé certains autour du village ou dans le château, mais grandir à l'orphelinat l'avait quelque peu isolé des habitants et de leur vie quotidienne. Les pupilles ne pouvaient s'empêcher de se sentir différents, et les enfants dont les parents étaient encore en vie le leur rendaient bien.

La Cérémonie du Choix ne concernait que les orphelins. Parmi les vingt cadets, Horace était le seul à ne pas avoir été sélectionné en empruntant la voie habituelle, qui consistait à faire jouer les relations parentales, le mécénat ou encore les recommandations d'un professeur. Horace était ainsi considéré comme un objet de curiosité et les autres garçons ne cherchaient pas à s'en faire un ami ou à mieux le connaître. Un sourire aux lèvres, il éprouva une satisfaction teintée d'amertume en songeant qu'il les avait battus à la course. Aucun d'entre eux n'était encore de retour. Il leur avait montré de quoi il était capable !

La porte située au fond du dortoir s'ouvrit avec fracas et de lourds pas résonnèrent sur le plancher. Horace, toujours allongé sur son lit, se souleva sur un coude et gémit en silence.

Bryn, Alda et Jerome se dirigeaient vers lui d'un air décidé. Ils étaient en deuxième année et semblaient avoir pour mission de faire de la vie d'Horace un enfer. À la hâte, il bascula ses jambes par-dessus le rebord du lit et se releva ; mais il ne fut pas assez rapide.

— Que fais-tu dans ton lit ? hurla Alda. Qui t'a dit que c'était déjà l'extinction des feux ?

Bryn et Jerome arboraient un large sourire. Ils appréciaient les boutades d'Alda. Ils ne pouvaient le concurrencer sur ce terrain mais ils palliaient leur manque d'inventivité en ayant généreusement recours à leur force physique.

— Vingt pompes ! Immédiatement ! ordonna Bryn.

Horace marqua une hésitation. Il était bien plus costaud que les trois autres. Si cela devait se terminer en bagarre, il était certain d'avoir le dessus sur n'importe lequel d'entre eux. Mais ils étaient trois. De plus, ils avaient de leur côté les traditions de l'École : d'après ce qu'il savait, il était normal que des élèves de deuxième année maltraitent ainsi les plus jeunes ; et s'il se plaignait auprès des instructeurs, ses camarades le mépriseraient. Personne n'aime les pleurnicheurs, se dit-il en se mettant au sol. Bryn s'était pourtant aperçu de l'hésitation d'Horace et sans doute de la brève lueur rebelle qui avait éclairé son regard.

— Trente pompes ! dit-il d'un ton brusque. Maintenant !

Ses muscles protestaient, mais Horace s'étala sur le

sol et se prépara à effectuer l'exercice demandé. Au même instant, il sentit qu'un pied se posait au creux de ses reins et appuyait sur son dos, alors qu'il s'efforçait de se soulever du sol. Jerome avait pris la relève :

— Allez, petit bébé ! Fais un effort !

Horace parvint à grand-peine à soulever son corps. Jerome maintenait juste ce qu'il fallait de pression. Le deuxième année continuait d'appuyer tandis qu'Horace redescendait, ce qui rendait l'exercice plus difficile encore. En gémissant, il acheva la première pompe et entama la seconde.

— Arrête de pleurer, espèce de bébé ! hurla Alda.

Il s'approcha alors du lit d'Horace.

— Tu n'as pas fait ton lit ce matin ? cria-t-il à nouveau.

Le garçon, qui luttait contre la pression qu'exerçait le pied de Jerome, grogna en guise de réponse.

— Quoi ?

Alda se pencha jusqu'à ce que son visage ne soit plus qu'à quelques centimètres de celui d'Horace.

— Qu'est-ce que tu dis, bébé ? Plus fort !

— Si... Messire, parvint-il à murmurer.

Alda secoua exagérément la tête.

— Tu te trompes ! dit-il en se relevant. Regarde ce lit, une vraie paillasse !

Naturellement, les couvertures étaient un peu froissées là où Horace s'était affalé quelques instants plus tôt, mais les remettre en place n'aurait pas pris plus d'une seconde. Bryn comprit où Alda voulait en venir et, avec un grand sourire, il s'avança et renversa le lit d'un coup de pied. Le matelas, les couvertures et les oreillers tombèrent sur le sol. Alda se mit de la partie et s'en prit aux couvertures qui volèrent dans la salle.

— Refais ton lit ! hurla-t-il.

Ses yeux se mirent à briller et il se tourna vers le lit voisin : il le renversa à son tour, éparpillant matelas et literie comme il venait de le faire pour celui d'Horace.

— Refais-les tous ! brailla-t-il, ravi de son idée.

Bryn s'y mit lui aussi en souriant et ils renversèrent les vingt lits tour à tour. Horace, toujours occupé à ses pompes, serrait les dents. Il avait la vue brouillée par des gouttes de transpiration qui coulaient dans ses yeux et les picotaient.

— Tu pleures, bébé ? hurla Jerome. Rentre pleurer chez ta mère !

Et il enfonça brutalement son pied dans le dos d'Horace, qui s'affala sur le sol.

— Bébé n'a pas de maman, dit Alda, bébé est un sale orphelin. Maman s'est enfuie avec un marin.

Jerome se pencha à nouveau vers lui.

— C'est vrai, bébé ? siffla-t-il. Maman t'a abandonné ?

— Ma mère est morte, répondit Horace d'un ton grinçant.

Furieux, il voulut se relever, mais le pied de Jerome se posa sur sa nuque et son visage s'écrasa contre le plancher bien dur ; Horace abandonna toute tentative.

— Comme c'est triste, dit Alda.

Les deux autres se mirent à rire.

— Et maintenant, range tout ce bazar, petit bébé, sinon on t'oblige à refaire la course.

Épuisé, Horace resta étendu sur le sol pendant que les trois garçons plus âgés quittaient la salle d'un air fanfaron, renversant au passage les casiers et les affaires de ses camarades. Il referma les yeux car des gouttes de transpiration y coulaient à nouveau.

— Je déteste cet endroit, dit-il d'une voix qu'étouffa le plancher rugueux.

10

— Il serait temps que tu découvres les armes dont tu vas te servir, dit Halt.

Ils avaient pris leur petit déjeuner bien avant l'aube, puis Will avait suivi Halt dans la forêt. Ils avaient marché pendant environ une demi-heure, le Rôdeur montrant au garçon comment passer le plus silencieusement possible d'une ombre à une autre. Halt avait déjà remarqué que Will était bon élève quand il s'agissait de se déplacer sans être vu. Mais il lui faudrait des années d'entraînement avant de pouvoir égaler un Rôdeur. Halt était pourtant satisfait des progrès du garçon, toujours désireux d'apprendre, surtout quand il s'agissait d'exercices pratiques comme celui-ci.

Mais les choses se corsaient un peu quand il était question de lire une carte ou de dessiner un plan, des tâches moins exaltantes. Will avait tendance à omettre des détails importants, et Halt se voyait obligé de lui faire remarquer, avec un peu d'aigreur :

— Ces détails te sembleraient moins insignifiants si tu avais à guider une compagnie de soldats ou de chevaliers et si tu oubliais de mentionner qu'une rivière croise leur chemin.

Ils firent halte dans une clairière. Le Rôdeur laissa tomber au sol un petit baluchon qu'il avait dissimulé sous sa cape, et que Will observait d'un air sceptique. Pour lui, une arme était une épée, une hache ou une massue : les armes d'un chevalier. À l'évidence, ce petit baluchon ne contenait rien de tout cela.

— Quelle sorte d'armes avons-nous ? Une épée ? demanda Will, qui ne pouvait détacher son regard du baluchon.

— Les premières armes d'un Rôdeur sont la discrétion, le silence et son habileté à se camoufler. Mais parfois, quand elles ne suffisent plus, il nous faut combattre.

— Dans ce cas, nous avons une épée ? demanda Will, plein d'espoir.

Halt s'agenouilla et dénoua le baluchon.

— Non, dans ce cas, nous avons un arc, dit-il en plaçant l'arme aux pieds de son apprenti.

La déception de Will fut visible. Pour lui, un arc était plus un outil qu'une arme et ne servait qu'à la chasse. Qui ne possédait pas d'arc ? Enfant, il en avait fabriqué en quantité, en pliant une branche bien souple. Comme Halt ne disait mot, Will regarda l'arc de plus près et s'aperçut que celui-ci n'avait rien à voir avec un simple bout de bois.

Il était différent de tous les arcs qu'il avait pu voir jusqu'ici. Sa courbure était habituelle, celle d'un arc anglais, mais chacune de ses extrémités était recourbée en sens inverse et il était beaucoup plus court.

— C'est un arc à double courbure, expliqua Halt, qui avait perçu son étonnement. Tu n'es pas encore assez costaud pour pouvoir manier un arc de grande taille, et la double courbure apportera plus de rapidité et davantage de puissance à ta flèche. Les Temujai m'ont appris à le fabriquer.

— Les Temujai ?

— De farouches guerriers venus d'Orient, sans nul doute les meilleurs archers au monde.

— Vous les avez combattus ?

— Je me suis battu contre eux... et avec eux à une époque. Arrête de poser autant de questions.

Will regarda à nouveau l'arc qu'il tenait à la main. Maintenant qu'il s'accoutumait à sa forme peu ordinaire, il voyait bien que l'arme avait été admirablement conçue : un assemblage de plusieurs bandes de bois, d'épaisseurs diverses, qui partaient dans des directions opposées, ce qui avait permis de courber l'arc ; les différentes tensions s'équilibraient et le bois était plié selon un schéma soigneusement pensé.

— Je peux l'essayer ?

— Si tu penses que c'est une bonne idée, vas-y.

Sans attendre, Will choisit une flèche dans le carquois qui se trouvait dans le baluchon et la posa sur la corde, qu'il tenait entre le pouce et l'index ; il banda l'arc, visa un tronc d'arbre situé à une vingtaine de mètres et tira.

Clac !

La corde bien tendue fouetta brutalement le creux de son bras. Will hurla de douleur et lâcha vivement son arc. Une large zébrure rouge se formait déjà sur sa peau, qui palpitait douloureusement. Will n'avait aucune idée de ce qui était advenu de la flèche, et il s'en moquait.

— Ça fait mal ! dit-il en regardant le Rôdeur d'un air accusateur.

Halt haussa les épaules.

— Tu es toujours pressé, jeune homme. Cela te servira peut-être de leçon et, à l'avenir, tu patienteras un peu.

Il se pencha vers le baluchon et en sortit un long protège-bras en cuir épais. Il le glissa le long du bras gauche de Will. Le garçon s'aperçut que Halt en portait un lui aussi ; il l'avait déjà remarqué, sans jamais se demander à quoi cela servait.

— Maintenant, essaie à nouveau, lui dit Halt.

Will choisit une autre flèche et la plaça sur la corde. Il s'apprêtait à tirer quand Halt l'interrompit.

— Pas entre le pouce et l'index. Maintiens ta flèche sur la corde à l'aide de l'index et du majeur... comme ceci.

Il lui expliqua que l'encoche située à l'extrémité

arrière de la flèche permettait de la maintenir sur la corde. Il lui montra ensuite comment faire reposer la corde sur l'articulation de trois doigts, l'index au-dessus de la flèche et les deux autres en dessous ; enfin, comment relâcher la corde afin de libérer la flèche.

— C'est mieux ainsi, lui dit-il.

Et tandis que Will bandait son arc, Halt ajouta :

— Essaie de te servir des muscles de ton dos, et pas seulement de ceux de tes bras. Comme si tu essayais de rapprocher tes omoplates l'une de l'autre...

Will suivit ces conseils ; bander l'arc lui parut alors plus simple et il arrivait à le tenir plus fermement. Il tira à nouveau et cette fois, il manqua de justesse le tronc d'arbre qu'il avait pris pour cible.

— Tu as besoin d'entraînement, dit le Rôdeur. Repose-le pour l'instant.

Avec précaution, Will déposa l'arc sur le sol. Il était à présent impatient de découvrir ce que Halt allait sortir du baluchon.

— Ce sont des couteaux de Rôdeur.

Halt lui tendit une gaine, identique à celle qu'il portait à la ceinture, et dans laquelle étaient rangés deux couteaux.

Will s'en saisit et les examina. Les couteaux étaient placés l'un sur l'autre ; celui du haut, le plus petit des deux, avait un manche lourd et épais, composé de disques de cuir empilés. La garde, une pièce de métal insérée entre la lame et le manche, était en cuivre, comme le pommeau.

— Sors-le, mais sois prudent, lui dit Halt.

Will dégaina le petit couteau, dont la forme était peu courante : étroite à sa base, la lame effilée s'élargissait puis s'épaississait nettement sur les trois quarts de sa longueur. Elle était plus lourde à son extrémité, où se trouvait une pointe brusquement recourbée, aussi tranchante qu'un rasoir. Will regarda Halt avec curiosité.

— C'est un couteau de lancer, expliqua Halt. La largeur de la lame équilibre le poids du manche, et le poids combiné des deux parties améliore sa trajectoire. Regarde.

Lestement, il posa sa main sur le couteau à large lame qu'il portait à sa ceinture et le libéra de sa gaine ; d'un seul geste, il l'envoya tournoyer en direction d'un arbre. L'arme atteignit sa cible et un plaisant *tchac !* se fit entendre.

Will regarda Halt, impressionné par la rapidité et l'habileté du Rôdeur.

— Comment avez-vous appris à faire cela ?

— Question d'entraînement, dit Halt en le regardant.

Il fit signe à Will d'examiner le second couteau. Celui-ci était plus long ; le manche était lui aussi fait de disques de cuir et une solide garde de cuivre le séparait de la lame, lourde et bien droite, tranchante d'un côté, plus épaisse de l'autre.

— On se sert de celui-ci lors de combats rapprochés ; même s'il est vrai qu'un bon archer est censé parer l'approche d'un adversaire... On peut le lancer, mais cette lame permet aussi de dévier un coup d'épée. Ces couteaux sont fabriqués par les meilleurs artisans du Royaume. Prends-en soin et aiguise-le régulièrement.

— Oui, dit doucement l'apprenti, qui admirait le couteau.

— Il ressemble beaucoup à l'arme que les Skandiens appellent un couteau marin, lui dit Halt.

Will, qui n'en avait jamais entendu parler, fronça les sourcils. Halt reprit :

— C'est à la fois une arme et un outil ; au départ, c'était une hache marine, qui a changé d'appellation au fil des années. Certes, notre acier est de qualité bien supérieure à celui des Skandiens.

Will examina le couteau plus attentivement encore, et remarqua que le poids de la lame, légèrement bleutée, était idéal. Avec son manche de cuir et de cuivre, le couteau semblait très simple et fonctionnel, mais cette arme était précieuse et bien plus efficace que les encombrantes épées des chevaliers de Montrouge.

Halt lui montra comment sangler la gaine à sa ceinture, de façon que sa main puisse être à la hauteur exacte du manche.

— Maintenant, il ne te reste plus qu'à apprendre à t'en servir. Tu as compris ce qui t'attendait, non ?

Will hocha la tête et afficha un large sourire.

— Beaucoup d'entraînement, répondit-il.

11

Appuyé à la clôture de bois qui entourait le terrain d'entraînement, Messire Rodney observait les nouveaux cadets de l'École des guerriers, qui s'exerçaient au maniement des armes. Il se caressait le menton d'un air pensif. Ses yeux passaient de l'une à l'autre des vingt recrues, mais revenaient toujours sur un élève en particulier : le grand garçon aux larges épaules qui venait de l'orphelinat ; celui que Rodney avait choisi lors de la cérémonie. Il ne se rappelait pas son nom et réfléchit un instant.

Horace. C'était bien ça.

L'exercice en cours obéissait à une procédure classique. Chaque garçon, revêtu d'une cotte de mailles, muni d'un heaume et d'un bouclier, se tenait face à un poteau de bois rembourré de cuir, de la taille d'un homme. Selon Rodney, il n'était d'aucune utilité de s'entraîner à l'épée si l'on ne portait pas bouclier, heaume et armure, comme lors d'une vraie bataille. Il valait mieux que les élèves s'habituent dès le début à l'encombrante armure et au poids de leur équipement.

En plus du heaume, du bouclier et de la cotte de mailles, chaque garçon avait dans les mains une épée d'entraînement que leur remettait l'armurier. Cette épée était en bois de noyer séché et durci et, hormis le manche de cuir et la garde, n'avait rien en commun avec une arme de combat. Elle ressemblait davantage à un long bâton, aussi lourd qu'une fine lame d'acier, et le manche avait été lesté de façon à être d'un poids à peu près égal à celui d'une épée.

En fonction de leurs progrès, les élèves seraient peu à peu amenés à se servir de vraies épées, dont on prenait toutefois le soin d'émousser la pointe et le tranchant. Il leur faudrait malgré tout attendre plusieurs mois, quand les recrues ne faisant pas l'affaire auraient été éliminées. Habituellement, au moins un tiers des cadets quittait l'École au cours des trois premiers mois. Il arrivait qu'un élève choisisse de partir, mais c'étaient généralement les instructeurs, voire, dans certains cas délicats, Messire Rodney, qui en décidaient. L'entraînement était éprouvant et les critères de sélection sévères.

Les coups sourds que les épées de bois portaient sur l'épais rembourrage de cuir tanné des poteaux résonnaient sur le terrain. À l'autre bout, l'instructeur,

Messire Karel, criait les consignes et indiquait quels enchaînements effectuer.

Sous la supervision de Messire Morton, un instructeur adjoint, cinq élèves de troisième année circulaient entre les garçons et observaient leur travail dans le détail : ils corrigeaient un geste, changeaient l'angle d'une parade, ou s'assuraient qu'un bouclier était bien en place quand l'un des élèves portait un coup. Sous le soleil brûlant de l'après-midi, l'exercice était ennuyeux et répétitif. Mais nécessaire. Ces gestes élémentaires décideraient plus tard de la vie ou de la mort de ces garçons, et il était vital qu'ils soient parfaitement assimilés, jusqu'à ce que les élèves aient acquis de bons réflexes.

À cette pensée, Messire Rodney fixa à nouveau son regard sur Horace. Il avait remarqué que le garçon ajoutait parfois un mouvement à la séquence attendue par Messire Karel, sans pourtant prendre de retard sur les autres.

Karel venait de lancer une nouvelle séquence et les yeux attentifs de Messire Rodney restèrent braqués sur Horace.

— Attaque ! Contre-attaque ! Coup de revers ! Par le haut ! criait l'instructeur. En revers par le haut !

Au moment où Karel lança le dernier ordre, Horace obéit mais, presque instantanément, il enchaîna un coup de revers. Il frappa avec une rapidité et une force étonnantes, et lors d'un vrai combat, cet assaut aurait eu de lourdes conséquences pour l'adversaire :

son bouclier aurait été prêt à parer le revers en hauteur, mais il n'aurait jamais eu le temps de l'abaisser pour protéger son flanc de l'attaque fulgurante à venir.

Cela faisait quelques instants que Rodney avait compris que le garçon insérait d'autres coups d'épée à la séquence. Il l'avait d'abord vu du coin de l'œil, remarquant qu'une légère variation venait perturber la routine de l'exercice, un mouvement supplémentaire si bref qu'on le remarquait à peine.

— Repos ! ordonna Karel.

La plupart des élèves laissèrent tomber leur arme à terre et attendirent la suite mais, la pointe de son épée légèrement relevée, Horace restait en position de combat et sautillait sur place afin de ne pas perdre le rythme.

Apparemment, quelqu'un d'autre avait remarqué son petit manège. Messire Morton appela l'un des élèves plus âgés et s'adressa à lui tout en désignant Horace d'un geste rapide. Ce dernier, toujours concentré sur le poteau qui jouait le rôle de l'adversaire, ne vit pas cet échange, mais quand l'élève de troisième année s'approcha de lui, il leva les yeux, surpris de l'entendre s'adresser à lui.

— Toi, au poste quatorze ! Qu'est-ce que tu fabriques ?

Horace, déconcerté, ne comprenait pas de quoi il s'agissait : un élève de première année n'aimait guère attirer sur lui l'attention d'un instructeur ou d'un assistant. Les cadets savaient bien qu'un tiers des élèves serait éliminé d'ici quelques mois.

— Messire ? répondit-il d'un air inquiet.

— Tu n'obéis pas aux ordres. Écoute mieux les consignes de Messire Karel, compris ?

Rodney, qui observait attentivement la scène, fut convaincu que l'étonnement d'Horace était sincère. Le grand garçon esquissa un mouvement d'épaules, presque un haussement. Il se tenait à présent au garde-à-vous, l'épée posée sur son épaule droite et le bouclier levé, comme pour un passage en revue.

— Messire ? répéta-t-il avec hésitation.

L'autre élève avait maintenant l'air furieux. Il n'avait pas remarqué qu'Horace avait porté des coups supplémentaires et s'imaginait que le garçon avait simplement suivi une séquence de son invention. Il approcha son visage à quelques centimètres de celui d'Horace, et d'une voix beaucoup trop forte vu la distance qui les séparait, lui dit :

— Messire Karel donne les ordres et tu obéis, compris ?

— Mais... Messire, c'est... ce que je fais, répondit Horace, dont le visage avait viré au rouge.

À l'ordinaire, il valait mieux ne pas contredire un instructeur, mais il était certain d'avoir exécuté à la lettre les ordres de Karel. Rodney s'aperçut que l'autre élève se trouvait maintenant dans une position délicate. Il n'avait pas vraiment vu ce qu'Horace avait fait et il dissimula son incertitude en jouant au fanfaron.

— Ah bon, tu crois ça ! Tu pourrais peut-être me répéter les derniers ordres donnés par Messire Karel ?

Sans hésiter, Horace répondit :

— La séquence cinq, Messire : attaque, contre-attaque, coup de revers, par le haut, en revers par le haut.

L'autre élève ne savait plus que dire. Il s'était imaginé qu'Horace était distrait, qu'il avait cogné le poteau comme bon lui semblait. Mais Horace, autant qu'il s'en souvienne, avait simplement répété à la perfection l'exercice demandé. C'était du moins ce qu'il croyait. L'autre élève ne se souvenait plus exactement de la séquence mais le cadet, lui, avait répondu sans hésitation. Il avait conscience que tous les autres élèves observaient la scène avec beaucoup d'intérêt. Une réaction naturelle chez les apprentis, qui appréciaient qu'on réprimande un autre élève ; cela évitait que l'instructeur ne se penche de trop près sur leurs erreurs à eux.

— Que se passe-t-il, Paul ?

Cette interruption ne semblait pas être du goût de Messire Morton, l'instructeur adjoint. Il avait seulement demandé à l'élève plus âgé de réprimander le cadet pour son manque d'attention et l'affaire aurait déjà dû être réglée, alors que la séance était maintenant perturbée. Paul se mit au garde-à-vous.

— Messire, le cadet prétend avoir obéi aux ordres, expliqua-t-il.

Horace fut tenté de faire une remarque sur le sous-entendu qu'impliquait le terme « prétendre », mais il se ravisa et garda les lèvres serrées.

— Un instant.

Paul et Morton regardèrent autour d'eux : ils n'avaient pas vu Messire Rodney s'approcher. Les autres élèves se mirent aussitôt au garde-à-vous. Le Maître était en effet craint et admiré de tous au sein de l'École, surtout des nouvelles recrues. Morton ne se mit pas au garde-à-vous mais il se raidit un peu et redressa les épaules.

Horace se mordit la lèvre, en proie à une atroce inquiétude. La perspective d'un renvoi se profilait à l'horizon. Il s'était d'abord mis à dos les trois garçons de deuxième année qui faisaient de sa vie un enfer. Il venait d'attirer l'attention de Paul et de Messire Morton et, maintenant, celle du Maître des guerriers en personne. Pire, il n'avait aucune idée de l'erreur qu'il avait pu commettre. Il fouilla sa mémoire mais se souvenait simplement d'avoir effectué l'enchaînement demandé.

— Te rappelles-tu la séquence, cadet Horace ? demanda le Maître.

Le garçon acquiesça énergiquement mais s'aperçut que la question venait d'un officier et que sa réponse n'était pas convenable. Il dit alors :

— Oui, Messire, la séquence cinq, Messire.

« C'est la seconde fois qu'il reconnaît la séquence », se dit Rodney.

Il aurait parié qu'aucun autre élève n'aurait pu

répéter exactement l'ordre des coups, et il se doutait que les élèves de troisième année ne devaient pas mieux s'en souvenir. Messire Morton s'apprêtait à intervenir mais Rodney l'interrompit d'un geste.

— Peux-tu l'exécuter à nouveau devant nous ?

La sévérité de sa voix ne laissait rien transparaître de l'intérêt croissant qu'il portait à cette recrue. Il désigna le poteau d'entraînement.

— En position, prêt... commence !

Horace exécuta la séquence à la perfection, tout en nommant les coups qu'il portait.

— Attaque ! Contre-attaque ! Coup de revers ! Par le haut ! En revers par le haut !

L'épée en bois frappait le rembourrage en cuir avec une extrême précision. Le rythme était parfait et les coups irréprochables. Rodney remarqua que cette fois, Horace n'avait pas ajouté son foudroyant coup de revers. Il pensait avoir compris pourquoi : à présent, le garçon se concentrait pour effectuer la séquence avec exactitude, alors qu'auparavant, il avait agi d'instinct.

Messire Karel, intrigué par l'intervention de Rodney au beau milieu d'une séance d'entraînement, passa entre les rangs des apprentis qui étaient restés à leur poste. Les sourcils relevés, il interrogea Messire Rodney du regard. En tant que Chevalier, il pouvait se permettre une telle familiarité. Le Maître des guerriers lui fit signe de ne pas l'interrompre, car rien ne devait déconcentrer Horace pour l'instant. Mais il était content que Karel puisse assister à ce qui n'allait pas manquer d'arriver.

— Encore, ordonna-t-il du même ton sévère.

Horace s'exécuta. Dès qu'il eut terminé, la voix de Rodney claqua comme un fouet :

— Encore !

Horace répéta les mêmes gestes. Cette fois-ci, dès qu'il eut achevé la séquence, Rodney ordonna d'un ton coupant :

— Séquence trois !

— Attaque ! Attaque ! Fente arrière ! Parade croisée ! Bouclier ! Contre-attaque ! cria Horace, tout en effectuant les gestes requis.

Rodney voyait que le garçon se déplaçait avec souplesse ; son épée virevoltait, fendait l'air et, sans même s'en rendre compte, Horace rythmait ses coups beaucoup plus rapidement que l'instructeur ne l'avait demandé.

Karel jeta un regard vers Rodney et hocha la tête en signe d'approbation. Mais Rodney n'en avait pas terminé avec Horace et, avant que ce dernier n'ait eu le temps de reprendre son souffle, il lui ordonna d'enchaîner la séquence cinq. Le garçon s'exécuta.

— Attaque ! Contre-attaque ! Coup de revers ! Par le haut ! En revers par le haut !

— Coup de revers ! ajouta au même instant Messire Rodney.

Sans attendre, l'épée d'Horace, comme animée d'une volonté propre, assena cette passe mortelle sur le poteau. Rodney entendit les exclamations de surprise de Morton et de Karel, qui comprenaient la signification de cet assaut supplémentaire. Paul, à juste titre, n'en avait pas saisi l'importance ; pour sa part, l'apprenti avait seulement obéi à l'ordre lancé par le Maître des guerriers. Il l'avait bien exécuté, il fallait l'admettre, et ce garçon savait décidément manier l'épée, mais Paul n'avait rien vu qui sorte de l'ordinaire.

— Repos ! ordonna Messire Rodney.

Horace planta la pointe de son épée dans le sol poussiéreux, les mains posées sur le pommeau, les jambes écartées et le manche au même niveau que sa boucle de ceinture, en position de repos.

— Horace, dit tranquillement le Maître, te rappelles-tu avoir ajouté ce coup de revers quand tu as exécuté la séquence la première fois ?

Horace fronça les sourcils et une lueur de compréhension éclaira son regard. Il n'en était pas certain, mais maintenant que le Maître le lui faisait remarquer, il se dit que cela pouvait bien être le cas.

— Euh... Oui, Messire. Je crois bien. Excusez-moi, Messire, je n'en avais pas l'intention, c'est arrivé comme ça...

Rodney jeta un coup d'œil rapide en direction des instructeurs et vit qu'ils saisissaient l'importance de ce qui venait de se passer. Il leur fit un signe de tête, un message silencieux signifiant qu'il ne souhaitait pas s'étendre sur le sujet ; du moins pour l'instant.

— Bien, rien de grave. Mais dorénavant, fais attention, et obéis uniquement aux consignes de Messire Karel, d'accord ?

— Oui, Messire, dit Horace en se mettant au garde-à-vous.

Il se retourna vers l'instructeur et ajouta :

— Excusez-moi, Messire !

Mais Karel, d'un geste, écarta le sujet.

— À l'avenir, concentre-toi davantage, dit-il au garçon.

Karel regarda en direction de Messire Rodney et comprit que le Maître souhaitait quitter les lieux.

— Merci, Messire. Permission de reprendre l'entraînement ?

— Accordée, instructeur.

Rodney fit demi-tour mais sembla se rappeler quelque chose ; il se tourna à nouveau vers Karel, et ajouta nonchalamment :

— Au fait, pourrais-je vous voir dans mes appartements en fin de journée ?

— Bien entendu, Messire, répondit Karel, du même ton désinvolte.

Il savait que Rodney souhaitait discuter de ce qui venait de se passer, mais ne voulait pas qu'Horace prenne conscience de l'intérêt qu'il lui portait.

Messire Rodney se dirigea lentement vers le quartier général de l'École. Derrière lui, il entendit les ordres lancés par Karel, suivis des coups sourds qui reprenaient sur les poteaux.

12

Halt examina la cible que Will venait d'atteindre et approuva de la tête.

— Pas mal du tout. Décidément, ton tir s'améliore.

Will ne put réprimer un large sourire. De la part de Halt, c'était un vrai compliment. Le Rôdeur remarqua la mine réjouie du garçon et ajouta immédiatement :

— Avec davantage d'entraînement, beaucoup plus d'entraînement, devrais-je dire, tu pourrais devenir médiocre.

Will ne savait pas à quel niveau Halt situait la médiocrité, mais il comprit que cela n'était en rien positif. Son sourire s'évanouit et Halt, d'un geste, écarta le sujet.

— Tu as suffisamment tiré à l'arc pour aujourd'hui. Partons.

Il se dirigea vers un sentier étroit qui traversait la forêt.

— Où allons-nous ? demanda Will, courant presque afin de rattraper le Rôdeur, qui avançait à grandes enjambées.

Halt leva les yeux vers les arbres et s'adressa à eux.

— Pourquoi ce garçon pose-t-il tant de questions ?

Comme il pouvait s'y attendre, ils ne lui répondirent pas.

Ils marchèrent une heure durant avant d'arriver à un ensemble de petits bâtiments délabrés, enfoui au cœur de la forêt. Will mourait d'envie de poser d'autres questions, mais il avait à présent compris que Halt ne lui répondrait pas ; il se tut, bien décidé à attendre le bon moment. Tôt ou tard, il saurait pourquoi ils étaient venus jusqu'ici.

Halt le conduisit jusqu'à la plus grande des cabanes et s'arrêta, faisant signe à Will de faire de même.

— Salut, Vieux Bob ! s'écria-t-il.

Will entendit quelqu'un se déplacer à l'intérieur, et un homme voûté, au visage ridé, apparut sur le seuil. Sa longue barbe blanche avait l'air emmêlée et très sale, et son crâne était quasiment chauve. Il s'approcha d'eux en souriant et salua Halt de la tête ; c'est alors que Will dut retenir son souffle : Vieux Bob dégageait une épouvantable odeur d'écurie, une écurie qui n'était certainement pas des plus propres.

— Salut à toi, Rôdeur ! C'est qui donc que t'as amené ?

Il posa sur Will un regard perçant. En dépit de sa crasse et de son allure négligée, ses yeux restaient vifs et alertes.

— C'est Will, mon nouvel apprenti. Will, je te présente Vieux Bob.

— Bonjour, Messire, répondit Will poliment.

Le vieil homme gloussa.

— Y m'donne du messire ! T'as entendu, Rôdeur, y m'a appelé messire ! Y fera un bon Rôdeur, çuilà !

Will lui sourit. Aussi crasseux qu'il puisse être, Vieux Bob dégageait quelque chose de sympathique ; était-ce parce que Halt ne paraissait pas l'intimider du tout ? Avant ce jour, Will n'avait jamais entendu personne s'adresser aussi familièrement au Rôdeur. Halt grogna avec impatience.

— Ils sont prêts ? demanda-t-il.

Le vieil homme gloussa à nouveau et hocha plusieurs fois la tête.

— Pour sûr qu'y sont prêts ! V'nez par là pour les voir.

Il les conduisit à l'arrière de la cabane où se trouvait un petit enclos entouré d'une barrière. Au fond, on pouvait voir un abri dépourvu de murs, formé d'un toit et de deux piliers. Vieux Bob émit un sifflement aigu qui fit sursauter Will.

— Y sont là, t'as vu ? dit-il en désignant l'abri.

Will aperçut deux petits chevaux qui traversaient

l'enclos au trot et venaient à la rencontre du vieil homme. Ils s'approchaient et le garçon se rendit compte que l'un était un cheval, l'autre un poney. Mais tous deux étaient des animaux aux longs poils, de petite taille ; rien à voir avec les puissants destriers à la robe lustrée que montaient le Baron et ses chevaliers quand ils guerroyaient.

Sans hésiter, le plus grand des deux s'arrêta près de Halt. Le Rôdeur lui flatta le museau et lui tendit une pomme qu'il venait de prendre dans un tonneau posé près de la clôture. Halt se pencha vers lui et lui murmura quelques mots à l'oreille. Le cheval s'ébroua et hennit, comme si le Rôdeur venait de lui raconter une histoire drôle.

Le poney patientait près de Bob, attendant que le vieil homme lui donne à lui aussi une pomme à croquer. L'animal posa ensuite sur Will un regard bien vif.

— Çuilà, y s'appelle Folâtre, dit Bob. À peu près d'la même taille que toi, non ?

Il tendit la longe à Will, qui s'en saisit et regarda le poney dans les yeux. La bête, aux jambes courtes mais solides, avait le corps en forme de tonneau et sa crinière et sa queue n'étaient pas brossées. Bref, comme cheval, il n'avait rien de bien impressionnant, se dit Will.

Il avait toujours rêvé du cheval qu'un jour il monterait pour partir au combat. Dans son imagination, ce destrier était farouche, immense et majestueux ; sa robe noire était si bien brossée qu'on aurait dit une armure luisante. Le cheval parut saisir les pensées du garçon et lui donna un léger coup de tête dans l'épaule.

« Je ne suis peut-être pas très grand, semblaient dire ses yeux, mais je pourrais bien t'étonner. »

— Bien, dit Halt. Qu'en penses-tu ?

Il était en train de caresser le doux museau de l'autre cheval : tous deux étaient à l'évidence de vieux amis. Will hésitait, il ne voulait offenser personne.

— Il n'est pas très... grand, dit-il finalement.

— Pas plus que toi, fit observer Halt.

Will ne sut quoi répondre. Vieux Bob eut un rire rauque.

— C'est pas un canasson d'chevalier, pas vrai, gamin ?

— Eh bien... non, pas vraiment, répondit Will d'un air gêné.

Il appréciait Bob et se disait que critiquer le poney reviendrait à critiquer le vieil homme. Mais Bob se remit simplement à rire.

— Mais y peut distancer n'importe lequel de ces beaux ch'vaux de pacotille ! déclara-t-il avec fierté. Lui, c'est un costaud. Y peut galoper des heures et des heures, pas comme ces pimpants ch'vaux qui vont vite s'épuiser et s'écrouler d'fatigue.

Will contempla le petit animal hirsute d'un air perplexe.

— J'en suis certain, dit-il poliment.

— Pourquoi ne vois-tu pas par toi-même ? suggéra

Halt, qui se tenait appuyé à la clôture. Tu cours vite, alors lâche-le et essaie de le rattraper !

Will entendit la note de défi dans la voix du Rôdeur. Il lâcha la bride du poney, qui semblait avoir compris qu'on le mettait à l'épreuve et qui s'éloigna légèrement jusqu'au centre de l'enclos. Will passa sous la barrière et s'approcha doucement de l'animal, la main tendue.

— Viens là, dit-il, reste tranquille.

Il avança la main pour se saisir de la bride mais le petit cheval recula brusquement. Il fit un pas de côté pour esquiver Will et s'éloigna vivement à reculons, hors d'atteinte.

Will essaya à nouveau de s'approcher mais, encore une fois, le cheval l'évita sans mal. Le garçon commençait à se sentir ridicule. Il perdit soudain patience et s'élança à sa suite. Le cheval hennissait de joie et continuait de gambader tout en restant hors de portée ; visiblement, le jeu l'amusait.

Will s'arrêta. Conscient du regard attentif de Halt, il se mit à réfléchir : il devait bien y avoir un moyen d'attraper un cheval aussi agile et fringant que celui-ci. Son regard se posa sur le tonneau rempli de pommes. Will passa rapidement sous la barrière et en prit une. Puis il revint dans l'enclos et demeura immobile, le fruit à la main.

— Allez, viens là, Folâtre, dit-il.

Le poney dressa les oreilles. Il aimait les pommes. Et puis, il appréciait déjà ce garçon si joueur. Il s'ébroua en signe d'approbation, trotta en direction de Will et prit délicatement la pomme entre ses dents avant de la croquer ; Will en profita pour s'emparer de la bride. Jamais un cheval n'avait affiché une mine aussi heureuse. Will leva les yeux et vit que Halt approuvait.

— Bien pensé, dit le Rôdeur.

Bob donna un coup de coude à l'homme toujours vêtu de sa cape grise.

— C'est qu'il est malin, l'garçon ! gloussa-t-il. Malin et poli ! Lui et Folâtre vont former une sacrée bonne équipe, tu crois pas ?

Will flatta l'encolure et les oreilles dressées du poney. Puis, il regarda le vieil homme.

— Pourquoi s'appelle-t-il Folâtre ?

À cet instant, le poney rejeta brusquement sa tête en arrière et faillit démettre l'épaule de Will, qui tituba mais parvint à garder l'équilibre. Le rire éclatant de Bob résonna dans la clairière.

— T'as sûrement d'viné pourquoi ! dit-il d'un air ravi.

Son rire était communicatif et Will ne put s'empêcher de sourire. Halt leva les yeux vers le soleil, qui disparaissait rapidement derrière les arbres bordant la clairière et les prairies alentour.

— Will, conduis-le à l'écurie et Bob te montrera comment t'occuper de lui et de sa sellerie. Si cela ne te dérange pas, nous dormirons ici ce soir, Bob.

Le vieux palefrenier hocha la tête avec plaisir.

— Un peu d'compagnie me sera bien agréable, Rôdeur. J'passe tell'ment de temps avec les ch'vaux que des fois, j'ai comme l'impression d'en être dev'nu un...

Machinalement, il glissa sa main dans le tonneau et en retira une pomme dans laquelle il croqua distraitement, tout comme Folâtre l'avait fait quelques instants plus tôt. Halt l'observait, un sourcil relevé.

— Nous avons donc bien fait de venir te voir, fit-il observer d'un ton sec. Demain, nous verrons si Will pourra monter le poney aussi aisément qu'il a su l'attraper, ajouta-t-il en devinant que son apprenti aurait bien du mal à trouver le sommeil.

Il avait raison. La petite cabane ne comportait que deux pièces et, après le repas, Halt s'étendit sur le sol, près de la cheminée ; Will alla lui se coucher dans la paille tiède et propre de l'écurie, bercé par le souffle paisible et odorant des chevaux. La lune monta dans le ciel, puis disparut, mais Will ne dormait toujours pas, inquiet de ce que le lendemain lui réserverait. Serait-il capable de monter Folâtre ? Il n'avait jamais fait de cheval. Allait-il faire une chute dès qu'il serait sur le dos de l'animal ?

Allait-il se faire mal ? Pire, allait-il se ridiculiser ? Il aimait bien Bob et ne voulait pas avoir l'air stupide devant lui ; ni devant Halt, se dit-il, surpris par cette idée ; il se demandait encore depuis quand l'opinion de Halt avait commencé à compter pour lui, quand il s'endormit enfin.

13

— Vous l'avez donc vu... qu'en pensez-vous ? demanda Messire Rodney.

Karel saisit le pichet de bière qui était posé entre eux sur la table et remplit à nouveau sa chope. Les appartements du Maître de l'École des guerriers étaient plutôt dépouillés, voire spartiates pour un homme de son rang. Dans d'autres fiefs, certains Maîtres profitaient de leur statut et vivaient entourés d'ornements luxueux, mais ce n'était pas du goût de Rodney. La pièce était meublée avec simplicité : une table en pin, faisant office de bureau, entourée de six chaises au dossier bien droit. Il y avait cependant une cheminée : Rodney aimait être entouré d'un mobilier sommaire, mais appréciait toutefois un certain confort et à Montrouge, les hivers étaient rudes.

L'été était déjà bien avancé et les épais murs de

pierre du château permettaient de conserver un peu de fraîcheur à l'intérieur des pièces. Quand les grands froids arrivaient, ces mêmes murs retenaient la chaleur du feu. Une large fenêtre donnait sur le terrain d'entraînement et, sur le mur opposé, une ouverture dissimulée par un épais rideau menait à la chambre de Rodney : un lit rudimentaire et quelques meubles de bois. La décoration avait été moins austère du vivant d'Antoinette, son épouse, morte quelques années plus tôt, mais à présent, il ne faisait aucun doute qu'un homme seul vivait dans ce lieu fonctionnel, dépourvu de tout ornement superflu.

— Oui, j'ai vu ça, acquiesça Karel, et je n'en ai pas cru mes yeux.

— Vous n'y avez assisté qu'une seule fois. Mais ce garçon a ajouté des coups d'épée tout au long de la séance d'entraînement, et je suis convaincu qu'il ne s'en rendait pas compte.

— Aussi rapide chaque fois ?

Rodney hocha la tête à plusieurs reprises.

— Peut-être plus. Il rajoutait un mouvement à chaque séquence, sans pour autant perdre la cadence.

Le Maître hésita, puis dit à voix haute ce que tous deux pensaient tout bas :

— Ce garçon est fait pour être guerrier.

Karel baissa les yeux d'un air songeur. D'après ce qu'il avait vu, il lui était difficile de contredire Rodney. Mais il était rare de rencontrer un vrai guerrier : un homme unique en son genre, dont le talent à manier l'épée relevait davantage de l'instinct que de la technique.

Un tel guerrier devenait un champion, un maître épéiste, si bien que même des combattants aussi expérimentés que Rodney ou Karel, pourtant fines lames, ne pouvaient l'égaler. L'épée qu'il avait en main n'était pas seulement une extension de son corps, mais de sa personnalité. L'épée et le guerrier s'unissaient en une symbiose parfaite, et ils agissaient de conserve, avant même d'en avoir conscience, l'homme maîtrisant à la perfection rythme et équilibre.

Ainsi, de lourdes responsabilités attendaient ceux qui se voyaient confier l'entraînement de pareils combattants. Leur habileté et leurs compétences devaient être cultivées sur le long terme, afin de permettre à l'apprenti guerrier, évidemment déjà très doué, de donner toute la mesure de son talent.

— En êtes-vous certain ? demanda enfin Karel.

Rodney, qui regardait par la fenêtre, acquiesça à nouveau. Perdu dans ses pensées, il revoyait ce garçon, vif comme l'éclair.

— J'en suis convaincu, dit-il simplement. Nous devons dire à Wallace qu'au prochain semestre, d'ici trois mois, il aura un nouvel élève.

Wallace était instructeur à l'École des guerriers et il avait pour tâche de perfectionner les rudiments qu'enseignaient Karel et les autres. Si l'on pensait qu'un apprenti avait fait des débuts prometteurs, comme c'était le cas d'Horace, Wallace lui donnait des cours particuliers et lui enseignait des techniques poussées.

— Pas avant ? demanda Karel d'un ton perplexe. Pourquoi ne commencerait-il pas tout de suite ? D'après ce que j'ai vu, il maîtrise déjà les gestes de base.

Mais Rodney secoua négativement la tête.

— Nous ne le connaissons pas encore, dit-il. Il a plutôt l'air sympathique, mais on ne sait jamais. Imaginez qu'il ne fasse pas l'affaire : mieux vaut qu'il n'apprenne pas tout de suite des techniques de combat trop perfectionnées.

Après réflexion, Karel se rangea à l'avis du Maître des guerriers. Après tout, par la suite, Horace pouvait être renvoyé de l'École ; et s'il bénéficiait auparavant d'un entraînement de qualité, il pourrait devenir gênant, voire dangereux : les apprentis disqualifiés éprouvaient souvent de la rancœur et leurs réactions étaient imprévisibles.

— Autre chose, ajouta Rodney. Tout cela doit rester entre nous, dites-le à Morton. Je ne veux pas que cela arrive aux oreilles du garçon, il pourrait s'en vanter et se retrouver dans une situation délicate vis-à-vis des autres.

— Vous avez raison, dit Karel.

Il termina sa bière en deux gorgées, reposa sa chope sur la table et se leva.

— Il vaudrait mieux que j'y aille, des rapports m'attendent.

— Qui n'en a pas ? dit le Maître avec compréhension.

Les deux amis échangèrent un sourire blasé.

— En devenant Maître des guerriers, jamais je n'aurais cru avoir à m'occuper de tant de paperasses, ajouta Rodney.

Karel eut un sourire moqueur.

— Je me dis parfois que l'on devrait déposer les armes et simplement jeter tous ces papiers à la face de l'ennemi, ils en mourraient étouffés.

Karel salua le Maître avec décontraction en portant un doigt à son front, ce qui, vu son ancienneté, suffisait, puis se dirigea vers la porte ; mais Rodney le rappela.

— Tenez ce garçon à l'œil, mais qu'il ne s'en rende pas compte.

— Évidemment, dit Karel. Il ne faudrait pas qu'il se mette à croire qu'il est quelqu'un de spécial.

Au même instant, Horace était loin d'imaginer qu'il était quelqu'un de spécial, du moins dans le sens positif du terme. En revanche, il s'apercevait qu'il ne s'attirait que des ennuis.

La scène peu ordinaire qui s'était déroulée sur le terrain d'entraînement avait délié les langues. Ses camarades n'avaient pas compris ce qui s'était passé et s'imaginaient qu'Horace avait irrité le Maître pour une raison ou pour une autre, et qu'il allait naturellement être châtié. Mais ils connaissaient le règlement : au cours du premier semestre, si l'un d'entre eux commettait une erreur, la punition était collective. Par conséquent, l'atmosphère qui régnait dans le dortoir était plutôt tendue et Horace avait quitté la salle avec l'intention de se rendre à la rivière, une façon d'échapper aux regards accusateurs et aux reproches muets des autres élèves. Par malchance, il croisa Alda, Bryn et Jerome en chemin.

Les trois garçons avaient vaguement entendu parler de ce qui s'était passé durant l'entraînement et en avaient tiré une histoire embrouillée : ils croyaient qu'Horace avait été réprimandé pour son travail et ils avaient décidé d'en rajouter un peu.

Alda, Bryn et Jerome savaient pourtant que les instructeurs réprouveraient certainement leur comportement. Horace, qui était nouveau, ne pouvait savoir que ces brutalités systématiques rencontraient la totale désapprobation du Maître et de ses adjoints. Le garçon supportait tant bien que mal d'être régulièrement agressé ou insulté car il croyait que la situation était normale.

Ce fut pour cette raison que les trois élèves de deuxième année l'emmenèrent de force au bord de la rivière, là où les instructeurs ne pouvaient les voir. Ils l'obligèrent à entrer dans l'eau jusqu'à mi-cuisses puis à se mettre au garde-à-vous.

— Bébé ne sait pas se servir de son épée, dit Alda.

— Bébé a mis le Maître en colère... Bébé n'a rien à faire dans cette école. On ne devrait pas confier d'épée à un gros bébé, ce n'est pas un jouet ! entonna Bryn.

— Bébé ferait mieux d'apprendre à lancer des cailloux, ajouta Jerome, pour conclure ce petit chant moqueur. Ramasse un caillou !

Horace hésita et jeta un coup d'œil autour de lui. Le lit de la rivière regorgeait de pierres et il se pencha pour en ramasser une, mouillant sa manche et le haut de sa veste.

— Celle-là est trop petite, gros bébé, dit Alda en souriant d'un air mauvais. Gros bébé a besoin d'une grosse pierre.

— Une bonne grosse pierre, ajouta Bryn en désignant le lit de la rivière.

Horace chercha à nouveau et aperçut plusieurs blocs de pierre au fond de l'eau cristalline. Il se pencha et en ramassa un, mais il avait commis une erreur : sous l'eau, la pierre qu'il venait de choisir lui avait paru facile à soulever, mais une fois à la surface, il gémit sous son poids.

— Montre-nous ça, bébé, dit Jerome. Soulève-la.

Horace rassembla ses forces ; le courant rapide lui rendait la tâche difficile et il avait du mal à garder son équilibre avec la lourde pierre entre les mains ; il la hissa à hauteur de poitrine afin que ses persécuteurs puissent la voir.

— Plus haut ! ordonna Alda. Au-dessus de la tête !

Péniblement, Horace obéit. La pierre lui semblait de plus en plus lourde mais il parvint à la soulever au-dessus de sa tête et les trois garçons eurent l'air satisfaits.

— Bravo, bébé, dit Jerome.

Horace soupira de soulagement et fit mine de reposer la pierre.

— Que fais-tu ? demanda Jerome d'un ton rageur. J'ai seulement dit bravo. La pierre reste où elle est.

À grand-peine, Horace souleva à nouveau la pierre en la tenant à bout de bras. Alda, Bryn et Jerome hochèrent la tête.

— Maintenant, tu ne bouges plus d'ici, lui dit Alda. Tu comptes jusqu'à cinq cents et ensuite tu pourras rentrer au dortoir.

— Commence à compter ! lança Bryn, ravi de son idée.

— Un, deux, trois...

Mais ils se mirent immédiatement à lui crier dessus :

— Pas si vite ! Recommence. Lentement.

— Un... deux... trois...

— C'est mieux. Tu iras tranquillement jusqu'à cinq cents et tu pourras t'arrêter, lui dit Alda.

— N'essaie pas de tricher, nous le saurons, le menaça Jerome. Et dans ce cas, ce sera jusqu'à mille que tu devras compter.

Les trois garçons repartirent en riant et Horace resta au milieu de la rivière ; ses bras tremblaient sous le poids de la pierre et ses yeux se remplissaient de larmes de frustration et d'humiliation. À un moment, il perdit l'équilibre et tomba à l'eau ; après cet incident, ses vêtements alourdis lui rendirent la tâche encore plus éprouvante, mais il persévéra. Les garçons s'étaient sans doute cachés quelque part pour le surveiller ; si c'était le cas, ils lui feraient payer sa désobéissance.

Qu'il en soit ainsi, se dit-il, résigné. Mais il jura de se venger des torts qu'il subissait, à la première occasion qui se présenterait.

Beaucoup plus tard, il rentra au dortoir, les vêtements détrempés, les bras endoloris, avec dans le cœur un profond sentiment de rancune. Le repas était déjà terminé mais il s'en moquait bien. Il était trop malheureux pour pouvoir manger.

14

— Fais-lui faire un petit tour de l'enclos, conseilla Halt.

Will scruta le poney aux longs poils, qui l'observait d'un œil vif.

— Allez, mon grand, l'encouragea-t-il tout en le tirant par le licou.

Mais à cet instant, Folâtre raidit ses pattes avant et refusa d'avancer. Will tira plus fort sur la corde ; il inclina son corps vers l'arrière et rassembla ses forces pour faire bouger le petit poney têtu.

Vieux Bob gloussait.

— Il est plus costaud qu'toi !

Will en rougit d'embarras. Il tira plus fort encore, mais seules les oreilles de l'animal remuaient. Will avait l'impression d'essayer de déplacer un poids mort.

— Ne le regarde pas, conseilla Halt doucement.

Prends la corde et éloigne-toi tranquillement, il te suivra.

Will tourna alors le dos au poney, saisit fermement le licou et se mit à avancer. Le Rôdeur désigna de la tête l'autre bout de l'enclos, où Will aperçut une petite selle, posée en équilibre sur la barrière.

— Va le seller, lui dit Halt.

Folâtre trottait docilement derrière Will. Arrivé au bout de l'enclos, le garçon attacha les rênes à la barrière, souleva la selle pour la placer sur le dos de l'animal, et se pencha afin de boucler les sangles.

— Serre-les bien, lui conseilla Bob.

Quand la selle fut bien en place, Will regarda Halt et dit avec empressement :

— Je peux le monter, maintenant ?

Le Rôdeur caressa pensivement sa barbe en broussaille avant de répondre.

— Si tu penses que c'est une bonne idée, vas-y.

Will eut un instant d'hésitation. Il avait la vague impression d'avoir déjà entendu ces mots. Mais son impatience était telle qu'il plaça un pied dans l'étrier et enjamba agilement le dos du poney. Folâtre demeurait immobile.

— Allez ! Avance ! dit Will en donnant de petits coups de talon dans les flancs de l'animal.

Pendant quelques secondes, rien ne se produisit. Puis Will sentit qu'un léger tremblement agitait le corps de l'animal. Et soudain Folâtre cambra son petit dos musclé. Il se tourna violemment sur le côté et lança une ruade. Will valdingua par-dessus les oreilles du poney, effectua un saut périlleux et s'écrasa dans la boue. Il se releva en se frottant le dos.

Folâtre se tenait un peu plus loin, les oreilles dressées, et l'observait avec intensité. « Pourquoi as-tu agi aussi stupidement ? » semblait-il lui dire.

Bob, appuyé contre la barrière, se tenait les côtes de rire. Will dévisagea Halt.

— Je m'y suis mal pris ?

Halt se glissa sous la clôture et se dirigea vers le poney, qui les regardait tous deux avec impatience. Il prit la bride et la tendit à Will, puis posa une main sur l'épaule du garçon.

— Oui, car il ne s'agit pas d'une monture ordinaire, répondit Halt. Celui-ci a été dressé pour être monté par un Rôdeur...

— Quelle différence y a-t-il ? l'interrompit Will avec colère.

Halt leva la main pour le faire taire.

— Quand un cavalier le monte pour la première fois, le cheval d'un Rôdeur s'attend à ce qu'on lui demande la permission, expliqua Halt ; on les dresse ainsi afin qu'ils ne soient pas volés.

Will se gratta la tête.

— Je n'ai jamais rien entendu de pareil !

Le vieil homme s'approcha en souriant.

— C'est vrai, y'a beaucoup de gens qui l'savent pas. C'est pour ça qu'on peut jamais voler la monture d'un Rôdeur.

— Que dois-je alors lui dire avant de le monter ?

Halt haussa les épaules.

— Cela dépend du cheval. Chaque animal obéit à une requête bien précise, expliqua-t-il en désignant son cheval. Le mien, par exemple, répond à « Permettez-moi ».

— « Permettez-moi » ?

— C'est du gallique. C'est pour demander la permission. Ses parents viennent de Gallica, dit Halt. À quels mots Folâtre réagit-il ? demanda Halt en se tournant vers Bob.

Ce dernier plissa les yeux, faisant semblant d'avoir oublié. Puis son visage s'éclaira.

— Ça y est, je m'rappelle ! Çuilà, y faut lui d'mander : « Puis-je ? » avant d'monter dessus.

— « Puis-je ? » répéta Will.

Bob secoua la tête.

— C'est pas à moi qu'y faut l'dire, gamin, mais au ch'val !

Will se sentait un peu ridicule et eut l'impression que les deux hommes se payaient sa tête. Il s'approcha pourtant du cheval, et lui dit doucement à l'oreille :

— Puis-je ?

Le poney hennit doucement. Will regarda les deux hommes d'un air perplexe mais Bob l'encouragea de la tête.

— Vas-y ! Y'a rien à craindre avec le p'tit Folâtre !

Avec précaution, Will se remit en selle. Son dos lui faisait encore mal et il resta un instant assis là, sans bouger. Rien ne se passa. Il donna un léger coup de talon dans les flancs de l'animal.

— Allez, avance ! dit-il avec douceur.

Folâtre remua les oreilles et se mit en marche d'un pas tranquille. Avec prudence, Will lui fit faire une ou deux fois le tour de l'enclos puis lui donna d'autres petits coups de talon. L'animal partit alors au petit trot ; Will se laissa porter par le rythme des mouvements de sa monture et Halt l'observait d'un air satisfait. Le garçon était déjà bon cavalier.

Le Rôdeur dénoua la petite corde qui maintenait fermée la porte de l'enclos et l'ouvrit en grand.

— Conduis-le à l'extérieur, Will, et tu verras ce dont il est vraiment capable !

Will obéit et mena le poney hors de l'enclos ; une fois dans la clairière, il lui donna de nouveaux coups de talon. Il sentit le corps du petit animal se raidir, et Folâtre, sans prévenir, se mit à galoper.

L'air vif fouettait les oreilles de Will qui se penchait sur l'encolure du poney pour l'inciter à accélérer encore l'allure. Les oreilles dressées, Folâtre obéissait au garçon et avançait, rapide comme le vent ; ses courtes pattes les emportaient à toute vitesse vers l'orée de la forêt. Will exerça une légère pression sur la rêne gauche, sans savoir comment le poney allait réagir. Mais Folâtre prit immédiatement un virage à gauche et évita les arbres. Le jeune cavalier maintint la même pression sur les rênes jusqu'à ce qu'ils reprennent la direction de l'enclos. Quand il vit la distance qu'il venait de parcourir, Will en eut le souffle coupé : Halt et Bob étaient devenus de minuscules silhouettes dans le lointain.

Un tronc couché à terre surgit devant eux et, avant même que Will ne puisse réagir, le poney bondit par-dessus l'obstacle. Will laissa alors échapper un cri de joie et le poney lui répondit en poussant un bref hennissement.

Ils arrivaient maintenant vers l'enclos. Will tira doucement sur les rênes ; l'animal ralentit aussitôt son galop, se mit au trot et enfin au pas. Il s'arrêta devant Halt. Folâtre secoua la tête et hennit à nouveau. Will se pencha et lui flatta l'encolure.

— Il est formidable ! s'écria-t-il à bout de souffle. Il galope aussi vite que le vent !

Halt hocha sérieusement la tête.

— Peut-être pas, mais il peut en tout cas faire du chemin.

Il se tourna vers le vieil homme.

— Tu l'as parfaitement dressé, Bob.

Le vieil homme baissa vivement la tête en guise de remerciement et flatta à son tour l'encolure du poney. Il avait consacré son existence à élever et dresser des chevaux pour l'Ordre des Rôdeurs.

— Il est capable d'avancer tout l'jour, dit-il d'une voix affectueuse. Et il les enterrera tous, ces gros canassons de ch'valiers ! Le p'tit le monte bien, hein, Rôdeur ?

Halt se caressa la barbe.

— Pas trop mal.

Bob prit un air indigné.

— Pas trop mal ? T'es bien sévère, Rôdeur ! Le gamin, il est léger comme une plume, il est quand même resté en selle quand l'poney il a sauté !

Le vieil homme leva les yeux vers Will, toujours à califourchon sur l'animal, et hocha la tête avec reconnaissance :

— Il a pas tiré comme un fou sur les rênes comme d'autres l'font ! Lui, au moins, y sait s'y prendre, et avec douceur, pour sûr !

Will eut un large sourire. Les compliments du vieux palefrenier le touchaient. Il regarda le Rôdeur à la dérobée, mais le visage de ce dernier restait impassible. « Jamais il ne sourit », se dit Will.

Le garçon s'apprêtait à mettre pied à terre mais se ravisa bien vite.

— Dois-je lui dire quelque chose avant de descendre ?

Bob éclata de rire.

— Non, p'tit. Une fois suffit. Folâtre oubliera jamais, tant qu'c'est toi qui l'montes.

Soulagé, Will descendit de sa monture. Folâtre lui donna alors quelques petits coups de tête affectueux. Will jeta un œil vers le tonneau de pommes.

— Je peux lui en donner une autre ?

— Une seule, dit Halt. Mais n'en fais pas une habitude ; s'il prenait trop de poids, il ne pourrait plus courir.

Folâtre s'ébroua bruyamment ; Halt et lui n'étaient apparemment pas d'accord sur la ration quotidienne de pommes qu'un poney était censé recevoir.

Tout au long de la journée, Bob donna à Will des conseils sur la meilleure façon de monter ; l'apprenti apprit aussi à entretenir et réparer la selle et le harnais, et à prendre soin du petit cheval. Il brossa et étrilla la robe de son poney pour la rendre brillante, et l'animal sembla apprécier les efforts du garçon. Finalement, épuisé, les bras endoloris, Will s'écroula sur une botte de foin. C'est l'instant que choisit Halt pour entrer dans l'écurie.

— Allez, debout ! Ce n'est pas le moment de fainéanter. Nous devons partir maintenant si nous voulons être de retour avant la nuit.

Tout en parlant, il sellait son cheval. Will n'essaya même pas de protester. Il savait que ce serait peine perdue, et il était surtout impatient de rentrer à la chaumière à dos de poney. À l'évidence, les deux montures allaient faire partie de la maisonnée. Il comprenait à présent que le cheval de Halt connaissait le chemin et que le Rôdeur avait attendu que Will affirme ses compétences équestres et fasse connaissance avec Folâtre avant d'aller le chercher chez Bob, où il avait résidé temporairement.

Ils avançaient au trot à travers la sombre forêt. De temps en temps, les chevaux hennissaient, donnant l'impression de converser. Will brûlait de poser les nombreuses questions qu'il avait en tête mais il se montrait à présent prudent et évitait de trop bavarder en présence du Rôdeur.

Finalement, il ne put plus résister :

— Halt ? demanda-t-il, pour voir.

Le Rôdeur grogna. Will se dit que c'était bon signe.

— Comment s'appelle votre cheval ?

Halt baissa les yeux vers le garçon. Même s'il n'était en rien comparable aux énormes destriers des écuries du Baron, le cheval du Rôdeur était un peu plus grand que Folâtre.

— Je crois que c'est Abelard.

— Abelard ? Quel drôle de nom !

— C'est gallique, dit le Rôdeur, qui mit ainsi un terme à la conversation.

Ils chevauchèrent en silence quelques kilomètres durant. Le soleil était bas et l'ombre des arbres s'allongeait et se déformait sur le sol. Will observait l'ombre de son poney, qui semblait posséder des pattes démesurément longues et un corps si court qu'il en était ridicule. Il avait envie de le faire remarquer au Rôdeur mais se dit que de telles frivolités n'intéresseraient pas l'homme. En revanche, il rassembla son courage et lui posa une question qui le travaillait depuis quelques jours :

— Halt ?

Le Rôdeur soupira brièvement.

— Quoi encore ? dit-il d'un ton peu encourageant.

— Vous vous rappelez m'avoir dit que Morgarath avait été vaincu grâce à un Rôdeur ?

Halt grommela.

— Eh bien, je me demandais... comment s'appelait-il ?

— Les noms n'ont aucune importance. Je ne m'en souviens absolument pas.

— C'était vous ? reprit Will, certain d'avoir raison.

À nouveau, Halt posa sur lui son regard froid mais tranquille.

— Je viens de te le dire, les noms ne comptent pas.

Un silence de quelques secondes s'installa puis le Rôdeur reprit :

— Sais-tu ce qui compte vraiment ?

Will secoua la tête.

— Le repas ! Et nous allons être en retard si nous n'accélérons pas l'allure !

Il fit claquer ses talons sur les flancs d'Abelard, qui s'élança aussi rapidement que les flèches de Halt, laissant Will et son poney loin derrière eux.

Will fit de même et Folâtre se mit à galoper à la poursuite de l'autre monture.

— Allez, Folâtre ! On va leur montrer comment galope un vrai cheval de Rôdeur !

15

Du haut de son poney, Will se frayait lentement un passage à travers la foule qui s'était rassemblée sur le champ de foire installé à l'extérieur des murs du château. Tous les habitants et les villageois semblaient avoir répondu à l'appel et il devait avancer avec prudence afin d'éviter que Folâtre n'écrase les pieds de quelqu'un.

La Fête de la Moisson avait lieu une fois l'an quand les récoltes avaient été rentrées en prévision de l'hiver à venir. Après un mois pénible passé à moissonner, les sujets du Baron avaient droit à un jour de repos. Chaque année à cette époque, une foire ambulante venait au château et y dressait des stands et des échoppes. On y trouvait des cracheurs de feu et des jongleurs, des chanteurs et des conteurs. On pouvait aussi tenter de remporter des prix en jetant des balles de cuir souple sur des pyramides de morceaux de bois taillés en forme de bouteille, ou en lançant des anneaux sur des cibles carrées tracées au sol. Will avait bien vu que ces cibles étaient à peine plus larges que les anneaux et que personne ne gagnait jamais à ce jeu. Mais c'était l'occasion de se divertir et toutes les dépenses étaient prises en charge par le Baron.

Pourtant, ce n'était ni la foire ni ses attractions que Will avait en tête pour l'instant, il aurait bien le temps d'en profiter plus tard. Il était avant tout venu rendre visite à ses anciens camarades.

La tradition voulait que les Maîtres accordent une journée de repos aux apprentis à l'occasion de cette fête, même si eux-mêmes n'avaient pas participé aux travaux des champs. Durant des semaines, Will s'était demandé si Halt se conformerait à cet usage, car le Rôdeur semblait ne pas se soucier des traditions et préférait faire les choses à sa manière. Mais l'avant-veille, l'angoisse de Will s'était apaisée : d'un ton bourru, Halt lui avait annoncé qu'il pouvait disposer de cette journée, en ajoutant toutefois qu'il en oublierait certainement tout ce qu'il avait retenu au cours de ses trois premiers mois d'apprentissage.

Trois mois d'entraînement au tir à l'arc et au lancer de couteau ; trois mois passés dans les champs, à traquer les ombres et les cachettes, à avancer discrètement, sans se faire voir, sous le regard perçant de Halt. Trois mois passés à chevaucher Folâtre puis à s'occuper de lui, l'aspect le plus agréable de son apprentissage. Une amitié sincère le liait maintenant au petit poney.

À présent, il avait bien besoin d'un jour de repos afin de s'amuser un peu. Il savait qu'il verrait Horace mais cette perspective n'assombrissait pourtant pas son plaisir. Quelques mois d'un entraînement éprouvant à l'École des guerriers avaient peut-être un peu atténué l'agressivité du garçon.

Jenny avait organisé cette rencontre et encouragé les autres à la rejoindre en leur promettant d'apporter des cuisines une fournée de gâteaux de viande. Elle était déjà l'une des élèves les plus appréciées de Maître Chubb et il vantait son talent auprès de tous ceux qui voulaient bien l'écouter, insistant évidemment sur le rôle essentiel de son enseignement.

Rien qu'à l'idée de ces gâteaux, le ventre de Will gargouillait de plaisir. Il était affamé car il avait délibérément sauté le petit déjeuner pour leur garder un peu de place : les gâteaux de Jenny avaient déjà acquis une certaine réputation à Montrouge.

Il arriva en avance au lieu de rendez-vous ; il mit pied à terre et conduisit Folâtre à l'ombre d'un pommier. Le poney tendit le cou et lança un regard d'envie en direction des pommes, hors de sa portée. Will sourit et grimpa rapidement dans l'arbre afin d'y cueillir un fruit qu'il tendit à l'animal.

— Tu n'en auras qu'une, tu sais ce que Halt en pense.

Folâtre s'ébroua avec impatience. Entre le Rôdeur

et lui, la ration quotidienne de pommes était toujours un sujet de discorde. Will regarda autour de lui, mais il n'y avait aucun signe des autres ; il s'assit alors à l'ombre du pommier et s'appuya contre le tronc noueux.

— Le jeune Will ! Quelle surprise ! s'exclama derrière lui une voix caverneuse.

Will se redressa à la hâte et porta une main à son front en guise de salut. C'était le Baron en personne, monté sur son immense destrier, accompagné de quelques-uns de ses officiers.

— Oui, Messire, répondit-il un peu inquiet, le Baron n'ayant pas l'habitude de s'adresser à lui. Je vous souhaite une excellente Fête de la Moisson, Messire.

Le Baron le remercia d'un signe de la tête, puis se pencha en avant, confortablement calé sur sa selle.

— Je dois dire que tu as de l'allure, jeune homme ; je n'avais pas encore pu t'admirer dans cette cape de Rôdeur. Halt t'a-t-il déjà enseigné toutes les ficelles du métier ?

Will jeta un œil sur la cape d'un gris-vert moucheté que Halt lui avait donnée quelques semaines plus tôt. Il lui avait expliqué que ces teintes morcelaient la vision d'ensemble que l'on avait de celui qui la portait et l'aidaient à se fondre dans le paysage. C'était l'une des raisons pour lesquelles les Rôdeurs arrivaient à se mouvoir à l'insu de tous.

— Halt dit que cette cape est un vêtement de camouflage.

Le Baron hocha la tête ; le terme lui était apparemment familier, alors qu'il était tout nouveau pour Will.

— Mais attention ! Ne t'en sers pas pour aller voler des gâteaux, dit le Baron avec un air de fausse sévérité.

Will secoua la tête avec précipitation.

— Oh non, Messire ! Halt a promis que, si j'agissais ainsi, il me tannerait la peau des fess...

Embarrassé, il s'interrompit. Il n'était pas certain d'avoir le droit d'employer de tels mots en présence d'un personnage de haut rang.

Le Baron hocha à nouveau la tête, et réprima un large sourire.

— Oui, j'en suis sûr. Et comment t'entends-tu avec Halt ? L'apprentissage te plaît ?

À dire vrai, Will n'avait pas encore eu le temps de se demander si ce qu'il apprenait lui plaisait ou non. Ses journées étaient bien trop chargées et c'était la première fois, en trois mois, qu'il avait l'occasion d'y réfléchir.

— Je crois que oui, dit-il d'un ton hésitant. Seulement...

Sa voix s'estompa et le Baron l'observa plus attentivement.

— Seulement quoi ?

Will dansait nerveusement d'un pied sur l'autre ; il s'en voulait de ne pas savoir tenir sa langue, et de constamment se fourrer dans des situations délicates. Il parlait toujours sans réfléchir.

— Seulement... Halt ne sourit jamais. Il prend toujours les choses au sérieux.

Il eut l'impression que le Baron réprimait un autre sourire.

— Tu sais, être Rôdeur, c'est une profession sérieuse ; je suis persuadé que Halt te l'a fait comprendre.

— Oui, tout le temps, dit Will, d'un air désolé.

Cette fois, le Baron ne put s'empêcher de sourire.

— Sois attentif à ce qu'il t'enseigne, mon garçon, le métier que tu apprends là est essentiel.

— Oui, Messire.

Will s'aperçut avec surprise qu'il était entièrement d'accord avec le Baron. Ce dernier reprit les rênes en main, s'apprêtant à partir. Mais saisi d'une soudaine impulsion, Will s'avança.

— Pardonnez-moi, Messire.

Le Baron se tourna vers lui.

— Oui ?

— Vous vous souvenez, Messire, de la bataille contre Morgarath ?

Le visage jusqu'alors jovial du Baron s'obscurcit et il fronça les sourcils.

— Je ne suis pas près de l'oublier, mon garçon. Pourquoi m'en parles-tu ?

— Messire, Halt m'a raconté qu'un Rôdeur a guidé

la cavalerie jusqu'à un gué, et c'est ainsi qu'ils ont pu attaquer l'ennemi par l'arrière...

— C'est exact.

— Je me demandais, Messire, comment s'appelait ce Rôdeur, murmura Will, qui rougit de sa témérité.

— Halt ne te l'a donc pas dit ?

Will haussa les épaules.

— Il dit que les noms n'ont pas d'importance ; il dit que manger, c'est ça qui compte, pas les noms.

— Et toi, malgré ce que t'a dit ton maître, tu penses que les noms ont quand même de l'importance ? demanda le Baron, qui semblait à nouveau soucieux.

Will, la gorge serrée, reprit :

— Je crois qu'il s'appelait Halt et je me demande pourquoi il n'a pas été décoré ou honoré pour son exploit.

Le Baron réfléchit un instant.

— Tu as raison, Will, c'était bien Halt ; à l'époque, je voulais le récompenser mais il ne m'a pas autorisé à le faire. Il m'a dit que cela n'était pas dans les habitudes d'un Rôdeur.

— Mais..., commença Will d'un ton perplexe.

Le Baron l'interrompit :

— Vous les Rôdeurs, comme tu as dû l'apprendre, avez une façon différente de voir les choses. Il arrive que d'autres gens ne le comprennent pas. Contente-toi d'écouter ton Maître et de l'imiter en tout : je suis convaincu qu'une vie honorable t'attend.

— Oui, Messire, dit Will en saluant à nouveau le Baron.

Celui-ci donna un petit coup de rêne sur l'encolure de son cheval et s'apprêta à se diriger vers le champ de foire.

— Cela suffit, à présent, nous ne pouvons rester à bavarder tout le jour. Je vais à la foire et cette année, je parviendrai peut-être à lancer un anneau sur l'un de ces satanés carrés !

Le Baron était sur le point de partir, mais il parut avoir oublié de dire quelque chose et retint sa monture.

— Will !

— Oui, Messire ?

— Ne répète pas à Halt ce que je t'ai dit à propos du rôle qu'il a joué dans la bataille, il m'en voudrait.

— Bien, Messire, répondit Will en souriant.

Le Baron s'éloignait et Will reprit sa place sous l'arbre pour attendre ses amis.

16

Jenny, Alyss et George arrivèrent peu de temps après. Comme promis, Jenny avait apporté ses gâteaux de viande, enveloppés dans un torchon rouge. Elle les déposa délicatement sur le sol, tandis que ses amis se bousculaient autour d'elle. Même Alyss, d'ordinaire si digne et posée, semblait impatiente de pouvoir s'emparer de l'un des chefs-d'œuvre confectionnés par Jenny.

— Dépêchons ! Je meurs de faim ! s'écria George.

Jenny secoua la tête.

— Nous devrions attendre Horace, dit-elle en regardant autour d'elle, sans l'apercevoir dans la foule.

— Pitié ! l'implora George, je me suis tué à la tâche tout le matin pour rédiger une requête à l'attention du Baron !

Alyss leva les yeux au ciel.

— Nous devrions commencer, sinon il va se lancer

dans une argumentation juridique et nous en aurons pour la journée. Gardons une part pour Horace.

Will eut un large sourire. George ne ressemblait en rien au garçon timide et balbutiant du Jour du Choix ; il s'épanouissait à l'École des scribes, cela semblait évident. Jenny leur offrit deux gâteaux à chacun et en mit deux de côté pour Horace.

— Bon appétit, dit-elle.

Les autres s'installèrent pour les manger et, très vite, commencèrent à chanter les louanges de la cuisinière : la réputation de Jenny n'était plus à faire.

George se leva, ouvrit grand les bras et s'adressa à une cour de justice imaginaire :

— Ceci n'a rien d'un vulgaire gâteau, votre honneur. Prétendre que ceci est un gâteau serait une erreur judiciaire flagrante, une erreur sans précédent dans votre cour !

Will se tourna vers Alyss.

— Cela fait combien de temps qu'il est comme ça ?

— Après quelques mois de pratique juridique, ils deviennent tous comme lui, dit-elle en souriant. Le seul problème maintenant reste de le faire taire.

— Assieds-toi donc, George ! dit Jenny, qui rougissait de plaisir, ravie de ces compliments. Tu es complètement idiot.

— C'est sans doute vrai, belle damoiselle, mais la magie qui émane de ces œuvres d'art m'a tourneboulé le cerveau. Ce ne sont pas des gâteaux, ce sont des symphonies !

Il leva la moitié de gâteau qu'il tenait à la main, comme pour porter un toast.

— À la santé... de la symphonie culinaire de damoiselle Jenny !

Alyss et Will, qui échangeaient de larges sourires, levèrent leur gâteau et portèrent un toast à leur tour. Les quatre camarades éclatèrent de rire.

Ce fut le moment qu'Horace choisit pour arriver. En tant qu'apprenti, il était le seul à mener une existence misérable. L'entraînement était implacable et la discipline inflexible. Il s'y était attendu, évidemment, et dans des circonstances normales, il aurait pu faire face à cette situation. Mais sa vie était un véritable cauchemar depuis qu'il était devenu le souffre-douleur de Bryn, d'Alda et de Jerome. Ces derniers le réveillaient au beau milieu de la nuit, le traînaient dehors et l'obligeaient à accomplir les tâches les plus humiliantes et épuisantes qui soient.

Ces trois brutes pouvaient surgir à tout instant pour le tourmenter et le manque de sommeil, associé à l'angoisse, le retardait dans son travail. Ses camarades de classe le rejetaient, sachant que s'ils montraient la moindre sympathie à son égard, ils pouvaient devenir des cibles à leur tour. Horace éprouvait un sentiment de solitude extrême. La seule et unique chose à laquelle il avait toujours aspiré se réduisait en cendres. Il détestait cette école mais ne pouvait en partir, par crainte de se sentir davantage humilié.

À présent, en ce jour où, enfin, il pouvait échapper

aux restrictions et à l'atmosphère tendue de l'École des guerriers, et qu'il arrivait devant ses camarades, déjà occupés à festoyer sans l'avoir attendu, il ne ressentait que de la colère et de la souffrance. Il ne savait pas que Jenny avait mis des gâteaux de côté et il en fut profondément blessé. De tous ses anciens camarades, c'était d'elle qu'il se sentait le plus proche. Elle était toujours joyeuse et amicale, toujours disposée à écouter les soucis des autres. Il avait eu très envie de la revoir mais à présent, elle le laissait tomber.

Quant aux autres, il lui était facile d'en penser du mal. Alyss l'avait toujours tenu à distance, comme s'il n'était pas assez bien pour elle ; Will n'avait cessé de lui jouer des tours avant de s'enfuir au sommet de son arbre, où Horace ne pouvait le suivre. Du moins, c'était ainsi qu'il voyait les choses, maintenant qu'il se trouvait dans une position vulnérable. Il en oubliait toutes les fois où c'est lui qui avait eu le dessus, attendant que le garçon soit forcé de demander grâce.

Quant à George, Horace ne lui avait jamais vraiment prêté attention. Le garçon studieux, toujours plongé dans ses livres, était insipide et sans intérêt. Et voilà qu'il jouait une petite scène devant les autres qui riaient et mangeaient les gâteaux de Jenny, sans lui en laisser une miette. Soudain, il ressentit à leur égard une profonde haine.

— Quel charmant tableau ! lança-t-il avec amertume.

Ils se tournèrent vers lui et leurs rires s'évanouirent.

Comme de bien entendu, Jenny fut la première à se ressaisir.

— Horace ! Te voilà enfin !

Elle s'avança vers lui mais le regard glacial du garçon la stoppa net.

— Comment ça, « enfin » ? Je n'ai que quelques minutes de retard et on me le reproche ? Mais je suis apparemment trop en retard pour vous, puisque vous vous êtes déjà goinfrés sans moi !

Ce qu'il venait de dire était injuste envers la pauvre Jenny. Comme la plupart des cuisiniers, une fois un plat préparé, elle n'avait pas vraiment envie d'y goûter. Sa seule satisfaction était de regarder les autres le savourer et de recevoir leurs compliments, et elle n'avait donc pas touché à son plat. Elle se tourna vers les deux gâteaux recouverts d'une serviette qu'elle avait mis de côté pour Horace.

— Non, tu te trompes ! dit-elle précipitamment. Il en reste, regarde !

Mais sa colère, si longtemps refoulée, empêchait le garçon d'agir ou de penser raisonnablement.

— Dans ce cas, dit-il d'un air sarcastique, je ferais mieux de vous quitter et de vous laisser les manger aussi.

— Horace !

Des larmes jaillirent des yeux de Jenny. Elle ne comprenait pas l'attitude du garçon, mais elle savait en revanche que la petite réunion qu'elle avait organisée était gâchée.

George s'avança vers Horace et l'observa avec curiosité. Le grand garçon maigre pencha la tête de côté afin d'examiner le guerrier d'un peu plus près, comme il l'aurait fait pour une pièce à conviction présentée devant une cour de justice.

— Nul besoin de te montrer aussi désagréable, lui dit-il d'un ton raisonnable.

Mais Horace n'avait aucune envie de raisonner et repoussa l'autre garçon avec rage.

— Laisse-moi, et méfie-toi, tu t'adresses à un guerrier.

— Tu n'es pas encore guerrier, dit Will avec mépris. Comme nous tous, tu n'es qu'un apprenti.

D'un geste de la main, Jenny fit signe à Will de renoncer à poursuivre la dispute. Horace, qui s'apprêtait à s'emparer d'un gâteau, leva lentement les yeux et toisa Will de haut en bas durant quelques secondes.

— Ah ah ! Le petit espion est parmi nous !

Il jeta un œil vers les autres pour voir si cette remarque les faisait rire, mais ce n'était pas le cas ; ce qui l'incita à se montrer plus odieux encore.

— J'imagine que Halt t'apprend à espionner sournoisement les autres, pas vrai ?

Horace s'avança et, sans attendre de réponse, il palpa la cape de Will d'un air moqueur.

— C'est quoi, cette cape ? Tu n'avais pas assez de teinture pour que la couleur soit uniforme ?

— C'est une cape de Rôdeur, répondit Will d'une

voix tranquille, tout en contenant la colère qui montait en lui.

Horace eut un rire de mépris et fourra un gâteau dans sa bouche, répandant des miettes tout autour de lui.

— Ne sois pas si désagréable, dit George.

Horace, rouge de colère, s'en prit alors au scribe.

— Tais-toi, gamin ! fit-il d'un ton brusque. C'est à un guerrier que tu parles !

— Un *apprenti* guerrier, répéta Will avec fermeté.

Le visage d'Horace vira au cramoisi et son regard furieux passait de George à Will. Ce dernier s'était crispé, sentant que le grand garçon était sur le point d'attaquer. Mais Horace y réfléchit à deux fois : Will le fixait maintenant avec assurance. Par le passé, quand il menaçait Will, il n'avait jamais vu dans ses yeux une telle note de défi, mais seulement de la peur. Cette détermination nouvelle le troublait.

Il s'en prit alors à George et, du plat de la main, lui donna un coup dans la poitrine pour le repousser.

— Et ça, c'est agréable ?

George chancela et fit des moulinets avec les bras pour éviter de tomber. Sans faire exprès, il donna un coup dans le flanc de Folâtre qui paissait paisiblement ; le petit poney se cabra.

— Doucement, Folâtre, dit Will.

L'animal se calma immédiatement, mais Horace le remarqua pour la première fois. Il s'approcha du petit cheval aux longs poils.

— C'est quoi, ça ? demanda-t-il avec une fausse incrédulité. Qui est venu avec ce gros chien si laid ?

Will serra les poings.

— C'est mon cheval, dit-il d'une voix tranquille.

Il pouvait supporter les moqueries d'Horace, mais il n'acceptait pas de le voir insulter Folâtre.

Horace éclata de rire.

— Un cheval ? Ce n'est pas un cheval ! À l'École, nous montons de vrais chevaux, pas des chiens hirsutes ! Il semble aussi avoir besoin d'un bon bain ! ajouta-t-il en faisant mine de renifler l'animal.

Le poney jeta un regard de côté à Will. « Qui est cet odieux balourd ? » semblait-il demander.

Will, dissimulant soigneusement un sourire mauvais, dit d'un ton qui se voulait désinvolte :

— C'est un cheval de Rôdeur. Seul un Rôdeur peut le monter.

— Même ma grand-mère pourrait grimper dessus ! répliqua Horace en riant.

— C'est possible, mais je parie que toi, tu en serais bien incapable, le défia Will.

Au même instant, Horace détacha les rênes du poney ; le cheval se tourna vers Will et le garçon eut l'impression que Folâtre lui faisait un clin d'œil. L'apprenti grimpa facilement sur le dos du poney, qui demeura immobile.

— Tu vois, c'est simple ! dit Horace d'un air vantard. Allez, chien-chien, on avance !

Will vit Folâtre contracter ses muscles, se cabrer,

retomber sur ses pattes et lancer une ruade. Horace s'envola puis s'écrasa sur le sol poussiéreux. George et Alyss n'en croyaient pas leurs yeux mais étaient ravis de voir la brute étendue sur le sol, à bout de souffle, comme assommée. Jenny fit mine de s'avancer mais s'arrêta. Après tout, Horace l'avait bien cherché.

L'incident aurait peut-être pu s'arrêter là, mais Will ne put résister à la tentation d'avoir le dernier mot.

— Tu ferais bien de demander à ta grand-mère de t'apprendre à monter, dit-il d'un air impassible.

George et Alyss durent se retenir de sourire mais par malchance, Jenny laissa échapper un petit rire nerveux. En moins d'une seconde, Horace fut à nouveau sur pied, le visage assombri par la colère. Il jeta un coup d'œil autour de lui et aperçut qu'une des branches du pommier était tombée. Il s'en empara et la brandit au-dessus de sa tête tout en se précipitant vers Folâtre.

— Je vais te donner une bonne leçon, à toi et à ton satané cheval ! hurla-t-il, en menaçant furieusement Folâtre.

Le poney fit plusieurs pas de côté afin de se mettre hors d'atteinte et avant qu'Horace puisse le cravacher, Will se jeta sur lui. Il agrippa le dos du garçon et tous deux roulèrent à terre. Ils luttèrent sur le sol, chacun tentant de prendre le dessus. Folâtre, inquiet de voir son maître en danger, poussa un hennissement et se cabra. Les bras d'Horace battaient frénétiquement l'air et il parvint à frapper l'oreille de Will ; mais ce dernier arriva à se dégager et lui donna un violent coup de poing dans le nez.

Du sang coulait sur le visage du grand garçon : en trois mois, les bras de Will s'étaient musclés. Toutefois, Horace s'entraînait dur lui aussi et il frappa si violemment son adversaire dans le ventre que Will en eut le souffle coupé. Horace se releva tant bien que mal mais Will, couché au sol, encercla de ses jambes les chevilles d'Horace, qui trébucha et tomba de nouveau. C'était là une parade que lui avait enseignée Halt.

« Frappe toujours le premier. » Durant les entraînements de lutte à mains nues, Halt lui avait rebattu les oreilles de ce conseil. Horace à terre, Will plongea alors sur lui en essayant de lui clouer les bras au sol. Soudain, Will sentit qu'une poigne de fer agrippait son col et le soulevait, lui donnant l'air d'un poisson se tortillant au bout de l'hameçon. Une forte voix rageuse retentit à son oreille.

— Que se passe-t-il, bande de canailles !

Will se tourna et vit Messire Rodney, le Maître des guerriers, qui semblait très en colère. Horace se redressa et se mit au garde-à-vous. Messire Rodney lâcha Will qui s'écrasa au sol comme un vulgaire sac de pommes de terre.

— Deux garçons qui se battent comme des chiffonniers en ce jour de fête ! Et pour couronner le tout, l'un d'eux est mon apprenti !

Les yeux baissés, Will et Horace dansaient d'un

pied sur l'autre, morts d'inquiétude, incapables de croiser le regard courroucé du Maître.

— Eh bien, Horace, un problème ?

Le jeune homme rougit mais ne répondit pas. Messire Rodney regarda Will.

— Très bien. Et toi, le garçon du Rôdeur, c'est quoi cette histoire ?

— On se bagarrait, Messire, c'est tout, marmonna Will.

— Je m'en suis bien rendu compte ! hurla le Maître. Vous me prenez pour un imbécile ?

Il s'interrompit et attendit que l'un des deux apprentis prenne la parole, mais ils restaient muets. Messire Rodney, contrarié, soupira. Les garçons... quand ils n'étaient pas dans vos pattes, ils se bagarraient, volaient, ou cassaient quelque chose.

— Très bien, le combat est terminé ; serrez-vous la main et qu'on n'en parle plus.

Il attendit, mais aucun des deux adversaires ne bougea. Il hurla alors, sur le ton qu'il employait pour passer les troupes en revue :

— Immédiatement !

Ils obéirent à contrecœur. Mais quand Will plongea ses yeux dans ceux d'Horace, il comprit que l'affaire était loin d'être réglée.

« Ce sera pour une autre fois », disait le regard furieux d'Horace.

« Quand tu veux », répondait celui de l'apprenti Rôdeur.

17

La première neige de l'hiver reposait en couche épaisse sur le sol. Will et Halt rentraient lentement de la forêt.

Six semaines avaient passé depuis la Fête de la Moisson et rien n'avait encore été résolu entre Will et Horace. Il y avait peu de chance que les deux garçons puissent reprendre leur querelle de sitôt : leurs Maîtres respectifs leur donnaient de nombreuses tâches et ils ne se croisaient que très rarement. Will avait aperçu l'apprenti guerrier de temps à autre, mais toujours de loin. Ils ne s'étaient pas reparlé et n'avaient pas même eu l'occasion de se saluer. Leur colère ne s'était pas apaisée, Will le savait, et un jour, elle éclaterait.

Bizarrement, cette idée ne le perturbait plus comme par le passé. Non qu'il était impatient d'avoir à se battre à nouveau, mais il s'aperçut qu'il pouvait affronter cette perspective avec une certaine sérénité. Il éprouvait une grande satisfaction au souvenir du bon coup de poing qu'il avait mis dans le nez d'Horace. Non sans étonnement, il se rendait compte que ce souvenir était d'autant plus agréable que la scène avait eu lieu sous les yeux de Jenny, mais surtout, qu'Alyss y avait assisté elle aussi. Même si l'incident était resté en suspens, Will ne cessait d'y penser et de se le rappeler.

Le ton furieux de Halt le ramena à la réalité.

— Serait-il possible de poursuivre nos recherches, ou bien avais-tu quelque chose de plus important à faire ?

Aussitôt, Will chercha des yeux ce que Halt venait de pointer du doigt. Les sabots de leurs chevaux avançaient presque sans bruit sur la neige craquante, et Halt avait entrepris de lui indiquer les endroits où de légères empreintes avaient été laissées par des animaux ; il revenait à Will de les identifier. Il avait une vue perçante et suffisamment de concentration pour y parvenir. D'ordinaire, il appréciait ces leçons, mais il avait relâché son attention et, à cet instant, n'avait pas la moindre idée de ce qu'il était censé observer.

— Là, dit Halt, agacé d'avoir à se répéter.

Le Rôdeur désignait un endroit sur le sol, à leur gauche. Will se dressa sur ses étriers afin de mieux voir les traces laissées dans la neige.

— Un lapin, dit aussitôt le garçon.

Halt se tourna vers lui et le regarda de biais.

— Un lapin ?

Will examina à nouveau le sol et corrigea aussitôt son erreur.

— Des lapins, dit-il en insistant sur le pluriel.

Halt aimait que les choses soient précises.

— C'est aussi mon avis, murmura le Rôdeur. Imagine un peu, si tu repérais des pas de Skandiens à cet endroit, il te faudrait être certain de leur nombre.

— Oui, je suppose, répondit docilement Will.

— Tu supposes ! répliqua Halt d'un ton sarcastique. Crois-moi, Will, entre un seul Skandien et une demi-douzaine, il y a une différence !

Will hocha la tête pour s'excuser. Depuis peu, leurs rapports se modifiaient : Halt ne le traitait plus de « gamin » ; désormais, il l'appelait « Will », ce que le garçon appréciait. Il avait ainsi l'impression d'avoir été accepté par le Rôdeur, dont la mine était pourtant toujours si sombre. Il aurait souhaité voir Halt lui sourire de temps à autre. Au moins une fois.

La voix grave de Halt le surprit en pleine rêverie.

— Des lapins... c'est tout ?

Will baissa encore une fois les yeux vers le sol. Il était difficile de distinguer les traces dans la neige, qui avait déjà été piétinée, mais à l'endroit que Halt avait désigné, Will aperçut une autre série de traces.

— Une hermine ! annonça-t-il d'une voix triomphante.

— Une hermine, exactement, dit Halt. Mais tu aurais dû deviner qu'il y avait d'autres traces, Will.

Regarde comme les empreintes laissées par les lapins sont profondes : il est évident que quelque chose les a effrayés. Si tu t'en étais aperçu, tu aurais eu l'idée de chercher une autre série de traces.

— Je vois, répondit Will.

— Non, la plupart du temps, tu ne vois rien, car tu es incapable de te concentrer. Il va falloir que cela change.

Will ne dit mot. Il accepta tout simplement la réprimande. Il savait maintenant que les critiques de Halt étaient toujours justifiées. Et dans ce cas, il était inutile de chercher des excuses. Ils reprirent leur route en silence. Will plissait les yeux pour mieux examiner le sol, à la recherche d'autres traces, d'autres indices. Ils parcoururent un ou deux kilomètres et déjà, quelques repères familiers indiquaient qu'ils se rapprochaient de la chaumière. Soudain, le garçon aperçut quelque chose.

— Regardez ! s'écria-t-il en pointant le doigt sur un petit tas de neige qui s'était écroulé au bord du chemin. Qu'est-ce que c'est ?

Halt se retourna. Ces traces, si c'en était, ne ressemblaient à aucune de celles que Will avait déjà rencontrées. Le Rôdeur se rapprocha du bord du chemin et l'examina avec attention.

— Hum..., dit-il d'un air pensif. Nous n'en avions pas encore croisé. On n'en voit plus souvent de nos jours, regarde bien, Will.

Il descendit prestement de sa monture et se mit à

avancer dans la neige qui lui arrivait aux genoux. Will le suivit.

— C'est quoi ?

— Un sanglier sauvage, dit Halt brièvement. Plutôt gros.

Will jeta des coups d'œil inquiets autour de lui. Il ne savait peut-être pas à quoi ressemblaient les empreintes d'un sanglier dans la neige, mais il avait souvent entendu parler de cet animal et n'ignorait pas qu'il était extrêmement dangereux.

Halt remarqua l'affolement de Will et eut un geste rassurant.

— Calme-toi, il n'est plus dans le coin.

— Vous le savez d'après ces traces ?

— Non, je me fie au comportement des chevaux. Si un sanglier de cette taille se trouvait encore dans les parages, ces deux-là piafferaient et henniraient si bruyamment que nous ne pourrions plus nous entendre penser.

— Ah ! dit Will en se sentant un peu bête.

Il serra moins fort son arc. Pourtant, malgré les paroles rassurantes du Rôdeur, il ne put s'empêcher de jeter un dernier coup d'œil derrière eux et, au même instant, son cœur se mit à battre à tout rompre.

Quelque chose bougeait très légèrement dans les épaisses broussailles de l'autre côté du chemin. En temps normal, il aurait mis cela sur le compte de la brise mais son apprentissage avait affiné son sens de l'observation. Et il n'y avait aucune brise ce jour-là. Pas le moindre petit souffle.

Malgré tout, quelque chose continuait d'agiter les fourrés. Will posa la main sur son carquois ; lentement, afin de ne pas attirer l'attention de l'animal, il en sortit une flèche et la plaça sur la corde de son arc.

— Halt ?

Il avait essayé d'être discret, mais sa voix tremblotait un peu. Il se demanda si son arc l'aiderait à arrêter un sanglier à la charge. Il n'en était pas persuadé.

Halt regarda autour de lui et prit note de la flèche encochée sur l'arc de Will et de la cible du garçon.

— J'espère que tu n'as pas l'intention de tirer sur le pauvre paysan dissimulé dans ces fourrés, dit-il d'un ton sérieux, tout en haussant la voix afin qu'elle porte jusqu'aux broussailles, de l'autre côté du chemin.

Au même instant, Will vit les fourrés s'agiter de plus belle et entendit une voix inquiète qui s'écriait :

— Tirez pas, mon bon Messire ! J'vous en prie, tirez pas ! C'est que moi !

Les buissons s'écartèrent et un vieil homme ébouriffé en sortit, l'air effrayé ; il se releva vivement et s'avança vers eux. Mais dans sa précipitation, ses pieds se prirent dans les racines entremêlées et il tomba en avant dans la neige. Il se remit debout en tremblant, les mains tendues, paumes ouvertes afin de montrer qu'il n'était pas armé, sans cesser de bredouiller :

— Seulement moi, Messire ! Pas b'soin de tirer, Messire ! J'vous jure, c'est que moi, j'suis pas dangereux pour des gens comme vous !

Il se précipita vers le milieu du chemin, les yeux braqués sur l'arc de Will et sur la pointe étincelante et acérée de la flèche. Lentement, Will relâcha la pression qu'il exerçait sur la corde et baissa son arc tout en regardant l'inconnu de plus près. L'homme, d'une extrême maigreur, avait une barbe grise et emmêlée, des genoux et des coudes cagneux et le dessus de son crâne était chauve ; ses gestes étaient maladroits et il était vêtu d'une blouse de fermier, en haillons, plutôt crasseuse.

Il s'arrêta à quelques mètres des deux Rôdeurs et, l'air inquiet, il leur sourit.

— C'est que moi, répéta-t-il une dernière fois.

18

Will ne put retenir un sourire. Il avait pensé tomber sur un sanglier féroce, prêt à charger et non sur une créature aussi inoffensive.

— Comment saviez-vous qu'il était là ? demanda-t-il à Halt à voix basse.

Le Rôdeur haussa les épaules.

— Je l'ai aperçu il y a quelques minutes. Un jour, tu sauras comment détecter une présence et savoir qui t'observe.

Will était admiratif. Les pouvoirs d'observation de Halt étaient troublants. Pas étonnant que les gens du château le craignent autant !

— Bien, dit Halt d'un ton sévère. Pourquoi te caches-tu ? Qui t'a demandé de nous espionner ?

Le vieil homme se frottait nerveusement les mains, et ses yeux passaient du visage sévère de Halt à la pointe de la flèche, maintenant baissée, mais toujours encochée à l'arc de Will.

— J'vous espionnais pas, Messire ! Non, non ! J'vous ai entendus arriver et j'ai cru que c'était ce terrible goret qui r'venait.

Halt fronça les sourcils.

— Tu m'as pris pour un sanglier sauvage ?

Le fermier secoua la tête.

— Non, non, pas du tout ! dit-il d'une voix étranglée. Ou plutôt si, mais avant que j'vous voie ! Et puis j'savais pas vraiment qui vous étiez, ç'aurait pu être des brigands.

— Que fais-tu ici ? Tu n'as pas l'air d'être du coin ?

Le fermier, qui ne tenait pas à contrarier Halt, secoua à nouveau la tête.

— J'viens de l'autre côté de la Crique du Saule, j'vous jure ! J'suis sur la piste de c'goret et j'voulais juste trouver quelqu'un qui m'aide à en faire des jambons !

Halt eut soudain l'air vivement intéressé. Il abandonna le ton faussement sévère qu'il avait jusqu'alors employé.

— Tu as donc vu un sanglier ?

Le fermier se frotta les mains et lança des regards effrayés tout autour de lui, semblant craindre que le « goret » n'émerge d'un instant à l'autre d'entre les arbres.

— J'l'ai vu, j'l'ai entendu et j'veux plus l'voir. C'est une sale bête, Messire, croyez-moi.

Halt examina à nouveau les empreintes dans la neige.

— Il a l'air gros, c'est certain, dit-il d'un ton songeur.

— Et malfaisant, avec ça ! reprit le fermier. Il a l'diable en lui, vous savez. Y mettrait un homme ou un ch'val en pièces pour son p'tit déjeuner, c'est sûr !

— Comment comptais-tu donc t'y prendre avec lui ? demanda Halt. Et au fait, comment t'appelles-tu ?

Le fermier fit un petit salut de la tête et porta la main à son front.

— Pierre, Messire, Pierre le Salé, les autres y m'appellent, du fait que j'aime bien saler un peu ma viande.

— Sans nul doute, acquiesça patiemment Halt. Mais qu'espérais-tu faire de ce sanglier ?

Pierre le Salé se gratta la tête et répliqua, d'un air un peu confus :

— J'sais pas trop. P't-être trouver un soldat, un guerrier ou un ch'valier pour m'en débarrasser. Ou même un Rôdeur, ajouta-t-il après coup.

Will sourit. Halt se releva de l'endroit où il s'était accroupi pour examiner les traces de l'animal. Il frotta un peu ses genoux, couverts de neige, et se dirigea vers Pierre le Salé, qui dansait d'un pied sur l'autre avec embarras.

— A-t-il causé beaucoup d'ennuis ? demanda le Rôdeur.

Le vieux fermier hocha rapidement la tête.

— Oh que oui, Messire ! Il a tué trois chiens, dévasté des champs et cassé des clôtures, pour sûr ! Et la bête a presque failli tuer mon gendre quand il a essayé d'l'arrêter. Comme j'vous disais, un vrai démon !

Halt se caressait le menton d'un air songeur.

— Hum... Il n'y a pas à hésiter, il vaut mieux qu'on s'en occupe.

Il leva les yeux vers le soleil, bas sur l'horizon, puis se tourna vers Will.

— Combien de temps, d'après toi, avant la tombée de la nuit, Will ?

Will étudia la position du soleil. Ces derniers temps, Halt ne ratait pas une occasion de l'interroger ou d'évaluer ses connaissances afin de vérifier ses progrès. Le garçon savait qu'il valait mieux réfléchir avant de répondre, Halt préférant la précision à la précipitation.

— Un peu plus d'une heure ?

Il vit le Rôdeur froncer les sourcils et se rappela que Halt n'aimait pas que l'on réponde à une question par une autre question.

— Est-ce une question ou une affirmation ?

Will secoua la tête ; il s'en voulait.

— Un peu plus d'une heure, affirma-t-il d'un ton plus assuré.

— C'est exact, acquiesça le Rôdeur, en se tournant vers le vieux fermier. Pierre le Salé, je veux que tu portes un message au Baron Arald.

— Le Baron Arald ? demanda le paysan d'un ton angoissé.

Halt fronça à nouveau les sourcils.

— Tu vois ce que tu as fait ? dit-il à Will. À cause de toi, il répond à une question par une autre question !

— Désolé, marmonna Will, qui ne put réprimer un sourire.

Halt s'adressa à nouveau au fermier :

— C'est ça, le Baron. Tu suis ce chemin et tu trouveras son château, à environ deux kilomètres.

Pierre le Salé observa le chemin, comme s'il pouvait déjà y apercevoir le château.

— Un château, vous dites ? demanda-t-il avec étonnement. J'ai jamais vu d'château !

Halt soupira avec impatience. Ce vieux bavard le mettait de mauvaise humeur.

— C'est ça, le château. Écoute, tu iras voir le garde qui est à l'entrée...

— C'est un grand château ?

— Un ÉNORME château ! hurla Halt.

De frayeur, Pierre le Salé fit un bond en arrière ; la réaction du Rôdeur semblait l'avoir vexé.

— Pas besoin d'brailler, jeune homme, dit-il avec humeur. J'me renseigne, c'est tout.

— Dans ce cas, arrête de m'interrompre, nous perdons du temps. Tu m'écoutes, à présent ?

Pierre le Salé hocha la tête.

— Bien. Tu vas voir le garde qui est à l'entrée et tu lui dis que tu as un message pour le Baron Arald, de la part de Halt.

Une expression de surprise apparut sur le visage du vieil homme.

— Halt ? Pas Halt le Rôdeur ?

— Si, répondit Halt avec lassitude. Halt le Rôdeur.

— Celui qu'a tendu une embuscade aux Wargals de Morgarath ?

— Lui-même, dit Halt d'une voix basse et menaçante.

Pierre le Salé regarda autour de lui.

— Eh bien, où donc il est ?

— Je suis Halt ! tonna le Rôdeur en approchant son visage de celui du vieil homme.

À nouveau, le fermier recula de quelques pas. Il rassembla son courage et secoua la tête avec incrédulité.

— Non, non, c'est pas possible, dit-il d'une voix ferme. C'est pas vous. Pour sûr, Halt le Rôdeur est aussi grand qu'deux hommes, et aussi large. C'est pas un homme, mais un géant ! Brave, féroce à la bataille, j'le sais bien. Ça peut pas être vous.

Halt lui tourna le dos et s'efforça de se calmer. Will ne put s'empêcher de sourire à nouveau. Le Rôdeur se retourna vers le fermier :

— Je suis Halt, dit le Rôdeur, espaçant ses mots afin que Pierre le Salé puisse bien le comprendre. J'étais grand quand j'étais jeune et beaucoup plus large. Mais j'ai cette taille aujourd'hui, ajouta-t-il en plongeant ses yeux luisants de colère dans ceux du fermier. Compris ?

— Si vous l'dites..., répondit le vieil homme.

Il ne le croyait toujours pas mais la lueur dangereuse qui brillait dans les yeux de Halt l'incita à faire preuve de sagesse et à ne pas le contredire davantage.

— Bien, dit Halt d'un ton glacial. Maintenant, va dire au Baron que Halt et Will...

Pierre le Salé s'apprêtait à poser une autre question, quand Halt mit aussitôt la main sur la bouche du vieil homme et désigna Will qui se tenait près de son poney.

— Voici Will.

Pierre le Salé opina du chef, les yeux écarquillés au-dessus de la main qui l'empêchait de poser de nouvelles questions.

— Dis-lui que Halt et Will sont sur la piste d'un sanglier sauvage. Nous retournerons au château dès que nous aurons trouvé sa tanière. Entre-temps, le Baron doit rassembler ses hommes afin de partir en chasse demain matin.

Il ôta lentement sa main de devant la bouche du fermier.

— T'as bien compris ?

Pierre le Salé hocha la tête.

— Alors répète ce que je viens de te dire, ajouta Halt.

— Aller au château, voir l'garde... un message de vot' part... Halt... pour l'Baron. Dire au Baron que vous... Halt... et lui... Will... vous êtes sur la piste d'un sanglier. Lui dire de s'préparer pour la chasse.

— Bien, dit Halt.

Il fit un signe à Will et tous deux remontèrent sur leurs chevaux. Le fermier, hésitant, se tenait au milieu du chemin et ne les quittait pas des yeux.

— Vas-y, lui dit Halt en lui indiquant la direction à prendre.

Le vieil homme fit quelques pas et, quand il jugea être à bonne distance, il se retourna et s'adressa au Rôdeur au visage si inquiétant :

— J'vous crois pas, vous savez ! Personne peut rap'tisser !

Halt soupira et reprit la direction de la forêt.

19

Ils chevauchaient lentement dans la lumière du jour qui baissait, penchés sur les traces laissées par le sanglier. La tâche était aisée car sur son passage, l'énorme animal avait creusé une profonde tranchée dans la neige épaisse. Même sans la neige, ils l'auraient pisté sans difficulté. La bête était à l'évidence de très mauvaise humeur. Ses défenses avaient entaillé les troncs des arbres et des arbustes qu'ils croisaient et tout semblait dévasté le long du sentier qu'il avait nettement tracé à travers la forêt.

Quand ils eurent parcouru environ un kilomètre, Will se lança :

— Halt ?

— Hum... ? répondit le Rôdeur d'un air distrait.

— Pourquoi déranger le Baron ? Ne pourrions-nous pas simplement tuer le sanglier à l'aide de nos arcs ?

— La bête est énorme, Will. Tu vois bien la largeur du sentier qu'il a tracé. Même si on lui plantait cinq ou six flèches dans le corps, il mettrait du temps à mourir. Avec un animal aussi agressif, mieux vaut être prudent.

— Comment se déroule une partie de chasse ?

Halt observa le garçon quelques secondes.

— Je suppose que tu n'as jamais assisté à une chasse au sanglier ?

Will secoua la tête. Halt tira sur ses rênes et Will fit s'arrêter son poney.

— Bien. D'abord, il faut des chiens. C'est aussi pour cela que nous ne pourrions pas l'achever avec nos seules flèches. Quand nous le trouverons, il sera probablement dans sa tanière, un bosquet ou d'épais buissons ; les chiens l'obligeront à en sortir et des hommes armés d'épieux l'encercleront.

— Vont-ils les lancer sur lui ?

— Non, pas s'ils sont malins. Cet épieu fait plus de deux mètres de long et possède une lame à double tranchant ainsi qu'une garde rigide, juste derrière la lame. L'idée est la suivante : faire charger le sanglier en direction du hallebardier, qui plante alors le bout de l'épieu dans le sol et laisse le sanglier se jeter dessus. La garde empêche le sanglier d'avancer davantage et protège le chasseur.

— Ça a l'air dangereux, dit Will d'un ton peu convaincu.

— Oui, mais le Baron, Messire Rodney et les autres chevaliers adorent chasser le sanglier et pour rien au monde ils ne manqueraient cela.

— Et vous ? Vous aurez un épieu ?

— Non, je resterai sur Abelard et toi sur ton poney, au cas où l'animal s'échappe du cercle ou bien s'il est seulement blessé et essaie de s'enfuir.

— Que devrons-nous faire dans ce cas ?

— Nous l'arrêterons avant qu'il puisse rejoindre sa tanière, dit Halt d'un air sombre, et nous nous servirons de nos arcs pour l'achever.

Le lendemain était un samedi et, après le déjeuner, les apprentis guerriers avaient quartier libre jusqu'au soir. Pour Horace, cela se résumait à tâcher d'éviter Alda, Bryn et Jerome, où qu'ils se trouvent. Mais ces derniers avaient déjà compris qu'Horace les fuyait ; ils avaient ainsi pris l'habitude de l'attendre à la sortie du réfectoire. Ce jour-là, quand Horace arriva sur le terrain de parade, il les vit qui le regardaient, un sourire aux lèvres. Il marqua un temps d'arrêt, mais il était trop tard pour faire demi-tour ; la mort dans l'âme, il continua d'avancer.

— Horace !

Il sursauta, se retourna et vit Messire Rodney qui l'observait avec curiosité ; il avait remarqué les trois élèves de deuxième année qui traînaient dans la cour.

Horace se demanda si le Maître des guerriers savait ce que ces élèves lui faisaient subir. Il se dit qu'il devait être au courant, que cela était une autre façon d'endurcir les élèves de l'École.

— Messire ! répondit-il, ne sachant pas ce qu'on allait lui reprocher.

Le visage de Rodney s'adoucit et il sourit au jeune homme. Il avait l'air particulièrement heureux.

— Détends-toi, Horace, c'est samedi, après tout. T'as déjà participé à une chasse au sanglier ?

— Euh... non, Messire.

Rodney l'avait invité à se détendre mais il se tenait pourtant bien raide.

— Il est donc temps que tu voies ça. Va chercher un épieu à sanglier et un couteau de chasse à l'armurerie, demande un cheval à Ulf et reviens ici dans vingt minutes.

— Bien, Messire.

Rodney se frottait les mains avec un plaisir évident.

— Il paraît que Halt et son apprenti ont déniché un sanglier, il est temps de s'amuser un peu.

Il gratifia l'apprenti d'un large sourire et s'éloigna avec empressement pour préparer son équipement. Quand Horace se tourna vers la cour, Alda, Bryn et Jerome n'y étaient plus. Il aurait pu se demander pourquoi ces trois brutes disparaissaient dès que Messire Rodney était dans les parages, mais le garçon avait l'esprit bien trop occupé par cette chasse et par ce qu'on attendait de lui.

La matinée était bien avancée quand Halt conduisit les chasseurs à la tanière du sanglier, au cœur de la forêt. L'énorme animal s'était réfugié dans un massif assez touffu de broussailles, une cachette que Halt et Will avaient découverte la veille, avant la nuit.

À présent, les chasseurs approchaient du but. Halt leur fit signe de descendre de cheval et le Baron et les autres confièrent leur monture à l'un des palefreniers qui les avaient accompagnés. Ils parcoururent à pied les quelques centaines de mètres restants ; Halt et Will étaient les seuls à être restés en selle.

Il y avait en tout quinze chasseurs, armés d'un épieu, pareil à celui qu'avait décrit Halt. En arrivant près de la tanière, ils formèrent un large cercle. Will fut surpris de voir Horace parmi eux ; il était l'unique apprenti guerrier présent : tous les autres étaient des chevaliers.

Ils se trouvaient maintenant à une centaine de mètres de la tanière, et Halt, la main levée, fit signe aux chasseurs de s'arrêter. Il mit Abelard au trot et se dirigea vers Will, toujours monté sur Folâtre, que la présence du sanglier rendait un peu nerveux.

— Rappelle-toi, lui dit tranquillement le Rôdeur, si tu dois tirer, vise bien juste derrière l'épaule gauche. Notre seule chance de l'arrêter s'il charge sera un tir qui atteindra directement le cœur.

Will hocha la tête et passa la langue sur ses lèvres sèches. Il se pencha vers l'encolure du poney et le flatta un peu pour le rassurer. Le petit cheval rejeta la tête en arrière en guise de réponse.

— Et ne t'éloigne pas du Baron, ajouta Halt avant d'aller reprendre sa place dans le cercle des chasseurs.

Halt était dans la position la plus dangereuse : il accompagnait les chasseurs les moins expérimentés. Si le sanglier chargeait de ce côté-là, il devrait le rattraper et l'achever. En revanche, Will avait été placé près du Baron et des chasseurs les plus chevronnés. Il se trouvait ainsi non loin d'Horace, debout entre Messire Rodney et le Baron. Le garçon participait à sa première chasse et le Maître des guerriers ne voulait prendre aucun risque. Horace était là en tant qu'observateur et apprenti ; si le sanglier chargeait dans leur direction, il devrait laisser le Baron ou Rodney s'en occuper.

Horace leva les yeux et aperçut Will, mais il n'y avait aucune animosité dans le regard du jeune guerrier. Au contraire, il gratifia l'apprenti Rôdeur d'un petit sourire tendu, et en observant Horace passer et repasser la langue sur ses lèvres, Will comprit que l'autre garçon était tout aussi inquiet que lui.

Halt fit un nouveau signe et les chasseurs se dirigèrent vers les broussailles. Le cercle se rétrécissait et Will perdit de vue son maître. L'agitation de son poney lui indiquait que le sanglier était dans sa tanière, mais Folâtre était bien dressé et continua d'avancer tandis que son cavalier, avec douceur, lui prodiguait quelques encouragements.

Soudain, un profond rugissement se fit entendre et

Will sentit ses cheveux se dresser sur sa tête. Il n'avait encore jamais entendu le cri enragé d'un sanglier sauvage, qui tenait à la fois du grognement et du hurlement et, l'espace d'un instant, les chasseurs hésitèrent.

— Il est bien là-dedans ! s'écria le Baron avec excitation, en gratifiant Will d'un large sourire. Pourvu qu'il se dirige de notre côté, hein, les garçons ?

Will n'était pas certain d'en avoir envie et se dit qu'il préférerait, de loin, voir la bête charger de l'autre côté du cercle. Mais le Baron et Rodney, qui préparaient leurs épieux, souriaient comme des gamins. L'événement les amusait, ainsi que Halt l'avait prédit. Will décrocha rapidement son arc et encocha une flèche sur la corde. Il tâta la pointe pour s'assurer qu'elle était bien acérée. Il avait la gorge sèche et n'était pas sûr de pouvoir répondre si quelqu'un lui adressait la parole.

Les chiens tiraient de toutes leurs forces sur les laisses, et leurs aboiements excités résonnaient dans la forêt, troublant la tranquillité de l'énorme sanglier. Will l'entendait maintenant taillader les arbres et les arbustes de sa tanière de ses longues défenses.

Le Baron se tourna vers Bert, son maître-chien, et lui fit signe de lâcher la meute. Les puissants animaux partirent comme des flèches, s'élancèrent au centre du cercle et disparurent dans les fourrés. Ces chiens, féroces et costauds, avaient été dressés à chasser exclusivement le sanglier.

Un vacarme indescriptible provenait des fourrés :

de furieux jappements auxquels se joignaient des hurlements à glacer le sang. On entendit les arbres et les buissons craquer, se rompre et le bosquet trembler de toutes parts.

Soudain, le sanglier en sortit.

Il arriva au centre du cercle ; en poussant un hurlement de rage, il se débarrassa d'un des chiens qui s'accrochait encore à lui, fit une courte pause puis chargea en direction des chasseurs à une vitesse aveuglante.

Le jeune chevalier vers lequel le sanglier se dirigeait n'hésita pas un instant : il posa un genou à terre, enfonça profondément l'extrémité de son épieu dans le sol, la pointe étincelante face à l'animal.

Le sanglier n'eut pas le temps de se détourner, et dans son élan, il ne put éviter l'épieu : il s'y enfonça en hurlant de douleur et de rage, s'efforçant de déloger le morceau d'acier qui meurtrissait sa chair. Mais le jeune chevalier tenait fermement l'épieu dans le sol et ne laissa pas à l'animal enragé d'occasion pour se libérer.

Will, les yeux écarquillés, mort d'inquiétude, vit la solide hampe de frêne se ployer comme un arc sous le poids du sanglier et la pointe aiguisée pénétrer son cœur.

Dans un dernier râle perçant, la puissante bête bascula sur le côté et rendit l'âme.

Son corps musclé était presque aussi large que celui d'un cheval et les défenses, maintenant inoffensives, étaient recourbées sur son groin féroce. Elles étaient maculées de la terre qu'il avait soulevée, et du sang d'au moins un des chiens.

Will regarda cet énorme corps et frissonna. Si cette chose était un sanglier sauvage, il n'était nullement pressé d'en croiser un autre.

20

Les autres chasseurs se rassemblèrent autour du chevalier qui avait tué l'animal pour le féliciter et lui donner quelques petites tapes dans le dos. Le Baron se dirigea vers lui mais s'arrêta d'abord près de Folâtre et leva les yeux vers Will :

— Tu n'en verras pas de si gros avant longtemps, Will, dit-il d'un ton bourru. Dommage qu'il ne soit pas venu de notre côté, j'aurais aimé remporter un tel trophée.

Il s'éloigna pour suivre Messire Rodney, qui avait déjà rejoint le groupe rassemblé autour du cadavre de l'animal.

En conséquence, pour la première fois depuis plusieurs semaines, Will se trouva face à Horace. Un silence gêné s'installa entre eux, aucun des deux garçons ne voulant faire le premier pas. Horace, que les événements avaient stimulé et dont le cœur, sous l'effet de la peur ressentie devant la charge du sanglier, battait encore à tout rompre, avait envie de partager cet instant avec Will. Au vu de ce qu'ils venaient de vivre, leurs querelles semblaient bien puériles et il avait à présent un peu honte de son comportement passé. Il n'arrivait pourtant pas à exprimer ses sentiments et Will ne lui donnait aucun signe d'encouragement. Il haussa les épaules et s'apprêtait à passer devant Folâtre afin d'aller féliciter le guerrier quand les oreilles du poney se dressèrent. L'animal se mit à hennir, comme pour les prévenir.

Will se tourna vers les fourrés et son sang ne fit qu'un tour dans ses veines.

Là, à quelques pas de la tanière, se tenait un second sanglier, plus imposant encore que celui qui gisait dans la neige.

— Attention ! s'écria-t-il quand l'animal se mit à arracher des mottes de terre à l'aide de ses défenses.

La situation était grave. Le cercle des chasseurs s'était brisé, la plupart d'entre eux étant allés admirer le cadavre. Seuls Horace et Will se trouvaient sur la trajectoire de ce second sanglier ; et si Will n'était pas seul, c'était uniquement parce qu'Horace était resté quelques instants près de lui.

Horace se retourna vivement vers Will, lui jeta un coup d'œil et pivota pour apercevoir ce nouveau danger. Le sanglier baissa la tête, lacéra à nouveau le sol et chargea. Tout se déroula à une incroyable vitesse.

L'instant d'avant, l'animal fourrageait le sol, mais

quelques secondes plus tard, il se précipitait déjà sur eux. Sans hésiter, Horace se plaça devant Will, face au sanglier ; il prépara son arme, ainsi que le Baron et Messire Rodney le lui avaient montré.

Mais au même moment, son pied dérapa sur une plaque de gel et, sans pouvoir rien faire, il tomba de tout son long et laissa échapper son épieu.

Il n'y avait pas une seconde à perdre. Horace était à terre, sans défense contre la bête qui avançait. Will ôta ses pieds des étriers et sauta au sol, tout en réglant son arme. Il savait que son petit arc ne pourrait arrêter la folle course du sanglier, mais il espérait le détourner d'Horace.

Il tira et se mit aussitôt à courir dans une autre direction afin de s'éloigner de l'apprenti guerrier qui était au sol. Il hurla à pleins poumons et tira une nouvelle fois.

Les deux flèches s'étaient plantées dans le cuir épais de l'animal, comme des épingles dans un coussin. Elles ne lui firent pas grand mal mais lui infligeaient une douleur cuisante. Ses petits yeux rouges et furieux se braquèrent sur la frêle silhouette qui sautillait sur le côté et il s'élança rageusement vers Will.

Le garçon n'avait plus le temps de bander son arc. Horace était maintenant hors de danger, mais ce n'était plus le cas de Will. Il courut s'abriter derrière un arbre, juste à temps ! La bête fonça droit dans le tronc de l'arbre, dont les racines tremblèrent sous le choc, tandis que des plaques de neige qui se trouvaient sur les branches dégringolèrent sur le sol.

Chose étonnante, le choc ne perturba apparemment pas le sanglier, qui recula de quelques pas pour charger encore une fois. Le garçon se jeta à nouveau derrière l'arbre, évitant de justesse les défenses meurtrières de la bête qui passa bruyamment devant lui.

Hurlant de fureur, l'énorme animal fit volte-face en dérapant sur la neige et se jeta à nouveau sur Will. Cette fois, il avançait au trot en secouant la tête, et de ses narines s'échappait un souffle chaud qui fumait dans l'air glacial.

Derrière lui, Will entendait les cris des chasseurs, mais il savait qu'ils ne pourraient arriver à temps pour l'aider. Il encocha une nouvelle flèche tout en étant convaincu qu'elle ne parviendrait pas à affaiblir l'animal.

Il entendit soudain un bruit sourd de sabots martelant la neige et vit une petite silhouette se précipiter sur le monstre.

— Non, Folâtre ! hurla Will.

Il était mort de peur pour son poney, mais Folâtre continua d'avancer à toute allure et, quand il fut près du sanglier, lui envoya des ruades. Ses sabots arrière frappèrent le flanc de l'animal, avec une force telle que la bête s'en alla rouler dans la neige.

Mais le sanglier se releva immédiatement, encore plus enragé. Le poney lui avait fait perdre l'équilibre mais le coup de sabot ne l'avait pas grièvement blessé. À présent, la bête se jetait sur Folâtre, terrifié, qui hennissait et bondissait de côté afin d'éviter les défenses acérées.

— Folâtre, écarte-toi ! hurla à nouveau Will.

Son cœur battait la chamade : si les défenses déchiraient les fragiles jarrets du cheval, il serait estropié à vie. Will ne pouvait rester là et regarder son poney se sacrifier pour lui. Il banda son arc et tira à nouveau, puis sortit le long couteau de Rôdeur de sa ceinture et se mit à courir en direction de la bête enragée.

La troisième flèche s'était fichée dans le flanc de l'animal : il venait encore de rater un point vulnérable et avait seulement blessé le monstre. Il continua sa course en lui hurlant après et cria à Folâtre de s'écarter. Le sanglier le vit arriver et reconnut la petite silhouette qui l'avait déjà rendu si furieux. Ses yeux rouges remplis de haine fixèrent Will et il baissa la tête pour préparer une dernière charge meurtrière.

Will vit les puissants muscles postérieurs de l'animal se raidir. Il ne pouvait plus se mettre à l'abri et allait être obligé de faire face à la charge. Il posa un genou à terre et, en désespoir de cause, pointa son couteau devant lui. L'animal arrivait droit sur lui. Au loin, il entendit le cri étranglé d'Horace qui se précipitait pour l'aider, son épieu à la main.

Soudain, un sifflement couvrit le bruit des sabots du sanglier, suivi d'un claquement sec : le sanglier, arrêté dans sa course, se dressa sur ses pattes arrière, se tordit de douleur et s'effondra lourdement dans la neige.

Grâce à la puissance de l'arc de Halt, la longue flèche avait presque entièrement pénétré dans la chair de l'animal. Il avait visé juste derrière l'épaule gauche, et la flèche s'était fichée dans le cœur du sanglier et l'avait transpercé.

Un tir parfait.

Halt tira sur ses rênes et Abelard s'arrêta net dans un nuage de poudreuse ; le Rôdeur se jeta à terre et prit dans ses bras le garçon tremblant. Will, enfin soulagé, enfouit la tête dans le tissu grossier de la cape du Rôdeur. Il ne voulait pas qu'on voie les larmes qui coulaient sur son visage.

Avec douceur, Halt lui ôta son couteau des mains.

— Que diable croyais-tu pouvoir faire avec ça ?

Will secoua la tête, incapable de parler. Folâtre lui donnait de gentils petits coups de son doux museau et le garçon leva la tête vers les grand yeux intelligents du poney.

Puis les chasseurs arrivèrent à grand bruit et se rassemblèrent autour du second sanglier ; ils s'extasiaient sur sa taille et donnaient à Will des claques dans le dos pour le féliciter de sa bravoure. Le garçon se tenait parmi eux, une petite silhouette honteuse des larmes qu'il n'arrivait pas à retenir et qui ne cessaient de couler le long de ses joues.

— Ces brutes sont plutôt rusées, observa Messire Rodney en donnant de petits coups de botte dans le corps sans vie du sanglier. Nous avons tous cru qu'il n'y en avait qu'un seul vu qu'ils n'ont pas quitté la tanière ensemble.

Will sentit une main se poser sur son épaule ; il se retourna et se retrouva face à Horace, qui secouait la tête avec admiration et incrédulité.

— Tu m'as sauvé la vie, dit-il, je n'avais jamais vu quelqu'un agir avec autant de courage.

D'un mouvement d'épaule, Will repoussa les remerciements d'Horace, mais l'apprenti guerrier insistait. Il se rappelait toutes les fois où, par le passé, il avait taquiné et brutalisé Will. Et là, agissant d'instinct, ce garçon moins costaud que lui venait de le sauver d'une mort effroyable. Horace en avait même oublié sa propre bravoure, quand il s'était placé entre le sanglier et l'apprenti Rôdeur, preuve que le jeune guerrier avait mûri.

— Mais Will, pourquoi ? Après tout, nous...

Il ne parvenait pas à continuer, mais Will comprit ce qu'il avait sur le cœur.

— Horace, nous nous sommes sans doute querellés par le passé, mais je ne te déteste pas. Je ne t'ai jamais détesté.

Horace hocha la tête et son visage s'éclaira : il comprenait. Il prit alors une décision.

— Je te dois la vie, Will, dit-il d'un ton déterminé. Jamais je n'oublierai que j'ai une dette envers toi. Si un jour tu as besoin d'un ami, si jamais tu as besoin d'aide, tu pourras compter sur moi.

Les deux garçons s'observèrent un instant, puis Horace tendit brusquement la main et Will l'accepta. Tout autour d'eux, les chevaliers assistaient en silence à ce face-à-face décisif, hésitant à l'interrompre. Le Baron Arald s'avança alors, se plaça entre eux et posa un bras sur l'épaule de chaque apprenti.

— Bien parlé, mes garçons ! s'exclama-t-il chaleureusement.

Les chevaliers acquiescèrent d'une seule voix. Le Baron sourit d'un air ravi. La matinée s'était en définitive bien déroulée : il y avait eu un peu d'aventure, deux énormes sangliers avaient été tués et, à présent, deux de ses pupilles forgeaient une alliance, un lien qui ne pouvait naître que du danger partagé.

— Voici deux jeunes gens bien sous tous rapports ! déclara-t-il à l'assemblée, qui marqua à nouveau son assentiment avec enthousiasme. Halt, Rodney ! Vous pouvez être fiers de vos apprentis !

— Nous le sommes, Seigneur, nous le sommes, répondit Messire Rodney.

Il fit un signe d'approbation en direction d'Horace. Il avait vu comment son apprenti s'était comporté face au danger, et il approuvait le geste du garçon, qui venait d'offrir son amitié à Will. Il n'avait pas oublié que tous deux s'étaient bagarrés lors de la Fête de la Moisson. De telles querelles, aussi futiles, étaient maintenant loin derrière eux, et il était très heureux d'avoir choisi Horace comme apprenti guerrier.

Quant à Halt, il ne dit mot. Mais quand Will se tourna vers lui, les yeux du Rôdeur rencontrèrent les siens et il hocha la tête.

Will savait que, venant de Halt, ce petit signe de tête valait bien trois compliments.

21

Les jours suivants, Will s'aperçut qu'on le traitait différemment. Quand il les croisait, les passants s'adressaient à lui ou le regardaient avec considération, voire respect. C'était surtout vrai des villageois, des gens simples dont l'horizon se limitait à une existence au jour le jour, et qui avaient tendance à embellir ou à exagérer n'importe quel événement qui sortait un peu de l'ordinaire.

Au bout d'une semaine, cela avait pris des proportions telles qu'on racontait que Will avait, à lui tout seul, tué les deux sangliers. Quelque temps plus tard, à en croire l'histoire qui circulait, Will avait accompli cet exploit à l'aide d'une seule flèche, qui aurait d'abord abattu le premier sanglier avant d'aller transpercer le cœur du second.

— Je n'ai pourtant rien fait d'extraordinaire, dit-il un soir à Halt.

Tous deux étaient assis près de la cheminée, bien au chaud dans la petite chaumière qu'ils partageaient à l'orée de la forêt.

— Ce n'est pas comme si j'avais eu le temps de réfléchir avant d'agir. C'est arrivé sans que je m'en rende compte. Après tout, c'est vous qui avez tué le sanglier, pas moi.

Halt, les yeux posés sur les flammes qui dansaient dans l'âtre, se contenta de hocher la tête.

— Les gens croient toujours ce qu'ils ont envie de croire, dit-il tranquillement. N'y prête pas attention.

Pourtant, la façon dont les gens adulaient Will l'ennuyait. Il pensait qu'ils en faisaient un peu trop. Il aurait apprécié ces marques de respect si elles s'étaient fondées sur des faits réels. Au fond de lui, il savait qu'il avait accompli une action utile, peut-être même honorable. Mais on le louait pour des exploits totalement fictifs et, par souci d'honnêteté, il ne pouvait en tirer une quelconque fierté.

Il se sentait aussi un peu gêné car il était l'un des seuls à avoir assisté au geste de bravoure d'Horace, qui s'était spontanément placé entre lui et le sanglier. Will avait parlé à Halt de cet acte désintéressé, car il se disait que le Rôdeur aurait peut-être l'occasion d'en toucher deux mots à Messire Rodney ; mais Halt avait simplement hoché la tête et répondu brièvement :

— Messire Rodney est au courant, rien ne lui échappe. Il est loin d'être une brute sans cervelle.

Will dut s'en contenter.

Aux alentours du château, les chevaliers, les artisans et les apprentis se comportaient différemment. Will jouissait de leur estime et on connaissait maintenant son prénom ; quand il se rendait au château en compagnie de Halt, on le saluait lui aussi. Quant au Baron, il se montrait encore plus jovial qu'auparavant. Savoir que l'un de ses pupilles s'était comporté si vaillamment face au danger était pour lui une source de fierté.

La seule personne avec laquelle Will aurait aimé en discuter était Horace, mais leurs chemins se croisaient rarement et l'occasion ne s'était pas encore présentée. Il voulait s'assurer que l'apprenti guerrier savait bien que Will ne prêtait aucune attention aux histoires ridicules qui circulaient dans le village, et il espérait que son camarade ne pensait pas qu'il avait lui-même répandu ces rumeurs.

Entre-temps, le rythme des leçons et de l'entraînement s'accélérait. Halt lui avait annoncé que, le mois suivant, ils se rendraient au Grand Rassemblement, un événement annuel qu'aucun Rôdeur ne pouvait manquer. Les cinquante Rôdeurs d'Araluen s'y retrouvaient pour échanger des renseignements, débattre des difficultés qui avaient pu survenir dans le Royaume et mettre en place de nouveaux projets. L'occasion revêtait encore plus d'importance pour Will, car c'était là que les apprentis étaient jugés aptes ou non à poursuivre leur entraînement pour l'année à venir. Par malchance, Will s'entraînait depuis seulement sept mois et, s'il ne réussissait cet examen, il lui faudrait attendre encore un an, jusqu'au Grand Rassemblement suivant. En conséquence, il se préparait sans relâche de l'aube au crépuscule. Un samedi de repos était pour lui un luxe auquel il n'avait pu goûter depuis bien longtemps.

Il tirait flèche après flèche dans des cibles de différentes tailles et dans diverses positions, debout, agenouillé, assis, et même caché dans les branches des arbres.

Il s'exerçait aussi au lancer de couteau : debout, à genoux, assis, en plongeant à droite ou à gauche.

Il continuait à pratiquer l'art du camouflage et apprenait à rester parfaitement immobile même lorsqu'il se croyait découvert : il comprit ainsi que, très souvent, les gens ne le remarquaient que s'il se mettait à bouger. Il apprit une ruse employée par les éclaireurs, qui consistait à faire glisser son regard sur un point fixe puis à y revenir dans un battement de cils afin de saisir le moindre petit mouvement qui aurait pu échapper à l'observateur. Halt lui parla aussi des Rôdeurs silencieux qui restaient à l'arrière d'une troupe afin de pouvoir attraper d'éventuels malfaiteurs qui attendaient le passage des soldats pour sortir de leur cachette.

De même, il s'entraînait avec Folâtre, une façon de renforcer leur amitié. Il apprit à utiliser l'odorat et l'ouïe si développés du poney, et à décrypter les signaux que le cheval savait lancer à son cavalier.

Il n'y avait donc rien d'étonnant à ce que Will n'ait aucune envie, le soir venu, d'emprunter le sentier sinueux qui menait au château de Montrouge afin d'y retrouver Horace et de bavarder avec lui. Il se disait que l'occasion se présenterait tôt ou tard. En attendant, il pouvait seulement espérer que Messire Rodney et les autres membres de l'École des guerriers avaient su reconnaître les mérites du jeune guerrier.

Malheureusement pour Horace, rien n'aurait pu être moins vrai.

Le jeune apprenti si musclé intriguait Messire Rodney. Il semblait posséder toutes les qualités requises : il était courageux, obéissait promptement aux ordres et se montrait toujours aussi talentueux dans le maniement des armes. Mais son travail scolaire n'atteignait pas le niveau attendu. Il rendait ses devoirs en retard, ou bien n'y apportait aucun soin. Il paraissait avoir du mal à être attentif à ce que disaient ses instructeurs, comme s'il était toujours distrait. Pour couronner le tout, on le soupçonnait d'avoir un penchant bagarreur. Aucun instructeur ne l'avait jamais vu se battre, mais il arborait souvent des bleus ou de petites contusions et semblait ne s'être fait aucun ami parmi ses camarades de classe. Au contraire, ces derniers se donnaient beaucoup de mal pour l'éviter. On en concluait qu'Horace était une recrue plutôt douée dans le maniement des armes mais que le garçon était aussi querelleur, asocial et paresseux.

Tout bien considéré, et à contrecœur, le Maître des guerriers commençait à penser qu'il lui faudrait renvoyer Horace de l'École. Tout semblait pointer vers cette éventualité. Et pourtant, au fond de lui, Rodney se disait qu'il aurait tort d'agir ainsi. Un autre élément, dont il n'avait pas conscience, était ici en jeu ; ou plutôt, trois éléments : Alda, Bryn et Jerome. Et tandis que le Maître réfléchissait à l'avenir de son nouvel apprenti, tous trois avaient à nouveau cerné Horace.

Chaque fois que le garçon pensait avoir trouvé un lieu où il pouvait leur échapper, c'était comme si les trois autres élèves l'avaient suivi à la trace. Cela ne leur était évidemment pas difficile, car ils disposaient d'un réseau d'espions et d'informateurs recrutés parmi les plus jeunes garçons, qui les craignaient, qu'ils soient des élèves de l'École ou non. Cette fois, ils avaient coincé Horace derrière l'armurerie, dans un endroit tranquille qu'il avait découvert quelques jours plus tôt. Il se tenait dos au mur de pierre du bâtiment et les trois brutes l'encerclaient. Chacun s'était muni d'un lourd bâton et un morceau de grosse toile était replié sur le bras d'Alda.

— On te cherchait, gros bébé, dit Alda.

Horace ne répondit pas. Ses yeux passaient de l'un à l'autre et il se demandait lequel attaquerait le premier.

— Ce bébé nous a ridiculisés, dit Bryn.

— Il a ridiculisé toute l'École, ajouta Jerome.

Horace, intrigué, fronça les sourcils, car il n'avait aucune idée de ce dont ils parlaient. Mais il comprit quand Alda ajouta :

— Bébé a dû être secouru devant le gros méchant sanglier.

— Par une petite larve, un apprenti fouineur, ajouta Bryn, du ton le plus méprisant qui soit.

— Et ça fait de nous tous des imbéciles.

Tout en parlant, Jerome lui donna un coup dans l'épaule et le poussa contre le mur rugueux. Le visage du garçon était rouge de colère et Horace comprit qu'il lui fallait agir ; il serra les poings mais Jerome le vit faire.

— Ne me contrarie pas, bébé ! Il est temps qu'on te donne une bonne leçon.

Il s'avança d'un air menaçant et Horace se tourna vers lui. Au même instant, il comprit qu'il venait de commettre une erreur : le mouvement de Jerome était une feinte et c'est Alda qui se jeta sur lui le premier. Avant même qu'Horace puisse résister, Alda lui avait passé par-dessus la tête un sac de toile grossière, qu'il referma en serrant une corde au niveau de sa taille. Aveuglé, Horace était à leur merci. Il sentit la corde faire plusieurs fois le tour de ses épaules puis les coups se mirent à pleuvoir.

Il tituba, incapable de se défendre, tandis que les trois garçons le frappaient avec les épais bâtons qu'ils avaient apportés. Il se cogna au mur et tomba sans pouvoir se rattraper. Les coups ne cessaient pas, tombant sur sa tête, ses bras et ses jambes sans protection, tandis que les trois garçons entonnaient leur petit refrain, stupide et malveillant.

— Appelle le fouineur, il viendra te sauver, bébé.

— Ça t'apprendra à nous faire passer pour des imbéciles.

— Tu ferais mieux de respecter ton école, gros bébé.

Horace se tordait sur le sol, essayant vainement d'échapper aux coups. Ils ne lui avaient jamais donné une aussi violente raclée et ils continuèrent, jusqu'à ce qu'il arrête de bouger, presque inconscient. Ils le frappèrent encore une ou deux fois et Alda le libéra du sac. Horace inspira une grande bouffée d'air frais. Chaque partie de son corps le faisait souffrir ; de très loin, il perçut la voix de Bryn.

— Et maintenant, on va donner la même leçon au petit fouineur.

Les autres se mirent à rire et il les entendit s'éloigner. Il gémit doucement, espérant perdre connaissance et sombrer dans l'obscurité, afin d'être délivré de ses souffrances, au moins pour quelques instants.

Il comprit soudain ce que Bryn avait voulu dire : ils étaient partis s'attaquer à Will, simplement parce qu'ils considéraient qu'en sauvant Horace l'apprenti Rôdeur les avait humiliés, eux et l'École. Dans un effort surhumain, il essaya de ne pas s'évanouir et, en gémissant de douleur, il se mit debout tant bien que mal. Il avait des haut-le-cœur et la tête lui tournait mais il se retenait au mur en se rappelant la promesse faite à Will : « Si jamais tu as besoin d'un ami, tu pourras compter sur moi. »

Le moment était venu de la tenir.

22

Will s'exerçait dans la prairie, derrière la chaumière de Halt. Quatre cibles avaient été placées à différentes distances et il tirait de l'une à l'autre, au hasard, sans jamais viser deux fois de suite la même. Avant de se rendre au château pour y discuter d'un message que le Roi avait envoyé au Baron, Halt lui avait donné des consignes.

— Si tu vises deux fois de suite la même cible, tu prendras l'habitude de compter sur le premier tir pour juger de la trajectoire et de la hauteur de ta flèche ; et ce n'est pas ainsi que tu apprendras à tirer d'instinct.

Will savait que son maître avait raison, mais cela ne lui rendait pas la tâche plus aisée. Pour ajouter à la difficulté, Halt avait précisé qu'il ne devait pas s'écouler plus de cinq secondes entre chaque tir.

Il fronça les sourcils d'un air concentré et tira ses cinq dernières flèches ; l'une après l'autre, elles traversèrent vivement la prairie pour aller se ficher dans les cibles. Will, qui venait de vider son carquois pour la dixième fois ce matin, alla vérifier les touches. Il hocha la tête d'un air satisfait : chaque flèche avait atteint son but et elles étaient presque toutes regroupées dans le cercle intérieur ou au cœur de la cible. Ses compétences exceptionnelles étaient le résultat d'un entraînement intensif. Il ne pouvait le savoir, mais dans le Royaume, hormis les Rôdeurs, peu d'archers auraient été capables de l'égaler. Même les archers de l'armée royale n'étaient pas entraînés à décocher aussi vite et avec une telle précision. Ils avaient l'habitude de tirer en équipe et d'envoyer vers l'ennemi des dizaines de flèches simultanément, et ils s'exerçaient donc davantage à coordonner leurs gestes.

Il venait de poser son arc afin d'aller récupérer ses flèches, quand il entendit un bruit de pas derrière lui. Il se retourna et fut surpris de voir trois élèves de l'École des guerriers qui l'observaient. Il ne reconnut aucun d'entre eux mais les salua amicalement.

— Bonjour ! Qu'est-ce qui vous amène par ici ?

Il était rare de rencontrer des apprentis guerriers aussi loin du château. Will remarqua que chacun d'eux avait à la main un lourd bâton et il se dit qu'ils devaient être en promenade. Le plus proche, un beau garçon aux cheveux blonds, lui sourit.

— Nous cherchons l'apprenti Rôdeur.

Will ne put s'empêcher de lui rendre son sourire. Après tout, sa cape indiquait clairement qu'il était un Rôdeur, mais les jeunes guerriers essayaient peut-être de se montrer polis, tout simplement.

— Vous l'avez trouvé ! Que puis-je faire pour vous ?

— Nous t'apportons un message de la part de l'École des guerriers.

Comme tous les apprentis guerriers, le garçon était grand et musclé. Ils s'avancèrent et, instinctivement, Will recula d'un pas : ils étaient un peu trop près de lui, ce qui n'était pas nécessaire pour transmettre un simple message.

— C'est à propos de la chasse au sanglier, dit l'un d'eux, un rouquin au visage couvert de taches de rousseur et dont le nez semblait déjà avoir été cassé, probablement lors d'un combat, auquel les apprentis guerriers ne cessaient de s'exercer.

Will haussa les épaules d'un air gêné. Il sentait que quelque chose n'allait pas. Le garçon blond souriait toujours, mais ni le rouquin, ni l'autre, un garçon au teint mat, le plus grand des trois, ne semblaient penser qu'il y avait là matière à sourire.

— Vous savez, dit Will, les gens racontent beaucoup d'âneries à ce sujet. Je n'ai pas fait grand-chose.

— Nous le savons bien, dit sèchement le rouquin d'un ton furieux.

Will recula à nouveau d'un pas mais ils se rapprochèrent encore. Les leçons de Halt résonnaient à ses oreilles. « Ne laisse jamais les gens s'approcher trop près de toi, lui avait-il dit. S'ils essaient, reste sur tes gardes, qu'ils aient l'air sympathiques ou non. »

— Mais quand tu cherches à épater la galerie en te vantant partout d'avoir sauvé un apprenti guerrier maladroit, tu fais de nous la risée de tous, l'accusa le grand garçon.

Will le regarda en fronçant les sourcils.

— Je n'ai rien raconté du tout ! protesta-t-il, je...

Comme Will portait son attention sur Bryn, Alda saisit l'occasion et s'avança rapidement avec dans les mains le sac ouvert, afin de lui recouvrir la tête. La tactique avait merveilleusement bien fonctionné avec Horace mais Will, lui, était déjà sur ses gardes et il pressentit l'assaut. Sans prévenir, il plongea en direction d'Alda et effectua une roulade au sol qui lui permit d'éviter le sac. Puis ses jambes fauchèrent au passage les pieds du garçon qui s'écroula dans l'herbe. Mais ils étaient trois, trop nombreux pour que Will puisse les maintenir à distance. Tandis qu'il achevait sa roulade pour se remettre sur pied, Jerome fit violemment tomber son bâton sur ses épaules, dans un craquement sonore.

Sous le choc, Will vacilla sur ses jambes en hurlant de douleur, quand Bryn fit à son tour tomber son bâton et le cogna dans les côtes. Alda, furieux de s'être fait avoir, s'était relevé, et frappa Will en travers des épaules.

La douleur était insoutenable et, dans un sanglot, Will tomba à genoux.

Aussitôt, les trois apprentis se ruèrent sur lui et l'encerclèrent étroitement, prêts à faire pleuvoir de nouveaux coups.

— Assez !

La voix les surprit et ils interrompirent leur geste. Will, recroquevillé sur le sol, les mains sur la tête en prévision des coups à venir, leva les yeux et vit Horace, couvert de bleus, qui se tenait à quelques mètres. Il serrait dans la main droite l'une des épées de bois que les élèves utilisaient pour s'exercer. Il avait un œil au beurre noir et un mince filet de sang coulait de sa lèvre. Tant de haine et de détermination brillait dans ses yeux que, l'espace d'un instant, les trois garçons hésitèrent. Mais ils se rappelèrent qu'ils étaient supérieurs en nombre et que l'épée d'Horace, après tout, ressemblait davantage à leur bâton qu'à une arme. Abandonnant Will, ils encerclèrent Horace, leurs bâtons toujours brandis, prêts à frapper.

— Bébé nous a suivis, constata Alda.

— Bébé veut une autre raclée, acquiesça Jerome.

— Et bébé va l'avoir, dit Bryn en souriant d'un air assuré.

Soudain, un hurlement de terreur s'échappa de ses lèvres : une terrible secousse venait de lui arracher son bâton des mains et l'objet s'en alla rouler quelques mètres plus loin. À sa droite, un autre cri lui indiqua que Jerome venait de subir le même sort.

Bryn jeta autour de lui des coups d'œil affolés et aperçut les deux bâtons au sol, transpercés d'une flèche noire.

— Un contre un, cela me semble plus juste, non ?

Une vague de terreur submergea Bryn et Jerome : ils levèrent les yeux et aperçurent le sinistre visage du Rôdeur, dissimulé dans l'ombre à une dizaine de mètres d'eux, une autre flèche déjà encochée à la corde de son immense arc.

Seul Alda se montra provocant et crut pouvoir s'en tirer par des fanfaronnades.

— C'est une affaire entre guerriers, Rôdeur, vous feriez mieux de rester en dehors de tout ça.

Will, qui se relevait lentement, vit qu'une colère noire luisait dans les yeux du Rôdeur, furieux de l'arrogance du garçon. L'espace d'un instant, Will faillit compatir au sort d'Alda mais les douleurs lancinantes qu'il ressentait dans le dos et les épaules effacèrent bien vite toute trace de sympathie.

— Une affaire entre guerriers, t'es sûr, gamin ? dit Halt d'une voix dangereusement basse.

Il s'avança et parcourut la distance qui le séparait d'Alda en quelques pas rapides et silencieux. Pourtant, l'apprenti guerrier conservait son expression de défi. Le visage sinistre de Halt le troublait, mais de près, Alda s'aperçut qu'il dépassait le Rôdeur d'au moins une tête et il reprit de l'assurance. Cela faisait des années que l'homme énigmatique qui se tenait maintenant face à lui l'inquiétait, mais il ne s'était jamais rendu compte qu'il était en réalité bien frêle.

Ce fut la seconde erreur que commit Alda ce jour-là. Halt était petit, mais n'avait rien de frêle, bien au contraire. C'était oublier que, sa vie durant, il avait combattu des adversaires beaucoup plus dangereux qu'un apprenti guerrier de deuxième année.

— Il me semble qu'un apprenti Rôdeur a été attaqué, dit Halt d'une voix douce, et dans ce cas, je crois que c'est aussi mon affaire, qu'en penses-tu ?

Alda haussa les épaules, certain à présent qu'il pourrait s'en tirer sans difficulté, quoi que fasse le Rôdeur.

— Faites-en votre affaire si ça vous chante, dit-il avec un certain mépris, je m'en contrefiche.

Halt hocha plusieurs fois la tête, prenant le temps de digérer ces mots, puis répondit :

— Parfait, dans ce cas, je vais en faire mon affaire, mais je n'aurai pas besoin de ça.

À ces mots, il rangea la flèche dans son carquois et jeta son arc à terre avec désinvolture, tout en tournant le dos à Alda. Par inadvertance, le garçon suivit l'arc des yeux et, au même instant, il ressentit une douleur fulgurante lui traverser la cheville : Halt venait de reculer d'un pas et écrasait violemment le pied du garçon. Alda se plia en deux pour atteindre son pied endolori, mais le Rôdeur pivota sur son talon gauche et envoya son coude droit dans le nez d'Alda, qui se redressa brusquement et tituba vers l'arrière, des larmes de douleur plein les yeux. Durant une seconde ou deux, la vision d'Alda se troubla, mais quand il put y voir plus clair, il s'aperçut que les yeux du Rôdeur ne se trouvaient qu'à quelques centimètres des siens. Il n'y avait aucune colère dans ce regard, mais plutôt un mépris si violent qu'il effraya le garçon.

La sensation s'accentua et Alda s'efforça de baisser les yeux : il eut le souffle coupé quand il vit qu'un grand couteau à la pointe acérée, aussi tranchante qu'un rasoir, était posé sous son menton et que Halt l'enfonçait légèrement dans la chair tendre de sa gorge.

— Ne me parle plus jamais ainsi, mon garçon, jamais, tu entends ? dit Halt, à voix si basse qu'Alda dut tendre l'oreille. Et ne pose plus jamais la main sur mon apprenti, compris ?

Alda avait perdu son arrogance ; il était terrorisé et son cœur battait si fort qu'il n'arrivait plus à parler. La lame du couteau s'enfonça davantage dans sa gorge et un filet de sang se mit à couler dans son cou. Les yeux de Halt lancèrent soudain des éclairs.

— Compris ?

— Oui... Messire, croassa Alda.

Halt recula d'un pas et rengaina son couteau d'un geste souple. Alda s'écroula au sol, et se mit à masser sa cheville blessée, convaincu que les tendons étaient endommagés. Halt se tourna alors vers Jerome et Bryn. Spontanément, ils s'étaient rapprochés l'un de l'autre et le regardaient craintivement, incapables de deviner les prochaines réactions du Rôdeur. Halt montra Bryn du doigt.

— Toi, dit-il avec mépris, ramasse ton bâton.

Sans quitter le Rôdeur des yeux, par crainte d'une entourloupe, Bryn plia les genoux et tâtonna dans l'herbe jusqu'à ce qu'il trouve l'objet. Puis il se redressa, le bâton à la main, d'un air hésitant.

— Rends-moi ma flèche à présent, ordonna le Rôdeur.

Le grand garçon au teint mat la sortit à grand-peine du bois et s'avança vers Halt pour la lui tendre, les muscles tendus, craignant un geste imprévisible du Rôdeur. Mais Halt se contenta de prendre la flèche et de la ranger dans son carquois. Bryn recula précipitamment, pour se mettre hors de portée du Rôdeur. Ce dernier eut un petit rire dédaigneux puis se tourna vers Horace.

— J'imagine que ce sont ces trois-là qui t'ont fait ces bleus ?

Horace hésita avant de répondre, puis comprit qu'il était ridicule de se taire constamment. Il n'avait plus aucune raison de protéger ces brutes. Il n'en avait jamais eu.

— Oui, Messire, dit-il résolument.

Halt hocha la tête en se frottant le menton.

— Je m'en doutais. Bien. J'ai entendu dire que tu ne te débrouillais pas trop mal avec une épée. Que dirais-tu de t'exercer au combat avec ce héros qui est là devant moi ?

Un sourire illumina lentement le visage d'Horace : il avait compris ce que le Rôdeur attendait de lui.

— L'idée me plaît bien, dit-il en s'avançant.

Bryn recula d'un pas.

— Attendez ! s'écria-t-il. Vous ne croyez pas que je vais...

Il ne put continuer. Les yeux du Rôdeur brillaient à nouveau dangereusement et il s'avança, la main posée sur son couteau.

— Tu as un bâton et lui aussi. À présent, allez-y, ordonna-t-il à voix basse.

Bryn comprit qu'il était pris au piège et se plaça face à Horace. C'était maintenant un contre un et il se sentait beaucoup moins rassuré à l'idée de se battre avec le jeune garçon. Tout le monde connaissait son adresse hors du commun.

Bryn se dit que la meilleure façon de se défendre était d'attaquer le premier. Il s'avança et tenta d'atteindre Horace en portant un coup en hauteur, mais le garçon para l'attaque avec aisance, de même que les deux coups qui suivirent. Puis il bloqua le quatrième assaut de Bryn et fit rapidement glisser sa lame de bois le long du bâton de son adversaire. L'arme de Bryn ne comportait pas de garde et l'épée d'Horace retomba violemment sur ses doigts. Bryn hurla de douleur et fit un bond en arrière en laissant tomber le lourd bâton ; il tenait sa main endolorie sous son aisselle. Horace attendait, prêt à reprendre.

— Je n'ai entendu personne annoncer la fin du combat, dit Halt avec douceur.

— Mais... il m'a désarmé ! se plaignit Bryn.

Halt lui sourit.

— C'est vrai, mais je suis certain qu'il t'autorise à récupérer ton bâton afin de continuer. Allez !

Le regard de Bryn se posa tour à tour sur Halt et Horace. Il ne lut aucune compassion sur leur visage.

— J'ai pas envie, dit-il d'une toute petite voix.

À la vue de ce garçon humilié, Horace eut bien du mal à reconnaître la brute qui lui avait rendu la vie si dure, des mois durant. Halt semblait réfléchir à ce que Bryn venait de déclarer.

— Nous prenons note de ta plainte, dit-il d'un air joyeux. À présent, reprenez, s'il vous plaît.

La main de Bryn le faisait atrocement souffrir, mais pire encore était la crainte de ce qui allait venir, et la certitude qu'Horace le châtierait sans pitié. Terrifié, il se pencha pour récupérer son bâton en gardant les yeux fixés sur Horace. Le jeune garçon attendit patiemment que Bryn se mette en garde, puis il feinta en pointant brusquement l'épée sur son adversaire. Ce dernier glapit de terreur et jeta son arme à terre. Horace, écœuré, secoua la tête.

— Qui est le bébé maintenant ? demanda-t-il.

Bryn gardait les yeux baissés, refusant de le regarder, et il eut un mouvement de recul.

— Si c'est lui le bébé, suggéra Halt, il va te falloir le corriger.

Horace eut un large sourire. Il s'élança pour attraper Bryn par la peau du cou et le fit tourner sur lui-même. Puis, du plat de son épée de bois, il frappa sans relâche l'arrière-train du grand garçon, le poursuivant dans la clairière tandis que Bryn tentait d'échapper à cet impitoyable châtiment. Bryn avait beau hurler, sautiller ou sangloter, Horace le tenait fermement par le col. Enfin, quand Horace estima qu'il s'était bien vengé des brutalités, des insultes et des souffrances endurées, il le relâcha.

Tout en sanglotant de honte et de douleur, Bryn s'éloigna en titubant et se laissa tomber à quatre pattes dans la boue.

Jerome avait assisté à la scène et, horrifié, il sut que son tour était venu. Il s'éloigna furtivement, espérant pouvoir s'enfuir pendant que l'attention du Rôdeur se portait encore sur Bryn.

— Un pas de plus et je te transperce d'une flèche.

Will s'était efforcé d'imiter la voix tranquille et menaçante de Halt. Il avait retiré quelques-unes de ses flèches de la cible la plus proche et en avait encoché une sur la corde de son arc.

— Bonne idée, dit Halt. Vise le mollet gauche, la blessure en sera très douloureuse.

Il jeta un coup d'œil à Bryn, qui sanglotait toujours, étendu aux pieds d'Horace.

— Je crois que celui-ci a compris, dit-il.

Il pointa alors son doigt sur Jerome.

— À lui, maintenant, dit-il brièvement.

Horace ramassa le bâton de Bryn et le tendit à Jerome, qui recula.

— Non ! hurla-t-il, les yeux écarquillés. C'est pas juste ! Il...

— Évidemment, ce n'est pas juste, acquiesça Halt d'un ton raisonnable. J'ai cru comprendre que tu préférais combattre à trois contre un. Allez, vas-y.

Will avait souvent entendu dire qu'un rat en danger se montrait souvent combatif. Jerome le prouva en chargeant violemment et, à sa grande surprise, Horace céda du terrain pour éviter une pluie de coups. La brute prit de l'assurance et continua d'avancer, sans remarquer qu'Horace bloquait chacun de ses coups avec une parfaite aisance, presque avec mépris. Les meilleures attaques de Jerome ne parvenaient pas à briser la défense d'Horace, comme si l'apprenti de deuxième année était en train de cogner vainement sur un mur de pierre. Enfin, Horace cessa de reculer : avec une poigne de fer, il bloqua le coup suivant. Quelques secondes durant, ils se retrouvèrent l'un contre l'autre, les armes emmêlées, puis Horace commença à repousser Jerome. Tandis qu'il le faisait reculer, les pieds de Jerome dérapèrent sur l'herbe ; dans un dernier effort, Horace l'envoya au sol.

Jerome avait vu ce qui était arrivé à Bryn et savait qu'il ne devait surtout pas se rendre. Il se remit sur pied et se défendit désespérément contre les assauts d'Horace, mais il fut vite repoussé par un tourbillon de parades et de revers qu'Horace enchaînait à une vitesse foudroyante. Il semblait cibler les parties osseuses les plus douloureuses et les coups pleuvaient sur les tibias, les coudes et les épaules. Par instants, il lançait la pointe arrondie de l'épée dans les côtes de Jerome, juste assez pour le meurtrir sans toutefois lui briser les os.

Finalement, Jerome s'écarta de son attaquant, jeta son bâton et se laissa tomber à terre, les mains posées sur le crâne pour se protéger. Son arrière-train était une invitation pour Horace, qui s'interrompit et jeta un coup d'œil interrogateur à Halt. Le Rôdeur fit un petit signe.

— Pourquoi pas ? Une occasion pareille ne se présentera plus.

Mais même le Rôdeur tressaillit quand Horace donna un formidable coup de pied dans le derrière de Jerome, d'une telle force que celui-ci, le nez dans la boue, dérapa sur plus d'un mètre.

Halt récupéra le bâton que Jerome avait abandonné et l'examina un instant, vérifiant son poids et son équilibre.

— Ça n'a vraiment rien d'une arme, dit-il avant de l'envoyer vers Alda. Bouge-toi, ordonna-t-il.

Le garçon blond, recroquevillé dans l'herbe, tenait toujours sa cheville blessée entre les mains. Il regarda le bâton d'un air incrédule. Du sang coulait de son nez brisé et Will songea qu'il ne retrouverait jamais son joli petit minois.

— Mais... mais... je suis blessé ! protesta-t-il.

Il se releva en clopinant. Il ne pouvait croire que Halt exigerait qu'il reçoive le même châtiment que ses camarades.

Halt l'observait, comme s'il venait de se rappeler que le garçon était blessé. Durant un instant, Alda se remit à espérer.

— Tu es blessé, c'est vrai, dit-il d'un air un peu déçu.

Alda crut alors que Halt et son sens de la justice allaient lui épargner la punition. Mais le visage du Rôdeur s'éclaircit.

— Un instant, Horace aussi est blessé, tu es d'accord avec moi, Will ?

— C'est exact, dit Will en souriant.

Les espoirs d'Alda s'effondraient.

Halt se tourna vers Horace et lui demanda d'un air faussement inquiet :

— Tu es certain de pouvoir continuer, Horace ?

Horace sourit, mais ses yeux restèrent de glace.

— Bien sûr, je pense pouvoir m'en tirer.

— C'est donc décidé ! déclara Halt d'un air jovial. Continuons, d'accord ?

Alda comprit que lui non plus n'échapperait pas au châtiment ; il se mit en garde et le duel final commença.

Alda était le meilleur des trois élèves et, pendant quelques minutes, il donna un peu de fil à retordre à Horace. Mais tandis que les deux adversaires testaient attaques, contre-attaques et parades, il se rendit bien vite compte qu'Horace le dominait. Il se dit alors que sa seule chance serait de tenter quelque chose d'inattendu.

Il saisit son arme des deux mains pour s'en servir comme d'un bâton de combat et se mit à donner une série de petits coups de droite et de gauche. Horace, pris au dépourvu, trébucha. Mais il se ressaisit vivement et attaqua par le haut. Alda tenta de parer comme à l'ordinaire, en tenant chaque extrémité du bâton afin de bloquer l'épée en son centre. En théorie, la tactique était correcte, mais pas en pratique : la solide épée fendit le bâton et Alda se retrouva avec deux morceaux de bois inutiles, un dans chaque main. Totalement décontenancé, il les laissa tomber et se trouva sans défense devant Horace.

Le jeune guerrier regarda son ancien bourreau, puis son épée.

— Je n'en ai pas besoin, marmonna-t-il.

Et il jeta son épée au sol. Le coup du droit qu'il envoya retomba sur la mâchoire d'Alda avec toute la violence accumulée dans son corps et ses épaules, après des mois de souffrance et de solitude, une solitude que seule une victime peut connaître.

Les yeux de Will s'écarquillèrent en voyant Alda être soulevé de terre et venir s'écraser dans la boue à côté de ses deux amis. Il repensa aux bagarres du passé, entre Horace et lui. S'il avait su alors que le garçon pouvait être capable de cogner aussi fort, jamais il ne se serait battu contre lui.

Alda ne bougeait plus ; il était fort possible qu'il ne puisse pas se relever pendant un bon moment, se dit Will. Horace recula, secoua ses poings endoloris pour les dégourdir et soupira d'aise.

— Vous n'imaginez pas le plaisir que cela peut procurer, dit-il. Merci, Rôdeur.

— Merci d'être venu à la rescousse de Will quand ils l'ont attaqué. Au fait, mes amis m'appellent Halt.

23

Dans les semaines qui suivirent cette rencontre avec les trois élèves, la vie d'Horace changea du tout au tout.

L'événement le plus décisif fut l'expulsion de Bryn, Jerome et Alda de l'École, mais aussi du château et du village avoisinant. Messire Rodney, depuis quelque temps, se doutait qu'il y avait un problème dans les rangs de ses plus jeunes apprentis. Halt lui rendit discrètement visite afin de l'informer de ce qu'il savait, et l'enquête qui suivit dévoila au grand jour ce qu'Horace avait enduré. La sentence de Messire Rodney ne se fit pas attendre et fut sans appel : il octroya aux trois garçons une demi-journée pour empaqueter leurs affaires. On leur fournit une petite somme d'argent et de la nourriture pour une semaine, puis on les conduisit aux frontières du fief avec l'ordre de ne plus jamais y revenir.

Une fois ces garçons partis, le quotidien d'Horace s'améliora nettement. L'entraînement restait tout aussi éprouvant et exigeant que par le passé, mais Horace n'avait plus à porter le lourd fardeau que lui avait imposé Alda, Bryn et Jerome. Il s'en sortait aisément entre les exercices, la discipline et les études et, bientôt, il put tenir toutes les promesses que le Maître des guerriers avait perçues en lui. Par ailleurs, ses camarades ne craignaient plus de s'attirer la colère des trois brutes et se montraient plus chaleureux et amicaux avec lui.

Le garçon avait ainsi l'impression que les choses s'arrangeaient réellement.

Il regrettait seulement de ne pas avoir mieux remercié Halt. Après l'affrontement qui s'était déroulé dans la prairie, Horace avait dû rester à l'infirmerie plusieurs jours durant afin que ses blessures puissent être soignées. Quand enfin il put sortir, il apprit que Halt et Will était déjà partis au Grand Rassemblement des Rôdeurs.

— On est bientôt arrivé ? demanda Will, pour la énième fois ce matin-là.

Halt laissa échapper un petit soupir d'exaspération mais ne répondit pas. Ils chevauchaient maintenant depuis trois jours et il semblait à Will qu'ils approchaient du lieu du Rassemblement. Depuis une heure, il sentait dans l'air une odeur qui lui était inconnue et Halt lui dit seulement :

— C'est du sel. Nous nous approchons de la mer.

Mais il refusa d'en dire davantage. Will lui lança un regard de côté, en espérant qu'il daignerait peut-être lui fournir quelques explications supplémentaires, mais les yeux perçants du Rôdeur scrutaient le sol. De temps à autre, il levait la tête vers les arbres en bordure de route.

— Cherchez-vous quelque chose ? demanda Will.

Halt se retourna vers lui.

— Enfin, une question utile ! Oui, effectivement. Le Rôdeur en chef a posté des sentinelles autour du lieu où se tient le Grand Rassemblement et j'ai toujours plaisir à les berner.

— Pourquoi ?

Halt s'autorisa un petit sourire pincé.

— Cela les oblige à rester vigilants. Ils vont se faufiler derrière nous et nous suivre jusqu'au lieu de rendez-vous, avec dans l'idée de pouvoir raconter qu'ils m'ont tendu une embuscade. Ils adorent ce petit jeu idiot.

— Pourquoi idiot ?

Cela ressemblait en tous points aux exercices que Halt et Will pratiquaient régulièrement. Le Rôdeur se tourna sur sa selle et regarda Will avec insistance, sans ciller.

— Parce qu'ils n'y parviennent jamais. Et cette année, ils vont redoubler d'efforts : ils savent que je suis accompagné d'un apprenti et ils voudront se faire une idée de tes aptitudes.

— Cela fait-il partie des épreuves ?

— Oui, c'est le premier test. Tu n'as pas oublié ce que je t'ai dit hier soir ?

Will acquiesça. Les soirs précédents, assis autour d'un feu de camp, Halt, d'une voix douce, lui avait prodigué des conseils et des consignes pour qu'il sache comment se comporter lors du Rassemblement. La veille, ils avaient discuté des tactiques à adopter en cas d'embuscade ; justement ce dont Halt parlait à présent.

Soudain, Halt fut sur le qui-vive. Il fit signe à Will de se taire. Le visage du Rôdeur était légèrement penché sur le côté. Les deux chevaux continuaient d'avancer, imperturbables.

— T'as entendu ?

Will tendit l'oreille à son tour. Il n'en était pas sûr, mais il crut distinguer un léger bruit de sabots derrière eux. Toutefois, le bruit que faisaient leurs propres chevaux couvrait tout autre bruit éventuel. En tout cas, si quelqu'un les suivait, son cheval avançait au même rythme que les leurs.

— Changement de rythme, murmura Halt. À trois. Un, deux trois.

Simultanément, du bout du pied, ils donnèrent un léger coup dans l'épaule de leur cheval. C'était l'un des nombreux signaux auxquels Folâtre et Abelard étaient entraînés à obéir. Immédiatement, les deux chevaux marquèrent un infime temps d'arrêt, parurent hésiter puis reprirent leur rythme régulier. Mais cette hésitation leur avait suffi pour décaler légèrement leur cadence et Will entendit alors un bruit de sabots derrière eux, en écho. Au même instant, le cheval qui les suivait changea lui aussi de rythme afin d'imiter le leur et le bruit disparut.

— Un cheval de Rôdeur, murmura Halt. C'est Gilan, j'en suis certain.

— Comment le savez-vous ?

— Seul un cheval de Rôdeur peut décaler le rythme de son pas aussi rapidement. Et c'est Gilan, parce que c'est toujours lui. Il essaie de me duper, il adore ça.

— Pourquoi ?

Halt le fixa d'un œil sévère.

— Gilan était mon apprenti avant toi, et pour une raison que j'ignore, les anciens apprentis adorent piéger leur maître, ça les amuse.

Il lança un regard accusateur à Will. Ce dernier était sur le point de protester, de dire que jamais il ne se comporterait ainsi, mais il songea qu'il le ferait très certainement, à la première occasion. Il préféra se taire.

Halt lui fit signe de rester silencieux et scruta le sentier devant eux. Il lui désigna alors un grand arbre en bordure du chemin :

— Celui-ci. Prêt ?

Certaines branches les plus basses descendaient jusqu'à hauteur d'homme. Will examina l'arbre et hocha la tête. Quand les deux chevaux arrivèrent près de l'arbre, Will extirpa ses pieds des étriers et s'accroupit sur le dos de son poney. Alors qu'ils passaient juste au-dessous de l'arbre, Will se redressa, saisit la branche la plus proche, et y grimpa lestement. Au même instant, le poney, sans changer de rythme, frappa le sol plus vigoureusement de ses sabots : si quelqu'un était sur leur piste, il ne s'apercevrait pas que la charge du cheval s'était soudain allégée.

En silence, Will grimpa plus haut dans l'arbre afin d'y trouver un perchoir stable, d'où il pourrait avoir une bonne vue. Il aperçut Halt et les deux chevaux qui continuaient d'avancer lentement le long du chemin. Quand ils eurent atteint le virage suivant, Halt ordonna à Folâtre de poursuivre sa route, puis il arrêta Abelard et sauta de selle. Il s'accroupit et se mit à examiner le sol, comme s'il était en quête d'empreintes éventuelles.

Will entendit le cheval qui arrivait derrière eux. Il regarda le sentier en sens inverse mais un autre virage l'empêchait de voir leur poursuivant.

Soudain, le bruit des sabots cessa.

Will avait la gorge sèche et son cœur battait de plus en plus fort. Il était convaincu qu'on pouvait l'entendre dans un rayon de cinquante mètres au moins. Mais il se remémora ce qu'il avait appris. Il se ressaisit et resta immobile sur la branche, dissimulé dans le feuillage, les ombres et les taches de lumière, s'efforçant de surveiller la route.

Un mouvement !

Il l'avait perçu du coin de l'œil. Il scruta attentivement l'endroit pendant une ou deux secondes et se souvint des leçons de Halt : « Ne concentre pas ton attention sur un seul point. Élargis constamment ton champ de vision et n'arrête pas d'ouvrir grand les yeux. Tu ne verras personne, mais tu percevras un mouvement. Souviens-toi, lui aussi est un Rôdeur, entraîné à se déplacer à l'insu de tous. »

Will suivit les conseils de son maître et observa la forêt qui s'étendait derrière lui. Quelques secondes plus tard, sa patience fut récompensée : il perçut un autre mouvement et une branche fut repoussée, tandis qu'une silhouette silencieuse passait sous les arbres. Puis, une dizaine de mètres plus loin, un buisson oscilla légèrement et de hautes herbes frémirent.

Le garçon ne bougeait pas d'un pouce ; il n'en revenait pas : leur poursuivant se déplaçait à travers la forêt sans se faire voir. Apparemment, ce Rôdeur avait laissé son cheval sur la route et suivait Halt à pied. Will jeta un coup d'œil rapide vers son maître, qui semblait toujours occupé à examiner des traces au sol.

Un autre mouvement ! Le Rôdeur venait de passer sous l'arbre dans lequel Will se cachait. Soudain, une haute silhouette revêtue d'une cape gris-vert apparut au milieu du chemin, à une vingtaine de mètres de Halt, toujours accroupi. Will cligna des yeux : en moins d'une seconde, la silhouette semblait s'être matérialisée comme par magie. Le garçon posa une main sur le carquois qu'il portait en bandoulière, puis s'interrompit. Halt lui avait dit la veille : « Attends que nous soyons en train de parler. Sinon, il percevra le moindre de tes mouvements. » Sa gorge se serra. Il espérait que la haute silhouette ne l'avait pas entendu bouger. Mais il s'était arrêté à temps. Sur le chemin, une voix joyeuse s'écria :

— Halt, Halt !

Le Rôdeur se retourna puis se redressa lentement, tout en frottant ses genoux poussiéreux. Il pencha la tête de côté et examina la silhouette qui se tenait au milieu du chemin, nonchalamment appuyée sur un arc en tous points similaire au sien.

— Eh bien, Gilan, toujours à essayer de me jouer le même tour.

Le grand Rôdeur haussa les épaules et répondit d'un air ravi :

— Mais cette année, il semblerait que tu sois tombé dans mon piège...

La main de Will se dirigea sans un bruit vers le carquois et il choisit une flèche avant de l'encocher.

— Vraiment, Gilan ? De quel piège veux-tu parler ? demanda Halt.

— Allez, Halt, reconnais-le : pour une fois, je t'ai bien eu ; tu sais que j'essayais depuis des années, répondit Gilan d'un ton très amusé.

D'un air pensif, Halt caressa sa barbe grisonnante.

— Pourquoi t'obstines-tu, Gilan ? Cela dépasse mon entendement.

— Tu devrais savoir qu'un ancien apprenti adore

piéger son maître et l'emporter sur lui. Allez, avoue-le, maintenant : cette année, j'ai gagné !

Will avait soigneusement bandé son arc et choisi sa cible : le tronc d'un arbre situé à quelques pas de Gilan. Les consignes que lui avait données Halt résonnaient à ses oreilles : « Choisis une cible suffisamment proche afin de le surprendre. Mais je t'en prie, pas trop proche tout de même ! Je ne voudrais pas que tu le transperces d'une flèche s'il lui prenait l'idée de bouger ! »

Halt n'avait pas modifié sa position et se tenait toujours au milieu du chemin. Mais Gilan se balançait d'un pied sur l'autre d'un air embarrassé. L'expression sereine qu'affichait son ancien Maître commençait à le perturber et il n'était plus tout à fait certain de savoir si Halt bluffait ou non.

Ce que Halt lui dit alors ne fit que renforcer ses doutes.

— Ah oui, les apprentis et leurs maîtres... une bien étrange association, ma foi. Mais dis-moi, Gilan, toi qui es mon ancien apprenti, tu es sûr de ne rien avoir oublié cette année ?

Ce fut peut-être l'insistance que mit Halt sur le mot « apprenti » qui fit soudain comprendre à Gilan qu'il avait commis une lourde erreur. Il tourna la tête en tous sens, à la recherche de l'apprenti dont il se rappelait soudain la présence. Au même instant, Will tira.

La flèche survola le grand Rôdeur avant d'aller se ficher en frémissant dans le tronc de l'arbre. Gilan, stupéfait, bondit en arrière, mais ses yeux se dirigèrent aussitôt vers l'arbre dans lequel Will s'était dissimulé. Le garçon fut très étonné de voir Gilan se ressaisir si promptement et identifier sans hésiter la position de son attaquant.

Gilan secoua tristement la tête. Ses yeux perçants avaient vu la petite silhouette cachée dans le feuillage de l'arbre.

— Descends, Will, et viens faire la connaissance de Gilan, l'un des plus étourdis de nos Rôdeurs, s'écria Halt, qui s'adressa ensuite à Gilan. Je te l'avais pourtant bien dit quand tu étais plus jeune, non ? N'agis pas sans réfléchir et évite toute précipitation.

Gilan hocha la tête d'un air penaud, et fut stupéfait quand Will sauta de son arbre de constater sa petite taille et son jeune âge.

— Apparemment, j'étais si impatient d'attraper un vieux renard gris que je n'ai pas vu le jeune singe qui se cachait dans les arbres, dit-il en souriant de son erreur.

— Un singe, tu dis ? rétorqua Halt d'un ton bourru. Dans ce cas, le jeune singe vient de donner une bonne leçon au vieux singe que tu es. Will, voici Gilan, mon ancien apprenti, Rôdeur du fief de Meric, même si je me demande encore ce qu'ils ont bien pu faire pour le mériter.

Le sourire de Gilan s'élargit et il tendit sa main à Will.

— Dire que je pensais t'avoir enfin berné, Halt,

déclara-t-il d'un ton joyeux. Tu es donc Will, ajouta-t-il en donnant au garçon une ferme poignée de main. Ravi de te rencontrer, tu as fait du bon travail, petit gars.

Will sourit à Halt, qui lui fit discrètement un petit signe de la tête. Will se rappela les dernières consignes que le Rôdeur lui avait données la veille au soir : « Quand tu l'emportes sur quelqu'un, ne t'en vante pas. Montre-toi généreux et cherche à le féliciter. Il n'est jamais agréable de perdre, mais ton adversaire fera contre mauvaise fortune bon cœur si tu lui témoignes de l'admiration. Quelques compliments pourront t'aider à gagner un ami, alors que des vantardises ne t'attireront que des ennemis. »

— Oui, c'est moi. Pourriez-vous m'expliquer comment vous réussissez à vous déplacer aussi discrètement ? Quelle habileté !

— Je ne me suis pas si bien débrouillé que ça, semble-t-il, puisque à l'évidence tu m'as vu venir de loin, répondit Gilan d'un air contrit.

Will hocha la tête en se remémorant combien il lui avait été difficile de repérer Gilan. À bien y réfléchir, son compliment était plus sincère qu'il ne l'aurait cru.

— Je vous ai vu arriver, et j'ai vu aussi par où vous étiez passé. Mais dès que vous avez pris ce virage, je ne vous ai plus aperçu une seule fois. J'aimerais apprendre à me déplacer aussi bien que vous.

L'évidente sincérité de Will fit grand plaisir à Gilan.

— Eh bien, Halt, non seulement ce jeune garçon a du talent, mais il possède aussi beaucoup de savoir-vivre.

Halt les observait tous deux : le nouvel apprenti et l'ancien. Il hocha la tête en direction de Will, montrant qu'il approuvait ses paroles pleines de tact.

— Gilan a toujours excellé dans l'art du camouflage. Ce serait une bonne chose s'il acceptait de te donner quelques leçons.

Il s'approcha de son ancien apprenti et passa son bras par-dessus ses épaules.

— Cela me fait plaisir de te revoir.

Ils s'embrassèrent chaleureusement. Puis Halt s'éloigna d'un pas pour mieux le regarder.

— Tu maigris d'année en année, lui dit-il enfin. Quand vas-tu un peu t'engraisser ?

Gilan sourit. C'était apparemment une plaisanterie de longue date entre les deux hommes.

— Il me semble que tu as suffisamment de réserves pour deux, dit-il en enfonçant un peu brutalement un doigt dans les côtes de Halt. Tu n'aurais pas pris un peu de bedaine ?

Il sourit à Will et ajouta :

— Je parie qu'il reste tranquillement assis dans sa chaumière tandis que tu te coltines toutes les corvées ménagères, non ?

Mais avant que Will ou Halt puissent répondre, il se tourna et siffla. Quelques secondes plus tard, son cheval apparut dans le virage. Au moment où le jeune

Rôdeur se mit en selle, Will remarqua qu'une épée était accrochée à la selle. Intrigué, il se tourna vers Halt.

— Je croyais qu'il nous était interdit de posséder une épée ? demanda-t-il posément.

Halt fronça les sourcils, puis suivit le regard de Will et comprit la raison de cette question.

— Ce n'est pas interdit, expliqua-t-il, tandis qu'il se mettait en selle. C'est une question de priorité. Devenir un bon épéiste requiert des années d'entraînement et nous n'en avons pas le temps. Nous avons d'autres aptitudes à développer.

Il vit qu'une autre question se formait sur les lèvres de Will et il reprit :

— Le père de Gilan est chevalier et c'est pourquoi Gilan était déjà rompu au maniement de l'épée quand il a rejoint l'Ordre des Rôdeurs. Son cas était à part et il a eu le droit de continuer à s'exercer quand il est devenu mon apprenti.

— Mais je pensais...

Will hésitait à continuer ; Gilan arrivait près d'eux et il ne savait pas s'il était convenable de poser d'autres questions en sa présence.

— Ne dis jamais cela devant Halt, dit Gilan, qui avait entendu les derniers mots de Will. Il te répondra simplement : « Tu n'es qu'un apprenti. Tu n'as pas à penser. », ou bien : « Si tu réfléchissais un peu, tu n'aurais pas besoin de me poser cette question. »

Malgré lui, Will sourit. Halt lui avait déjà répondu

dans ces termes à de nombreuses occasions et entendre Gilan prononcer ces mots lui faisait une drôle d'impression. Toutefois, les deux hommes le regardaient avec curiosité, attendant qu'il pose sa question. Il se lança :

— Si son père était chevalier, pourquoi Gilan n'a-t-il pas été admis à l'École des guerriers ?

Halt et Gilan échangèrent un regard. Halt leva un sourcil et fit signe à Gilan de répondre.

— J'aurais pu entrer à l'École des guerriers, mais j'ai choisi l'Ordre des Rôdeurs.

— Pour certains d'entre nous, c'est un vrai choix, tu sais, lui dit Halt avec gentillesse.

Will réfléchit. Il avait toujours cru que les Rôdeurs ne pouvaient pas être recrutés parmi les familles de haut rang. Il s'était apparemment trompé.

— Mais, je pensais..., commença-t-il tout en se rendant compte de son erreur.

Halt et Gilan l'observèrent, échangèrent à leur tour un regard, puis s'écrièrent en chœur :

— Tu n'es qu'un apprenti. Tu n'as pas à penser.

Puis ils mirent leurs chevaux au trot et s'éloignèrent. Will se dépêcha de monter sur le dos de son poney et partit au petit galop pour les rattraper. Quand il arriva à leur hauteur, les deux Rôdeurs lui firent une place entre eux. Gilan lui sourit. Halt avait toujours l'air aussi taciturne. Mais tandis qu'ils chevauchaient tous trois dans un silence complice, Will prit conscience qu'il faisait maintenant partie d'une petite communauté fermée et soudée, et cette pensée le réconforta.

Il avait désormais le sentiment d'être à sa place et, pour la première fois de sa vie, il lui sembla avoir enfin trouvé une famille.

24

— Il est arrivé quelque chose, dit doucement Halt, en faisant signe à ses deux compagnons d'arrêter leur cheval.

Les trois cavaliers avaient parcouru les cinq cents derniers mètres au petit galop et après avoir gravi une pente douce, étaient arrivés à une centaine de mètres du lieu de rendez-vous ; une grande clairière s'ouvrait devant eux, parsemée de petites tentes soigneusement alignées. De la fumée montait de plusieurs feux de camp et imprégnait l'air. On avait installé un champ de tir à l'arc et plusieurs dizaines de petits chevaux broutaient à la lisière de la forêt.

Avant même de découvrir les lieux, ils comprirent qu'une agitation anormale régnait sur le campement, où tous s'activaient. Au centre, se détachait une tente plus grande, d'au moins quatre mètres sur quatre et suffisamment haute pour y tenir debout. Les pans de toile avaient été relevés et Will y distinguait des hommes vêtus de gris et de vert, rassemblés autour d'une table, apparemment en grande discussion. Ils virent l'un d'eux se détacher du groupe et courir vers un cheval attaché à l'entrée de la tente. Il se mit en selle, avant de traverser le campement au galop et de se diriger vers un étroit sentier situé à l'autre bout de la clairière.

Il avait à peine disparu dans l'obscurité de la forêt qu'un autre cavalier arriva au galop de la direction opposée. Il s'arrêta près de la grande tente, sauta lestement à terre et rejoignit ses compagnons.

— Que se passe-t-il ? demanda Will.

Il apercevait plusieurs Rôdeurs qui étaient en train de démonter leur tente et de la replier.

— Je n'en sais rien, répondit Halt, qui désigna alors les tentes alignées. Essaie de nous trouver un emplacement convenable. Je vais aller me renseigner.

Il s'éloigna sur Abelard mais se retourna pour ajouter :

— Ne plantez pas les tentes tout de suite, j'ai l'impression que nous ne resterons pas longtemps.

Il partit vers le centre du campement, les sabots de son cheval au galop frappant vigoureusement l'herbe.

Will et Gilan s'installèrent sous un grand arbre, non loin de la plus haute tente. Puis, ne sachant plus que faire, ils s'assirent sur un rondin de bois afin d'attendre le retour de Halt. En tant que Rôdeur aîné, expliqua

Gilan, Halt avait accès au pavillon central, la tente de commandement. En temps ordinaire, Crowley, le commandant de l'Ordre des Rôdeurs, y recevait chaque jour les autres Rôdeurs afin d'organiser les activités à venir et d'examiner les rapports et les renseignements que chaque Rôdeur apportait avec lui.

Autour d'eux, la plupart des tentes étaient vides mais devant l'une d'elles, ils aperçurent un Rôdeur maigre et dégingandé qui faisait les cent pas, et qui semblait tout aussi inquiet et déconcerté que Gilan et Will. Il les aperçut et s'approcha.

— Des nouvelles ? demanda-t-il aussitôt.

Son visage s'assombrit quand Gilan répondit :

— Nous étions sur le point de te poser la même question, dit Gilan, la main tendue afin de le saluer. Tu t'appelles Merron, c'est ça ?

— C'est exact, et si j'ai bonne mémoire, tu es Gilan, dit-il en serrant la main du jeune Rôdeur.

Gilan lui présenta Will et l'homme, qui semblait avoir une trentaine d'années, l'observa avec curiosité.

— C'est donc toi, l'apprenti de Halt. Nous nous demandions à quoi tu ressemblais. Il était prévu que je sois l'un de tes juges, tu sais.

— Il *était* prévu... ? répéta vivement Gilan.

— Oui. Je ne crois pas que le Rassemblement aura lieu.

Après un temps d'hésitation, il ajouta :

— Vous ne savez donc rien ?

Les deux nouveaux arrivants secouèrent la tête.

— Morgarath prépare un mauvais coup, dit doucement Merron.

À l'évocation de ce nom malfaisant, un frisson de peur parcourut le dos de Will.

— Que s'est-il passé ? demanda Gilan en plissant les yeux.

Merron baissa la tête et, tout en remuant la terre du bout de sa botte, dit d'un air contrarié :

— Les nouvelles sont encore vagues, et d'après des rapports très confus, une troupe de Wargals aurait forcé le défilé du Pas-de-Trois. Ils auraient franchi le barrage des sentinelles pour ensuite se diriger vers le nord.

— Morgarath était-il avec eux ?

Will, les yeux écarquillés, ne disait mot. Il ne pouvait se résoudre à poser de questions, et il se sentait incapable de prononcer le nom de Morgarath.

Merron haussa les épaules.

— Aucune idée. Pour l'instant, je ne crois pas, mais cela fait deux jours que Crowley envoie des éclaireurs en reconnaissance. Il est possible que ce ne soit qu'un raid. Dans le cas contraire, ce pourrait être le début d'une nouvelle guerre. Et, dans cette éventualité, la disparition du seigneur Lorriac tomberait bien mal.

Gilan leva les yeux.

— Lorriac est mort ? demanda-t-il d'un air inquiet.

— C'est apparemment son cœur qui a lâché. On l'a retrouvé sans vie il y a quelques jours, et son corps ne portait aucune trace de violence. Les yeux fixés droit devant lui. Raide mort.

— Mais il était encore jeune ! Je l'ai vu il y a un mois et il se portait comme un charme.

Merron n'en savait pas davantage.

— J'imagine que cela peut arriver à n'importe qui. Personne ne peut prévoir ce genre de choses.

— Qui était Lorriac ? demanda doucement Will.

— Lorriac de Steden, le commandant de la cavalerie royale, de loin l'un des meilleurs, répondit Gilan d'un air pensif. Je suis d'accord avec Merron : si une guerre éclate, il nous manquera cruellement.

Will sentit la peur l'envahir. Il n'avait jamais entendu parler de Morgarath autrement qu'à voix basse ; et encore, quand les gens osaient prononcer son nom. L'ennemi du Royaume était devenu un mythe, une légende appartenant à des temps reculés. À présent, le mythe devenait à nouveau réalité, une réalité terrifiante à laquelle il allait falloir faire face. Il regarda Gilan dans l'espoir que celui-ci puisse le rassurer, mais le beau visage du jeune Rôdeur affichait seulement une profonde inquiétude.

Halt ne les rejoignit qu'une heure plus tard ; midi était déjà passé et Will et Gilan avaient préparé un repas de pain, de viande froide et de fruits secs. Le Rôdeur se laissa glisser de sa monture et Will lui tendit une assiette ; il se mit à manger très vite.

— Le Grand Rassemblement est annulé, dit-il entre deux bouchées.

Ayant vu le Rôdeur aîné arriver, Merron les avait rejoints. Halt et lui se saluèrent rapidement et Merron posa alors la question qui leur brûlait les lèvres à tous.

— Est-ce la guerre ? demanda-t-il avec de l'inquiétude dans la voix.

— Nous n'en sommes pas sûrs. Aux dernières nouvelles, Morgarath est toujours dans les montagnes.

— Alors pourquoi des Wargals en sont-ils partis ? interrogea Will.

Chacun savait que les Wargals n'agissaient que sur les ordres de Morgarath et ils n'auraient jamais pris ce risque de leur propre chef.

— Leur troupe est réduite, répondit Halt, le visage grave ; ils ne sont peut-être qu'une cinquantaine. Il était prévu qu'ils fassent diversion, et tandis que nos gardes étaient occupés à les pourchasser, les deux Kalkaras auraient discrètement quitté les montagnes. C'est en tout cas ce que pense Crowley. Ils se terreraient quelque part sur la Plaine de la Solitude.

Gilan laissa échapper un petit sifflement. Merron recula d'un pas sous l'effet de la surprise. L'horreur se lisait sur leurs visages. Will ne savait pas ce qu'était un Kalkara, mais la gravité de Halt et les réactions des deux autres Rôdeurs n'étaient pas faites pour le rassurer.

— Que voulez-vous dire ? Ils sont encore en vie ? demanda Merron. Je les croyais morts depuis des années.

— Ils sont vivants, c'est certain, répondit Halt. Il

n'en reste que deux, mais c'est bien suffisant pour que l'on s'en inquiète.

Un long silence s'installa. Finalement, Will demanda avec hésitation :

— C'est quoi, un Kalkara ?

Halt secoua tristement la tête. Il n'avait pas envie d'aborder ce sujet avec quelqu'un d'aussi jeune, mais il n'avait pas le choix ; le garçon était en droit de savoir.

— À l'époque où Morgarath organisait sa révolte, il souhaitait diriger une armée sortant de l'ordinaire. Il savait que, s'il avait les moyens de terrifier ses ennemis, il lui serait plus simple de les vaincre. C'est ainsi qu'au fil des années il partit plusieurs fois en expédition dans les Montagnes de Pluie et de Nuit.

— Que cherchait-il ? demanda Will, qui avait cependant la désagréable impression de connaître déjà la réponse.

— Des alliés qui l'aideraient à conquérir le Royaume. Ces Montagnes appartiennent au monde ancien, elles sont restées inchangées et inexplorées durant des siècles. On racontait que d'étranges créatures et des monstres légendaires les peuplaient encore. Ces rumeurs se sont malheureusement avérées.

— Les Wargals, par exemple, dit Will.

— Oui, les Wargals. Morgarath en a très vite fait des esclaves et les a soumis à sa volonté, dit-il avec un peu d'amertume dans la voix. Mais il a ensuite trouvé les Kalkaras, des êtres pires que les Wargals. Pires que tout.

Will restait silencieux. L'idée de bêtes plus malfaisantes encore que les Wargals le troublait au plus haut point.

— Il en restait trois, mais l'un d'eux a été tué il y a environ huit ans et nous en savons donc un peu plus sur ces créatures. Imagine une bête entre le singe et l'ours, qui se tient debout : voilà à quoi ressemble un Kalkara.

— Et est-ce que Morgarath les contrôle aussi par la pensée ?

— Non, dit Halt. Ils sont plus intelligents que les Wargals mais ils sont fascinés par l'argent, un métal qu'ils vénèrent et amassent en secret. Morgarath leur en offre de larges quantités et c'est pourquoi ils lui obéissent aveuglément. Ils peuvent devenir terriblement rusés quand ils traquent une proie.

— Une proie ? Quel genre de proie ?

Will et Gilan échangèrent un regard et Will s'aperçut que son maître hésitait à continuer. Un instant, il crut que Halt allait se mettre à le sermonner, ainsi qu'il le faisait quand le garçon l'assommait de questions. Mais la situation était grave et sa curiosité à présent justifiée.

— Les Kalkaras sont des assassins. Une fois qu'on leur a désigné une victime, ils font tout pour la trouver.

— N'y a-t-il aucun moyen de les arrêter ? demanda Will, les yeux posés sur le carquois et l'arc de Halt.

— Il est difficile de les tuer. Leurs poils sont si emmêlés que l'on dirait des écailles, et leur épaisse fourrure fait ainsi office d'armure. Une flèche peut à peine y pénétrer. Il vaut mieux se munir d'une épée ou d'une hache d'armes. Parfois, une lance bien lourde fait aussi l'affaire.

Will se sentit soulagé. Ces Kalkaras lui avaient semblé quasi invincibles. Le Royaume comptait nombre d'excellents chevaliers qui pourraient certainement se charger de ces créatures.

— C'est donc un chevalier qui en a tué un il y a huit ans ?

— Pas un chevalier, mais trois. Il a fallu trois chevaliers armés jusqu'aux dents pour s'en débarasser, et un seul d'entre eux a survécu à ce combat. Et encore, il est maintenant infirme à vie, répondit Halt d'un air lugubre.

— Trois hommes ? Des chevaliers ? répéta Will, qui n'en croyait pas ses oreilles. Mais comment...

Gilan l'interrompit.

— Il y a une difficulté de taille : quand on s'approche de trop près, le Kalkara arrête son adversaire avant qu'il ait pu se servir de sa lance ou de son épée, dit-il en pianotant légèrement sur le manche de sa propre épée.

— Comment s'y prend-il ? demanda Will.

— Ses yeux, répondit Merron. Si tu le regardes dans les yeux, il te pétrifie. Un peu comme un serpent qui fixe un oiseau avant de le dévorer.

Will scruta les trois hommes tour à tour, sans rien comprendre. Ce que Merron venait d'expliquer paraissait invraisemblable. Mais Halt semblait être d'accord.

— Pétrifier... comment est-ce possible ? Vous voulez dire que c'est de la magie ?

Halt haussa les épaules. Merron détourna les yeux. Aucun d'eux n'aimait aborder le sujet.

— Certains disent effectivement que c'est de la magie, répondit finalement Halt. Pour ma part, je crois plutôt qu'ils possèdent un pouvoir hypnotique. En tout cas, Merron dit vrai. Si on croise le regard d'un Kalkara, on reste paralysé par la terreur qu'il inspire et incapable de se défendre.

Will lança un œil inquiet autour de lui, comme s'il s'attendait à voir l'une de ces créatures surgir tout à coup de la forêt silencieuse. Un sentiment de panique l'envahissait. D'une certaine façon, il s'était mis en tête que Halt était invincible. Mais le Rôdeur venait pourtant d'admettre qu'il était impossible de se défendre face à ces monstres.

— N'y a-t-il vraiment rien à faire ? demanda-t-il d'une voix désespérée.

Halt haussa les épaules.

— Selon la légende, ils seraient particulièrement vulnérables au feu. Mais la difficulté reste la même : comment s'approcher d'eux ? Il serait imprudent de traquer un Kalkara une torche à la main. Ils ont tendance à chasser de nuit et ils pourraient voir leur adversaire arriver de loin.

Will n'arrivait pas à croire ce qu'il venait d'apprendre. Halt avait l'air si détaché, et Gilan et Merron étaient à l'évidence perturbés par la nouvelle. Un silence embarrassé s'installa, mais Gilan le rompit :

— Pourquoi Crowley pense-t-il que c'est à Morgarath qu'ils obéissent ?

Halt hésitait à en dire plus. Les informations qu'avait données Crowley étaient confidentielles. Mais il faudrait bien les mettre au courant à un moment ou à un autre. Après tout, ils appartenaient tous à l'Ordre des Rôdeurs, Will y compris.

— Il s'en est déjà servi deux fois cette année, afin de faire assassiner les seigneurs Northolt et Lorriac.

Les trois autres échangèrent des regards surpris et Halt reprit :

— On a cru que Northolt avait été tué par un ours, tu te le rappelles, Will ?

Will hocha la tête au souvenir de son premier jour d'apprentissage, quand le Rôdeur avait reçu la nouvelle de cette mort.

— Déjà à l'époque, je m'étais dit que Northolt était un chasseur bien trop expérimenté pour se faire tuer ainsi. Crowley est d'accord avec moi.

— Et Lorriac ? Tout le monde raconte qu'il a eu une attaque, dit Merron.

Halt lui jeta un rapide coup d'œil.

— C'est le bruit qui court, dit-il. Son médecin en

est encore tout retourné, il n'avait jamais vu d'homme qui soit en meilleure santé que Lorriac. Ainsi...

Halt s'interrompit et Gilan acheva tout haut :

— ... il est fort possible que les Kalkaras l'aient assassiné.

— Exactement. Nous ne savons pas précisément quelles sont les conséquences de leur regard paralysant. Mais s'il se prolonge, la terreur qu'il engendre peut suffire à provoquer une crise cardiaque. On rapporte aussi qu'un gros animal à la fourrure sombre a été aperçu non loin du lieu où le corps de Lorriac a été retrouvé.

Sous les arbres, le silence régnait à nouveau dans le petit groupe. Tout autour d'eux, des Rôdeurs s'activaient, pliaient leur tente et se mettaient en selle. Finalement, Halt interrompit le cours de leurs pensées.

— Nous ferions mieux de quitter cet endroit. Toi, Merron, il te faut retourner dans ton fief. Crowley veut que les Rôdeurs se mobilisent et restent en alerte. Il va bientôt donner des ordres.

Merron acquiesça et s'éloigna. Il s'arrêta soudain et se retourna vers Halt. Quelque chose dans la voix du Rôdeur aîné, dans la façon dont il lui avait dit de retourner dans son fief, l'intriguait.

— Et vous ? demanda-t-il. Où allez-vous ?

Avant même que Halt ne réponde, Will devina ce qu'il allait dire. Et cela augmenta sa terreur quand Halt annonça à haute voix :

— Nous partons à la recherche des Kalkaras.

25

Le campement était en effervescence ; les Rôdeurs démontaient leur tente, rangeaient leur équipement et accrochaient leurs sacs à la selle de leur cheval ; quelques cavaliers avaient déjà quitté les lieux, chacun rentrant dans le fief dont il avait la charge.

Après avoir rangé les quelques objets qu'il avait sortis des sacoches de selle, Will en resserra les sangles. Halt était assis à quelques mètres et, les sourcils froncés, il étudiait pensivement une carte du territoire qui bordait la Plaine de la Solitude. Aucune route ne traversait cette vaste étendue qui n'avait jamais été cartographiée. Une ombre se profila sur son document. Il leva les yeux. C'était Gilan, dont le visage était rongé par l'inquiétude.

— Halt, dit-il d'une voix basse et préoccupée, es-tu sûr de ce que tu entreprends ?

— Oui, Gilan. Il faut le faire, c'est tout, répondit-il en le fixant droit dans les yeux.

— Mais il est beaucoup trop jeune ! lança Gilan en regardant en direction de Will, qui était en train d'attacher un paquetage derrière la selle de Folâtre.

Halt soupira profondément et baissa les yeux.

— Je sais, mais apprenti ou non, il appartient à l'Ordre des Rôdeurs, comme nous tous.

Il vit que Gilan était sur le point de protester à nouveau, et Halt éprouva soudain beaucoup d'affection pour son ancien apprenti, comprenant que ce dernier s'inquiétait pour Will.

— Gilan, dans d'autres circonstances, je ne lui aurais pas fait courir ce risque. Mais le monde dans lequel nous vivons est loin d'être parfait et chacun va devoir jouer un rôle dans cette entreprise, même des garçons aussi jeunes que Will. Ce que Morgarath prépare est sans précédent. Sache aussi que les informateurs de Crowley ont eu vent d'autre chose : notre ennemi serait en contact avec les Skandiens.

— Les Skandiens ? Pour quelle raison ?

— Nous ne savons rien en détail, mais je parie qu'il caresse l'espoir de s'en faire des alliés. Les Skandiens combattraient n'importe qui pour de l'argent, ajouta-t-il sans cacher son mépris pour ces mercenaires. Tant que Crowley est occupé à lever l'armée, nous sommes en sous-effectif. En temps normal, nous ne nous lancerions pas à la poursuite des Kalkaras sans une troupe d'au moins cinq Rôdeurs aînés. Mais Crowley ne peut se passer d'aucun autre Rôdeur. Je dois donc me contenter des deux personnes en qui j'ai le plus confiance, Will et toi.

Gilan sourit du coin des lèvres.

— Merci quand même...

La confiance de Halt le touchait ; comme les autres Rôdeurs, il éprouvait toujours de l'admiration pour son vieux maître.

— J'ai aussi pensé que ta vieille épée rouillée pourrait nous être utile face à ces horribles créatures, ajouta Halt.

L'Ordre des Rôdeurs avait pris une sage décision en autorisant Gilan à continuer à s'entraîner à l'épée. Peu de gens le savaient, mais il était l'un des meilleurs épéistes d'Araluen.

— Quant à Will, ne le sous-estime pas, il peut se montrer ingénieux. Il est agile, courageux et déjà sacrément adroit avec son arc. Et surtout, il est vif d'esprit. Si nous trouvons la piste des Kalkaras, nous pourrons l'envoyer chercher des renforts. Il nous sera d'une grande aide mais restera ainsi hors de danger.

Gilan se grattait le menton d'un air songeur. Les explications de Halt l'incitaient à croire que c'était là la seule solution envisageable. Ses yeux rencontrèrent ceux de son ancien maître et il lui fit signe qu'il comprenait la situation. Il se dirigea vers son cheval pour ranger son équipement, mais Will l'avait déjà empaqueté et accroché à sa selle. Gilan sourit et dit à Halt :

— Tu avais raison, ce garçon ne manque pas d'initiative.

Quelques instants plus tard, les trois compagnons prirent la route, en direction du sud-est ; pendant ce temps, les autres Rôdeurs recevaient leurs ordres. Mobiliser l'armée d'Araluen ne serait pas une mince tâche pour les Rôdeurs, qui devraient ensuite conduire les différentes troupes des cinquante fiefs à un point de rassemblement situé dans les plaines d'Uthal. D'autres Rôdeurs étaient chargés de coordonner les armées des fiefs de Gilan et de Halt, puisque ces derniers avaient été désignés pour chasser les Kalkaras.

Halt ouvrait la marche. Les trois cavaliers échangeaient peu de mots. Même Will contenait sa curiosité. L'ampleur de cette mission l'intimidait et, tandis qu'ils chevauchaient en silence, il essayait de s'imaginer à quoi pouvait bien ressembler un Kalkara, une bête sauvage aux traits simiesques, qui tenait aussi de l'ours, et qui risquait d'être invincible, même face à quelqu'un d'aussi expérimenté que Halt.

Cependant, la monotonie du voyage aidant, ces terribles images s'estompèrent de son esprit et il s'interrogea sur le plan que Halt avait en tête... s'il en avait un.

— Halt, dit-il un peu essoufflé, où espérez-vous dénicher les Kalkaras ?

Halt observa le visage sérieux du jeune garçon. Ils

avançaient en forçant l'allure, à la manière des Rôdeurs : quarante minutes en selle, au petit trot, puis vingt minutes au pas de course en tenant la bride de leur cheval, ce qui permettait à chaque monture d'être momentanément soulagée de son fardeau. Toutes les quatre heures, ils marquaient une pause d'une heure, mangeaient un peu de viande séchée, du pain dur et des fruits, puis s'enroulaient dans leur cape pour dormir un peu.

Ils avançaient maintenant depuis un certain temps lorsque Halt jugea bon de s'arrêter. Il conduisit Abelard sous un bosquet d'arbres en bordure de chemin ; Will et Gilan l'imitèrent et laissèrent leurs chevaux brouter.

— Le meilleur moyen de les repérer, dit Halt en réponse à la question de Will, consisterait d'abord à trouver leur tanière et à vérifier s'ils sont dans les parages.

— Mais comment savoir où ils se terrent ? demanda Gilan.

— D'après les maigres renseignements dont nous disposons, leur tanière se situerait quelque part sur la Plaine de la Solitude, au-delà des Flûtes de Pierre. Nous explorerons l'endroit et y chercherons des indices. S'ils sont dans les parages, quelques chèvres ou des moutons auront disparu des villages voisins. Il sera toutefois difficile de se renseigner auprès des habitants ; les gens des Plaines sont peu bavards, même en temps normal.

— Quelle est cette Plaine dont vous parlez ? demanda Will entre deux bouchées de pain dur. Et ces Flûtes de Pierre... ?

— La Plaine de la Solitude est une région plate, quasi dépourvue d'arbres, recouverte essentiellement de pierres et de hautes herbes. En toute saison, on a l'impression que le vent y souffle sans discontinuer. L'endroit est lugubre et déprimant, et les Flûtes de Pierre le sont plus encore.

— Mais que sont..., reprit Will, sans se rendre compte que Halt n'avait pas terminé.

— Les Flûtes de Pierre ? Personne ne le sait réellement. Des pierres taillées, qui forment un cercle et que les Anciens ont dressées au beau milieu du coin le plus venteux de la Plaine. On ignore à quoi pouvaient bien servir ces menhirs à l'origine, mais ils sont disposés de telle sorte que le vent s'engouffre dans des interstices creusés à même la pierre. Ils produisent alors un son strident, et j'ai du mal à comprendre pourquoi on a eu l'idée de le comparer à celui d'une flûte... cette mélodie sinistre et discordante s'entend à des kilomètres à la ronde. Au bout de quelques minutes, elle vous met les nerfs à vif, mais jamais ce chant ne s'interrompt.

Will resta silencieux. L'idée d'une plaine lugubre balayée par les vents et parcourue d'incessants gémissements perçants suffit à le faire frissonner et le soleil de fin de journée qui dardait sur eux ses rayons ne parvenait pas à le réchauffer. Halt s'aperçut de la réaction du garçon ; il se pencha pour lui donner une petite tape d'encouragement sur l'épaule.

— Courage ! Rien n'est jamais aussi terrible qu'il y paraît. Reposons-nous maintenant.

Ils atteignirent la Plaine de la Solitude au bout du deuxième jour de voyage, aux alentours de midi. Halt avait raison, l'endroit, effectivement sinistre et monotone, s'étendait à l'infini. Le sol était couvert de hautes herbes ternes, asséchées par le vent. Le vent, justement, dont le souffle ininterrompu les irritait, semblait animé d'une volonté propre. Un vent d'ouest qui jamais ne changeait de course, balayait le sol caillouteux et obligeait les hautes herbes à se coucher sur son passage.

— Vous comprenez à présent pourquoi on l'appelle la Plaine de la Solitude ? dit Halt à ses compagnons. À force d'avancer dans ce satané vent, on a l'impression d'être seul au monde.

C'était vrai. Face à cet immense vide, Will se sentait minuscule, insignifiant, et un sentiment d'impuissance le submergeait. Il lui semblait que des forces obscures régnaient sur ce désert, des forces dotées d'une puissance qui dépassaient de loin ses propres possibilités. Même Gilan, d'ordinaire joyeux et plein de vie, paraissait découragé par l'atmosphère pesante de l'endroit. Seul Halt semblait égal à lui-même et demeurait tout aussi taciturne qu'à l'accoutumée.

Ils continuèrent de progresser mais, peu à peu, une

sensation troublante envahit Will. Une présence, tapie à la frontière de sa conscience, amplifiait son malaise. Il ne parvenait pas à définir l'origine de ce trouble persistant, ni sous quelle forme il se présentait. Il se dressa sur ses étriers afin de scruter l'horizon monotone, dans l'espoir de comprendre d'où venait ce sentiment. Halt remarqua son geste.

— Tu les as entendues, ce sont les Flûtes.

Le garçon comprit alors que c'était un son qui provoquait en lui cette terrible angoisse et lui nouait l'estomac. Il l'entendait à présent plus distinctement, non parce que Halt venait d'attirer son attention sur sa provenance, mais parce qu'ils s'en approchaient. Un enchaînement de notes discordantes qui résonnaient simultanément, une perpétuelle cacophonie qui mettait les nerfs à rude épreuve et troublait la raison. Il posa discrètement la main gauche sur le manche de son solide couteau, dont la fiabilité lui procura un certain réconfort.

Ils chevauchèrent tout l'après-midi avec le sentiment de ne jamais progresser, tant le paysage était monotone. Ils avaient beau avancer, l'horizon semblait rester immobile. Tout le jour, le chant strident des Flûtes de Pierre leur tint compagnie, s'amplifiant au fur et à mesure qu'ils se rapprochaient. Les heures passèrent et Will était à cran ; il n'arrivait plus à supporter ce chant ininterrompu. Quand le soleil commença à sombrer vers l'ouest, Halt tira sur les rênes d'Abelard.

— Arrêtons-nous pour la nuit. Nous ne pourrions pas poursuivre notre route dans l'obscurité ; sans aucun repère dans le paysage, nous finirions par tourner en rond, c'est certain.

Will et Gilan étaient heureux de pouvoir descendre de cheval. En dépit de leur excellente forme physique, cette allure forcée les avait épuisés. Will se mit à chercher du petit bois autour des quelques buissons rabougris qui poussaient sur la Plaine. Mais Halt comprit ce que le garçon avait en tête.

— Pas de feu, on nous repérerait de très loin.

Will laissa tomber au sol le tas de petit bois qu'il avait ramassé.

— Vous voulez parler des Kalkaras ?

— Oui, ou les gens des Plaines. Comment savoir si certains d'entre eux sont de connivence ou non avec ces créatures ? Après tout, quand on vit à proximité de pareils monstres, on peut être tenté de coopérer, ne serait-ce que pour garantir sa propre sécurité. Et je ne veux pas qu'ils puissent informer les Kalkaras de notre présence.

Gilan dessellait Ardent, son cheval bai. Il déposa la selle sur le sol et le frictionna à l'aide d'une poignée d'herbe sèche qui poussait tout autour d'eux.

— Tu ne crois pas qu'on a déjà été repérés ? demanda-t-il.

Halt réfléchit quelques secondes avant de répondre.

— C'est possible. Nous ignorons trop de choses : le lieu exact de la tanière des Kalkaras, si les gens des

Plaines sont leurs alliés, si l'un d'eux nous a déjà aperçus et les a prévenus... Mais tant que je n'en sais pas plus, nous resterons discrets. En conclusion : pas de feu.

Gilan hocha la tête à contrecœur.

— Tu as raison, évidemment. Il reste que je tuerais volontiers quelqu'un rien que pour boire une tasse de tisane.

— Essaie donc de faire chauffer ta tisane, lui dit Halt, et il y a de fortes chances pour que tu sois obligé de tuer quelqu'un.

26

La soirée fut froide et triste. Éreintés par le rythme pénible de leur chevauchée, les Rôdeurs prirent un repas froid (pain, fruits secs et viande étaient encore une fois au menu), arrosé d'un peu d'eau de leur gourde. Will ne pouvait plus supporter la fadeur de cette nourriture.

Halt fut le premier à monter la garde, laissant dormir Will et Gilan, enveloppés dans leur cape.

Ce n'était pas la première fois que Will couchait à la dure depuis le début de son apprentissage. Mais par le passé, il s'était s'endormi auprès d'un feu crépitant ou d'un lit de braises bien chaudes. Son sommeil fut agité ; des rêves déplaisants traversèrent son esprit, peuplés d'affreuses créatures et d'événements étranges qui restaient au seuil de sa conscience, mais suffisamment palpables pour le perturber.

Quand Halt le secoua gentiment pour qu'il prenne la relève, il en fut presque content. Le vent poussait rapidement les nuages qui voilaient la lune. Les lamentations des Flûtes se faisaient plus véhémentes et le garçon en éprouvait une telle lassitude qu'il se demanda si les Flûtes n'avaient justement pas été conçues dans le seul but d'épuiser ceux qui s'en approchaient. Le sifflement des longues herbes se superposait à leur chant perçant. Halt lui montra un coin du ciel et lui indiqua la position à retenir.

— Quand la lune atteindra cet angle, réveille Gilan pour qu'il prenne ta place.

Will acquiesça, se leva et étira son corps engourdi. Il ramassa son arc et son carquois et se dirigea vers le buisson que Halt avait choisi comme poste de guet. Quand un Rôdeur montait la garde, il ne restait jamais à découvert près d'un campement, mais s'en éloignait de dix ou vingt mètres et trouvait un endroit où se dissimuler. De cette manière, si des intrus s'approchaient du campement, il avait moins de chance d'être vu. C'était l'une des nombreuses compétences que Will savait maintenant maîtriser.

Il retira deux flèches de son carquois ; il les garderait à la main pendant les quatre heures que durerait son tour de garde. S'il en avait besoin, il n'aurait pas à faire de geste superflu ou de mouvement qui signalerait sa présence à un attaquant. Il rabattit le capuchon de sa cape afin de se fondre dans la forme irrégulière du buisson. Ses yeux ne cessaient de scruter de tous côtés ainsi que Halt le lui avait appris, et il modifiait constamment son champ de vision, en se concentrant tour à tour sur le campement proche et sur l'horizon lointain. De cette façon, ses yeux ne restaient pas braqués sur un seul point et il aurait ainsi plus de chances d'apercevoir un mouvement éventuel. De temps à autre, il effectuait un tour complet sur lui-même afin d'examiner les alentours, assez lentement pour que le moindre de ses gestes ne puisse être détecté.

Le chant aigu des Flûtes et le sifflement du vent dans les herbes résonnaient toujours, mais il distingua d'autres sons, comme le bruissement d'un petit animal ; ou d'autres bruits qu'il ne parvenait pas à s'expliquer. Chaque fois, les battements de son cœur s'accéléraient et il se demandait si les Kalkaras n'étaient pas en train de se faufiler vers les silhouettes endormies de ses compagnons. À un moment, il crut entendre le souffle d'un animal ; la peur l'envahit et lui serra la gorge, mais il comprit que ses sens étaient si aiguisés qu'il entendait même la paisible respiration de ses amis.

Il savait qu'à l'œil nu, il était quasi invisible à plus de cinq mètres à la ronde, grâce à la cape, à l'obscurité et à la forme du buisson. Mais hormis la vue, les Kalkaras ne possédaient-ils pas d'autres facultés leur permettant de savoir si un ennemi se cachait dans un fourré ? Peut-être qu'à cet instant, ils s'approchaient, dissimulés dans les hautes herbes, prêts à frapper...

La sinistre mélodie des Flûtes le rendait nerveux. Dès qu'un bruit nouveau se faisait entendre, il ne pouvait s'empêcher de pivoter et d'essayer de découvrir sa provenance. Il savait pourtant qu'en agissant ainsi il pouvait être vu. Il se força alors à bouger plus lentement, plus prudemment, tout en réfléchissant à chaque danger possible, avant de l'écarter de ses pensées.

Durant ces longues heures d'attente, il ne vit rien d'autre que les nuages traversant le ciel à vive allure, la lune qui fit de brèves apparitions et les ondulations des herbes autour de lui. Quand la lune atteignit l'angle qu'avait indiqué Halt, son corps et son esprit étaient épuisés. Il réveilla Gilan et s'enveloppa à nouveau dans sa cape.

Cette fois, il ne rêva pas. À bout de forces, il dormit profondément jusqu'aux lueurs grisâtres de l'aube.

Ils aperçurent les Flûtes en milieu de matinée : un cercle étonnamment petit de monolithes en granite gris, qui s'élevait sur un promontoire. L'itinéraire qu'ils avaient choisi les obligeait à passer à environ un kilomètre de l'endroit, et Will fut content de ne pas avoir à s'en approcher davantage. Le chant sinistre résonnait, plus strident que jamais, au gré du flux et du reflux du vent.

— Le prochain joueur de flûtiaux qui croise ma route, je lui mets mon poing dans la figure, observa Gilan d'un ton sarcastique.

Ils continuèrent leur route ; les kilomètres défilaient, les heures se succédaient, sans que rien se passe. Leurs nerfs étaient à fleur de peau à force d'entendre, derrière eux, le hurlement incessant des Flûtes.

Soudain, l'homme des Plaines émergea des herbes, à une cinquantaine de mètres des cavaliers. Il était de petite taille, vêtu de haillons, et avait de longs cheveux emmêlés retombant jusqu'aux épaules. Il leur lança un regard furibond qui ne dura que quelques secondes.

Will se remettait à peine du choc causé par cette apparition que l'homme disparaissait en courant, le dos courbé, donnant l'impression d'avoir sombré, comme englouti par les herbes. Halt était sur le point de se lancer à sa poursuite, mais il arrêta son cheval et ne tira pas la flèche qu'il avait déjà encochée à la corde de son arc. Gilan, tout aussi prompt à réagir que Halt, se tenait prêt, mais lui aussi retenait sa flèche, en regardant le Rôdeur aîné d'un air intrigué.

Halt haussa les épaules.

— Ça ne veut sans doute rien dire. Même s'il est allé prévenir les Kalkaras, nous ne pouvons le tuer sans preuves.

Gilan laissa échapper un petit rire sans joie, comme pour relâcher la tension après cette brève rencontre.

— Que nous trouvions les Kalkaras ou qu'ils nous trouvent, j'imagine que c'est du pareil au même...

Halt l'observa un instant et répondit, sans le moindre humour :

— Détrompe-toi, Gilan, cela change tout.

Ils avaient maintenant abandonné leur cadence habituelle et chevauchaient lentement. Derrière eux, le chant des Flûtes, emporté au loin par le vent, s'atténuait un peu, au grand soulagement de Will. Un long moment suivit, durant lequel rien ne se passa. Une question taraudait Will depuis quelques heures et il se risqua à parler.

— Halt ?

Le Rôdeur allait-il lui demander de se taire ? Il le regarda, les sourcils relevés, signe qu'il était disposé à répondre.

— D'après vous, pourquoi Morgarath se sert-il des Kalkaras ? Qu'a-t-il à y gagner ?

Halt se rendit compte que Gilan attendait lui aussi une réponse. Il rassembla d'abord ses idées, qui se fondaient sur des intuitions ; de simples hypothèses qu'il hésitait à formuler à haute voix.

— Comment deviner les intentions de Morgarath ? Je ne peux vous apporter de réponse précise, simplement vous faire part de mes suppositions, qui sont aussi celles de Crowley.

Il jeta un coup d'œil à ses deux compagnons, suspendus à ses lèvres. À l'évidence, ils prendraient pour argent comptant tout ce qu'il leur dirait. Sa réputation d'infaillibilité était parfois un bien lourd fardeau, songea-t-il avec ironie.

— Une guerre approche, c'est une certitude. Les

Wargals sont en route et Morgarath est en contact avec Ragnak.

Il vit que Will avait l'air légèrement intrigué ; Gilan, lui, savait qui était Ragnak.

— Ragnak est le Seigneur suprême des Skandiens, ceux qu'on surnomme les loups des mers, précisa-t-il. Cette guerre sera donc plus déterminante que les précédentes. Nous aurons besoin de toutes nos ressources en hommes et en matériel, et des meilleurs commandants pour guider les troupes. Je crois avoir compris ce que Morgarath a en tête : son but est de nous affaiblir en envoyant les Kalkaras assassiner nos chefs. Northolt, le commandant suprême de l'armée, et Lorriac, le meilleur de nos commandants de cavalerie, ont déjà succombé. Ils seront bientôt remplacés, c'est évident, mais entre-temps, une certaine confusion et une perte d'efficacité sont inévitables. Je pense que c'est le plan de Morgarath.

— Il nous faut considérer un autre aspect, dit Gilan d'un air pensif. Il y a quinze ans, ces deux hommes ont joué des rôles essentiels dans sa défaite. Il veut à la fois détruire notre défense et se venger.

— C'est vrai, bien entendu. Et pour un esprit aussi corrompu que celui de Morgarath, c'est un motif supplémentaire.

— Pensez-vous alors que d'autres meurtres vont être commis ? demanda Will.

Halt le regarda droit dans les yeux.

— Je pense qu'il y aura d'autres tentatives. À deux

reprises, Morgarath a ordonné aux Kalkaras de tuer et ils y sont parvenus. Morgarath a des raisons de détester nombre de sujets du Royaume ; le Roi en personne, peut-être. Ou encore le Baron Arald, qui a lui aussi causé beaucoup de tort à Morgarath lors de la dernière guerre.

« Tout comme vous », songea Will, qui craignit soudain qu'il n'arrive malheur à son maître. Il était sur le point de prévenir Halt, mais prit conscience que le Rôdeur était sans nul doute conscient du danger qu'il courait. Gilan posa une autre question au Rôdeur aîné :

— Il y a pourtant une chose que je ne comprends pas ; pourquoi les Kalkaras retournent-ils chaque fois dans leur repaire ? Pourquoi ne se contentent-ils pas d'aller d'une proie à l'autre ?

— Je suppose que c'est l'un de nos maigres atouts. Ils sont sauvages, cruels et plus intelligents que les Wargals. Ils sont aussi très tenaces : on leur désigne une victime, ils la pourchassent et la tuent, quitte à mourir eux-mêmes. Mais ils ne peuvent poursuivre plus d'un objectif à la fois et, entre chaque meurtre, ils doivent revenir à leur tanière. Là, Morgarath ou l'un de ses sous-fifres leur désigne leur nouvelle proie et ils repartent. Espérons qu'ils se dirigent vers une autre victime, nous pourrions alors les intercepter en chemin ; sinon, il nous faudra les abattre dans leur repaire.

Pour la énième fois, Will contempla la morne Plaine qui s'étendait devant eux ; c'était là que ces monstrueuses créatures étaient tapies, et qu'elles avaient peut-être reçu l'ordre de tuer à nouveau. La voix de Halt interrompit le cours de ses pensées.

— Le soleil va se coucher, nous ferions mieux de camper ici.

Ils descendirent prestement de leurs montures dont ils desserrèrent les sangles pour les soulager.

— Sur cette plaine, il y a au moins un avantage, dit Gilan en regardant autour de lui. Tous les emplacements se valent ; en bien comme en mal.

Will sentit la main de Halt sur son épaule, et s'éveilla d'un sommeil sans rêves. Il repoussa sa cape, jeta un coup d'œil vers la lune qui ne semblait pas avoir changé de position et fronça les sourcils. Apparemment, il n'avait pas dormi plus d'une heure. Il s'apprêtait à le signaler à Halt, mais ce dernier, un doigt posé sur les lèvres, lui signifia de rester silencieux. Will regarda autour de lui. Gilan était réveillé lui aussi et se tenait debout près de lui, aux aguets, le visage tourné vers le nord-est, d'où ils venaient.

Will se leva prudemment, évitant de faire du bruit. D'instinct, il avait posé les mains sur ses armes mais il se détendit car rien ne semblait les menacer dans l'immédiat. Ses deux compagnons tendaient l'oreille d'un air absorbé. Puis Halt pointa un doigt vers le nord.

— Écoutez, dit-il doucement.

Will l'entendit à son tour, qui se superposait au

chant des Flûtes et au murmure du vent, et son sang ne fit qu'un tour : un hurlement bestial, une espèce de hululement qui montait dans les aigus, un son inhumain qui sortait de la gorge d'un monstre et que le vent amenait jusqu'à eux.

Quelques secondes plus tard, un autre hurlement répondit au précédent. Légèrement plus perçant, il semblait venir d'un autre point. Will comprit sans avoir à demander d'explication.

— Ce sont les Kalkaras, dit Halt d'une voix sombre, ils sont à nouveau en chasse.

27

Les cris de chasse des Kalkaras s'éloignèrent vers le nord et les trois compagnons ne purent fermer l'œil de la nuit. Quand les premiers hurlements s'étaient fait entendre, Gilan s'était mis à seller Ardent, qui s'ébrouait nerveusement, effrayé par les hurlements des deux bêtes. Mais Halt lui avait fait signe de s'arrêter.

— Je ne pars pas à leur poursuite dans l'obscurité, avait-il dit brièvement. Nous attendrons l'aube.

Au matin, ils trouvèrent facilement la trace des Kalkaras qui, à l'évidence, ne faisaient rien pour se dissimuler. L'herbe avait été écrasée sur le passage des lourdes bêtes et on distinguait un sentier qui menait vers le nord-est. Halt découvrit la piste laissée par l'un des monstres et Gilan aperçut la seconde, qui courait parallèlement à la première, à environ deux cents mètres de distance. Ils étaient suffisamment proches l'un de l'autre pour s'entraider en cas d'attaque, mais suffisamment éloignés pour éviter de tomber dans un même piège.

Halt réfléchit quelques instants à la situation avant de prendre une décision.

— Tu suis la piste du second, dit-il à Gilan, Will et moi suivrons l'autre. Je veux être sûr qu'ils ont tous les deux pris la même direction. Il ne faudrait pas que l'un d'eux revienne sur ses pas et nous prenne à revers.

— Vous pensez qu'ils ont détecté notre présence ? demanda Will, qui avait bien du mal à prendre un ton ferme et désinvolte.

— C'est possible. L'homme des Plaines aura eu le temps de les avertir ; ou bien ce n'était qu'une coïncidence, et ils partent réellement en mission.

Halt jeta un coup d'œil à la piste.

— Ils semblent en tout cas avoir un objectif bien défini, ajouta-t-il en se tournant vers Gilan. Quoi qu'il arrive, garde l'œil ouvert et sois très attentif aux réactions d'Ardent ; les chevaux sentiront leur présence avant nous, évitons de tomber dans une embuscade.

Gilan acquiesça et s'éloigna pour rejoindre la seconde piste. Au signal de Halt, les trois Rôdeurs se mirent en route en suivant la direction que les Kalkaras avaient prise.

— Je surveille la piste, dit Halt, et toi, tu gardes un œil sur Gilan, juste au cas où.

Will concentra son attention sur le grand Rôdeur qui avançait à la même allure qu'eux. Les hautes herbes dissimulaient Ardent jusqu'aux épaules, et seul le haut de son corps était visible. De temps en temps, à cause des irrégularités du sol entre les deux pistes parallèles, le cavalier et son cheval disparaissaient brusquement du champ de vision du garçon. La première fois que Gilan sembla ainsi être avalé par les herbes, Will poussa un cri pour alerter Halt, qui se tourna vivement, une flèche déjà prête à être tirée. Mais au même instant, Gilan et Ardent réapparurent, sans se rendre compte de l'inquiétude qu'ils venaient de causer.

— Désolé, marmonna Will.

Il était contrarié de s'être ainsi laissé emporter par sa nervosité. Halt le regarda d'un air perspicace.

— Ça n'est pas grave, dit-il fermement. Je préfère que tu m'avertisses dès que tu penses qu'il y a un problème.

Halt savait parfaitement que Will, qui venait de donner une fausse alerte, hésiterait désormais à réagir, et ceci pouvait leur être fatal à tous les trois.

— Préviens-moi dès que tu perds Gilan de vue, et fais de même lorsqu'il réapparaît.

Will, qui comprit le raisonnement de son maître, hocha la tête.

Ils continuèrent d'avancer et le son strident des Flûtes s'amplifiait à mesure qu'ils s'en approchaient à nouveau. Will s'aperçut qu'ils passeraient cette fois beaucoup plus près des menhirs, vers lesquels les Kalkaras semblaient s'être dirigés.

Le garçon rapportait régulièrement à Halt tout ce qu'il voyait.

— Je ne le vois plus... pas encore... Parfait, je le vois.

Les irrégularités du sol étaient presque invisibles sous les hautes herbes. À un moment, Gilan et Ardent disparurent à nouveau, mais au bout de quelques secondes Will ne les vit pas refaire surface.

— Je ne le vois plus, commentait le garçon... pas encore... aucun signe..., dit-il d'une voix que la tension rendait plus aiguë. Aucun signe... toujours rien...

Halt arrêta son cheval et banda son arc. Il fouilla des yeux le terrain qui s'étendait sur leur gauche, attendant de voir Gilan réapparaître. Il émit alors un sifflement perçant, trois petites notes qui montaient dans la gamme ; suivit un silence, puis les mêmes notes, mais dans un ordre descendant, parvinrent distinctement à leurs oreilles. Will poussa un profond soupir de soulagement et au même instant, Gilan fut à nouveau visible. Il les regarda et leva les deux bras comme pour demander où était le problème.

Halt lui fit signe que ce n'était rien et ils reprirent leur route.

Ils arrivaient près des Flûtes et Halt se montrait de plus en plus vigilant. La piste qu'ils suivaient se dirigeait droit vers le cercle. Il tira sur les rênes de son cheval et s'abrita les yeux de la main afin de mieux examiner les sinistres pierres grises : il cherchait d'éventuels mouvements ou un indice prouvant que les Kalkaras se seraient dissimulés là pour leur tendre un piège.

— C'est la seule cachette possible à des kilomètres à la ronde, dit-il. Ne prenons pas de risques, ces satanées bestioles pourraient bien s'y être tapies pour guetter notre arrivée. Avançons avec prudence.

Il fit signe à Gilan de les rejoindre et lui expliqua la situation. Ils se séparèrent afin d'encercler les Flûtes sur un large périmètre et avancèrent lentement depuis trois directions différentes, tout en restant attentifs aux réactions de leurs chevaux. Mais hormis le gémissement strident du vent dans les pierres qui, de si près, devenait quasi insupportable, l'endroit était désert. Halt se mordit les lèvres et réfléchit.

— Nous perdons du temps, dit-il finalement. Tant que nous apercevons leurs traces sur une centaine de mètres, gardons l'allure. Ralentissons quand le terrain est en pente ou chaque fois que la piste disparaît de votre vue sur plus de cinquante mètres.

Gilan acquiesça et reprit sa position initiale. Ils mirent leurs montures au trot, une cadence qui permettait à un cheval de Rôdeur de parcourir des dizaines de kilomètres sans avoir à s'arrêter. Will continuait à surveiller la progression de Gilan. Quand ils voyaient moins bien la piste, Halt ou Gilan sifflaient et ils ralentissaient leur allure, jusqu'à ce que la piste soit à nouveau bien visible.

Le soir venu, ils s'arrêtèrent. Halt refusait toujours

de suivre les deux bêtes dans l'obscurité, en dépit de la lune qui éclairait le sentier.

— C'est trop facile pour eux de nous prendre à revers dans le noir, dit-il. Quand ils passeront à l'attaque, je veux pouvoir maîtriser la situation.

— Vous pensez qu'ils vont attaquer ? demanda Will, qui avait remarqué que Halt avait parlé avec conviction.

Le Rôdeur lança un coup d'œil à son jeune élève.

— Il te faut toujours imaginer que ton ennemi a détecté ta présence et qu'il va t'attaquer ; c'est ainsi que l'on évite les surprises désagréables, ajouta-t-il en posant une main sur l'épaule du garçon. Ça reste désagréable mais au moins, ça n'est plus une surprise.

Ils reprirent leur route au matin, en alternant toujours le trot et le pas, selon leur vision du sentier. En début d'après-midi, ils atteignirent les limites de la Plaine et entrèrent à nouveau dans la forêt qui s'étendait au nord des Montagnes de Pluie et de Nuit.

À partir de là, les pistes des deux Kalkaras s'étaient rejointes. Les trois Rôdeurs avancèrent encore une heure durant, puis Halt tira sur les rênes d'Abelard et fit signe aux deux autres de mettre pied à terre ; il voulait leur parler. Ils se regroupèrent autour d'une carte du Royaume que l'aîné des Rôdeurs déroula sur l'herbe.

— À en juger par la piste, nous avons gagné du terrain, mais ils ont toujours une demi-journée d'avance sur nous. Voilà la direction qu'ils ont prise...

Il posa une flèche sur la carte et l'orienta dans le sens de leur marche.

— Comme vous pouvez le constater, s'ils continuent ainsi, il y a seulement deux endroits importants vers lesquels ils pourraient se diriger, dit-il en désignant les Ruines de Gorlan et, plus au nord, le Château d'Araluen.

Gilan prit une brusque inspiration et s'écria :

— Le Château d'Araluen ? Penses-tu qu'ils oseraient s'en prendre au Roi ?

— Aucune idée, répliqua Halt. Nous ne connaissons pas grand-chose de ces bêtes et la plupart de nos informations relèvent sans doute de la légende. Mais avouez que ce serait un acte téméraire, un véritable coup de maître, et Morgarath n'a jamais répugné à agir ainsi.

Il marqua une pause pour leur laisser le temps d'assimiler cette hypothèse, puis du doigt traça une ligne, qui partait de leur position actuelle pour se diriger vers le nord-ouest.

— J'ai pensé à quelque chose. Regardez, voici Montrouge, à environ une journée de route. Et une autre journée jusqu'aux Ruines de Gorlan, situées au nord-est de Montrouge. En allant au trot, un cavalier accompagné de deux chevaux mettrait moins d'un jour pour atteindre Montrouge et pourrait ainsi conduire le Baron Arald et Messire Rodney jusqu'aux Ruines. Si les Kalkaras continuent d'avancer au même rythme, nous pourrons les intercepter là-bas ; de justesse, mais c'est faisable. Et avec l'aide de deux guerriers comme Arald et Rodney, nous aurons plus de chance de nous débarrasser une fois pour toutes de ces satanées bestioles.

— Un instant, l'interrompit Gilan. Tu as bien dit un cavalier et deux chevaux ?

Les yeux du vieux Rôdeur rencontrèrent ceux de Gilan mais ce dernier avait déjà deviné ce que Halt avait en tête.

— C'est exact, Gilan, et le plus léger d'entre nous voyagera plus vite. Je veux que tu prêtes Ardent à Will. S'il monte Folâtre et ton cheval en alternance, il pourra atteindre le château de Montrouge en temps voulu.

Il vit la réticence de Gilan mais il le comprenait. Aucun Rôdeur n'aimait confier son cheval à quelqu'un d'autre, pas même à un Rôdeur. Mais Gilan savait aussi que Halt avait raison. Le Rôdeur attendait que son ancien apprenti prenne la parole. Will les observait, avec dans les yeux une vive inquiétude à l'idée de la lourde responsabilité qui allait lui incomber.

Finalement, à contrecœur, Gilan rompit le silence.

— J'imagine que c'est logique. Que veux-tu donc que je fasse ?

— Que tu me suives à pied, dit vivement Halt, tout en enroulant la carte qu'il replaça dans son sac de selle. Essaie de mettre la main sur un cheval, et tu me rejoindras en cours de route. Sinon, rendez-vous à Gorlan. Si nous ratons les Kalkaras, Will t'y attendra avec Ardent. Quant à moi, je continuerai de les suivre et vous me rattraperez plus tard.

Gilan hocha la tête en signe d'assentiment et Halt éprouva alors pour lui un vif élan d'affection. Gilan avait saisi l'enjeu de la situation et il n'était pas dans sa nature de contester ou de s'opposer à un projet raisonnable. Il dit pourtant, d'un ton déçu :

— Tu m'avais bien dit que mon épée pourrait nous être utile ?

— C'est vrai, mais nous aurons l'occasion de disposer d'une troupe de guerriers en armure, équipés de lances et de haches. Et tu sais bien que c'est le moyen le plus efficace d'affronter les Kalkaras.

— Tu as raison.

Gilan prit alors la bride d'Ardent, noua les rênes avant de les passer par-dessus la tête du cheval.

— Monte d'abord Folâtre, dit-il à Will, Ardent pourra ainsi se reposer. Tu n'as pas besoin de le tenir par la bride, il te suivra, tout comme Folâtre quand tu monteras Ardent. Attache les rênes de ton cheval comme je viens de le faire, afin qu'elles ne traînent pas par terre ou qu'elles ne s'accrochent à quelque chose.

Il allait se tourner vers Halt quand il ajouta :

— Au fait, avant de le monter la première fois, n'oublie pas de dire : « Œil marron. »

— Œil marron, répéta Will.

Gilan ne put s'empêcher de sourire.

— Pas à moi, au cheval.

Cette vieille blague de Rôdeur les fit sourire. Puis Halt revint à ce qui les préoccupait.

— Will ? Tu es certain de pouvoir te rendre à Montrouge ?

Will hocha la tête et palpa la poche dans laquelle se trouvait une copie de la carte, puis leva les yeux vers le soleil pour se repérer.

— Nord-ouest, dit-il d'un ton ferme, en indiquant la direction qu'il comptait prendre.

Halt hocha la tête d'un air satisfait.

— Tu atteindras la rivière Saumon avant le crépuscule, cela te donnera un repère. Ensuite, la grande route se trouve légèrement à l'ouest de la rivière. Maintiens un trot régulier tout du long et n'essaie pas de mettre les chevaux au galop, tu les épuiserais et cela ralentirait ton allure sur le long terme. Bon voyage et sois prudent.

Halt se mit en selle et Will l'imita. Gilan parla à l'oreille de son cheval en montrant Will du doigt.

— Suis-le, Ardent, suis-le.

Le cheval bai, tout aussi intelligent que les autres chevaux de Rôdeur, s'ébroua, comme pour montrer qu'il avait compris l'ordre de son maître. Avant de partir, Will voulut poser une dernière question qui le taraudait :

— Halt, que sont exactement... les Ruines de Gorlan ?

— Les ruines du château de Gorlan, l'ancien fief de Morgarath. Drôle de coïncidence, non ?

28

Bien vite, la chevauchée vers Montrouge épuisa Will, dont l'esprit était embrumé. Les deux chevaux allaient au trot. La tentation était forte de faire galoper Folâtre, mais le garçon savait qu'une telle cadence l'épuiserait. Il tâchait de faire avancer les chevaux du mieux qu'il pouvait, et se rappelait ce que Bob, le vieux palefrenier, lui avait dit : un cheval de Rôdeur était capable de trotter toute une journée sans se fatiguer.

Quant au cavalier, c'était une autre histoire. Non seulement il devait s'efforcer de s'adapter au rythme de deux chevaux (de par leur taille, chacun avait une allure différente), mais il lui fallait aussi endurer une tension nerveuse tout aussi éprouvante que les efforts physiques qu'il avait à fournir.

Et si Halt se trompait ? Si les Kalkaras avaient soudain changé de cap et se dirigeaient à présent vers lui ? S'il commettait une terrible erreur et ne parvenait pas à atteindre Montrouge à temps ?

C'était cette dernière crainte qui était la plus difficile à surmonter. En dépit de l'entraînement intensif de ces derniers mois, il n'était encore qu'un jeune garçon. Par ailleurs, c'était la première fois qu'il se retrouvait sans l'appui de Halt. Il était maintenant seul, et il savait combien sa mission importait.

Les pensées, les doutes et les craintes mêlés se bousculaient et se disputaient la première place dans son esprit épuisé. La rivière Saumon apparut au loin. Il s'arrêta quelques instants près d'un pont pour abreuver les animaux puis, une fois arrivé sur la Route du Roi, il put avancer plus vite, ménageant quelques brèves haltes afin de changer de monture à intervalles réguliers.

Les ombres s'allongeaient et les arbres en bordure de chemin se faisaient sinistres et menaçants. Le moindre bruit, le plus petit mouvement, et le sang de Will ne faisait qu'un tour.

Là, une chouette hululait avant de s'abattre sur une souris et de lui planter ses griffes dans le corps. Plus loin, un blaireau en chasse traquait sa proie, pareil à une ombre grise dans les sous-bois. Dès qu'il voyait ou entendait quelque chose, l'esprit de Will s'emballait. Il se mit à apercevoir de larges silhouettes noires (était-ce les Kalkaras ?) tapies dans chaque coin sombre, dans chaque buisson que seule la brise nocturne agitait. Il tâchait de se montrer raisonnable, se répétait que les Kalkaras ne pouvaient pas être à ses trousses, mais son imagination prenait le dessus et lui soufflait qu'ils circulaient en toute liberté, quelque part dans les parages.

La nuit, longue et terrifiante, se déroula ainsi. Les premières lueurs de l'aube se posèrent sur une silhouette épuisée, courbée sur la selle d'un petit cheval vigoureux, au torse puissant, qui trottait d'un pas ferme vers le nord-ouest.

Will, assoupi sur sa selle, se réveilla en sursaut quand il sentit sur lui la tiédeur des premiers rayons du soleil. Il tira doucement sur les rênes ; Folâtre s'arrêta en haletant, la tête basse. Will s'aperçut alors qu'il avait chevauché plus longtemps que prévu. La peur qu'il avait éprouvée et l'obscurité l'avaient incité à rester en selle au lieu de permettre au petit cheval de se reposer. Il mit pied à terre, tout raide et courbaturé, et frotta affectueusement le museau de Folâtre.

— Désolé, mon grand.

Le poney, qui connaissait bien la main et la voix de Will, s'ébroua et secoua sa crinière. Si Will le lui avait demandé, il aurait continué d'avancer sans une plainte, quitte à s'effondrer. Le garçon jeta un coup d'œil autour de lui. La lumière joyeuse du petit matin avait chassé ses terreurs nocturnes. Au souvenir de son affolement, il se sentait à présent un peu ridicule. Il desserra les sangles de la selle et accorda quelques minutes de repos à Folâtre, afin que la respiration du petit cheval se stabilise. Puis, tout en songeant avec admiration à la capacité de récupération et à l'endurance des chevaux de Rôdeur, il resserra les sangles d'Ardent et se mit en selle en gémissant doucement. Ces chevaux récupéraient rapidement leurs forces, ce qui n'était pas le cas des apprentis Rôdeurs.

Quand il arriva en vue de Montrouge en fin de matinée, Will montait à nouveau Folâtre, qui ne semblait pas avoir trop souffert de son éprouvante course nocturne. Ils gravirent les dernières collines et traversèrent la vallée verdoyante du domaine d'Arald, qui s'étendait devant eux.

Épuisé, Will s'arrêta quelques secondes et s'appuya sur le pommeau de sa selle. Ils avaient parcouru tant de chemin, et en si peu de temps ! Il regarda avec soulagement le paysage familier : le château, à l'ombre duquel se nichait le petit village bien entretenu. De la fumée s'échappait des cheminées et les paysans rentraient lentement des champs pour prendre chez eux le repas de midi. Au sommet de la colline, se dressait l'indestructible château, une présence rassurante.

— Tout a l'air si... normal, dit Will à son cheval.

Il s'était attendu, sans trop savoir pourquoi, à trouver les choses changées. Le Royaume était sur le point de partir en guerre après une paix de quinze années, mais ici, la vie continuait, comme à l'ordinaire.

Il s'aperçut qu'il perdait du temps et il fit repartir son cheval au galop.

Les gens levèrent les yeux et furent surpris de voir

passer une petite silhouette vêtue de gris et de vert, penchée sur l'encolure d'un cheval poussiéreux, suivie d'un grand cheval bai. Quelques villageois reconnurent Will et le saluèrent, mais leurs mots se perdirent dans le fracas des sabots.

Quand ils passèrent à toute allure le pont-levis, le martèlement des sabots retentit jusque dans la basse-cour, puis résonna bruyamment sur les pavés de la cour centrale ; Will tira légèrement sur les rênes et Folâtre s'arrêta devant les portes du donjon.

Les deux gardes, interloqués par cette apparition soudaine et par la folle allure du cavalier, avancèrent d'un pas et lui barrèrent le passage en croisant leurs piques.

— Attends un peu, toi ! dit l'un d'eux. Où crois-tu aller si vite et dans un tel fracas ?

Will ouvrit la bouche pour répondre mais il entendit derrière lui une voix furieuse et tonitruante :

— Et toi, que crois-tu être en train de faire, espèce d'idiot ? Bon sang ! Tu ne sais donc pas reconnaître un Rôdeur du Roi ?

C'était Messire Rodney, qui traversait la cour à grandes enjambées pour se rendre chez le Baron. Les deux sentinelles se mirent au garde-à-vous et Will se tourna vers le Maître des guerriers.

— Messire Rodney, c'est Halt qui m'envoie, j'ai un message urgent à vous transmettre, ainsi qu'au Baron.

Halt l'avait fait observer à Will à l'issue de la chasse au sanglier : Rodney était un homme perspicace. À la vue des vêtements en désordre de Will, des deux chevaux poussiéreux et éreintés qui gardaient la tête basse, il comprit que le moment était malvenu pour poser des questions idiotes. Il fit un signe en direction de la porte.

— Mieux vaut que tu entres pour nous raconter ça. Vous, dit-il en s'adressant aux sentinelles, faites en sorte que l'on s'occupe de ces chevaux et qu'on leur donne à manger et à boire.

— Qu'on ne les nourrisse pas trop, Messire, dit Will avec précipitation, juste un peu de grain et de l'eau, et si quelqu'un pouvait les étriller... je dois repartir bientôt.

Rodney parut étonné. Will et les chevaux avaient l'air d'avoir grand besoin de repos.

— C'est donc urgent, dit-il. Voyez pour les chevaux, ajouta-t-il en s'adressant aux gardes, et faites apporter de quoi manger dans le bureau du Baron, ainsi qu'un pichet de lait froid.

Quand Will expliqua la situation, les deux chevaliers n'en crurent pas leurs oreilles. Ils savaient que Morgarath rassemblait son armée. Le Baron avait déjà dépêché des messagers afin de réunir ses propres troupes, chevaliers comme soldats. Mais ils n'étaient pas au courant pour les Kalkaras : aucune information n'était encore arrivée jusqu'à Montrouge.

— Halt pense qu'ils pourraient s'en prendre au

Roi ? C'est bien ce que tu dis ? demanda le Baron Arald.

— Oui, Messire. Mais il y a une autre possibilité, ajouta-t-il d'un air hésitant.

Will répugnait à en dire davantage mais le Baron lui fit signe de continuer ; le garçon formula enfin les soupçons qui s'étaient accumulés dans son esprit durant la chevauchée :

— Messire, je crois que c'est après Halt qu'ils en ont...

Une fois ces mots prononcés, maintenant qu'il avait exprimé ses craintes, Will se sentit apaisé. À sa grande surprise, Arald n'écarta pas cette idée. Il se caressa pensivement la barbe et réfléchit.

— Continue, dit-il, souhaitant comprendre le raisonnement de Will.

— D'après Halt, Morgarath cherche à se venger de ceux qui l'ont combattu il y a quinze ans. Et je me suis dit que Halt lui avait causé beaucoup de tort, non ?

— C'est bien vrai, dit Rodney.

— Je pense aussi que les Kalkaras savaient que nous les suivions : l'homme des Plaines a eu largement le temps d'aller les prévenir. Ils sont maintenant en train d'attirer Halt dans un endroit où ils pourront lui tendre une embuscade. Il croit les pourchasser alors qu'il est leur future proie.

— Les Ruines de Gorlan seraient en effet le lieu idéal, acquiesça Arald. Dans ces amas de rochers, ils pourraient se jeter sur lui avant même qu'il puisse se servir de son arc. Allons-y, Rodney, pas de temps à perdre, il nous faut partir sans attendre. Avec une armure légère, nous avancerons plus vite. Des lances, des haches et des épées à deux tranchants. Suivons l'exemple de Will et prenons deux chevaux chacun. Nous nous mettrons en route dans une heure. Que Karel rassemble dix autres chevaliers et qu'ils nous rejoignent dès que possible.

— Oui, Seigneur.

— Will, tu as rempli ta mission. Nous prenons maintenant les choses en main. Tu m'as l'air d'avoir besoin d'un somme d'au moins huit heures.

Malgré son extrême lassitude et ses courbatures, Will se redressa.

— J'aimerais vous accompagner, Seigneur, dit-il.

Il ajouta rapidement, par peur que le Baron ne le contredise :

— Messire, personne ne sait d'avance ce qui peut arriver et Gilan est quelque part aux alentours des Ruines, sans cheval. De plus..., dit Will en baissant la tête.

— Continue, Will, dit posément le Baron.

Quand le garçon leva les yeux, Arald y vit une volonté de fer.

— Halt est mon maître, Messire, et il est en danger. Ma place est près de lui.

Le Baron l'observa et prit une décision.

— Parfait ! Mais repose-toi au moins pendant une heure. Il y a une couchette dans cette petite pièce, dit-il, tout en lui indiquant une alcôve cachée derrière un rideau. Pourquoi ne pas t'installer là ?

— Oui, Messire, dit Will avec gratitude.

Il était si fatigué qu'il avait l'impression d'avoir du sable plein les yeux, et il n'avait jamais été aussi heureux d'obéir à un ordre.

29

Tout au long de cet interminable après-midi, Will eut le sentiment de n'avoir jamais quitté une selle de sa vie, excepté durant les haltes qu'ils faisaient toutes les heures pour changer de cheval.

Une brève pause suffisait pour mettre pied à terre, desserrer les sangles de sa monture, resserrer celles de l'autre cheval, se remettre en selle et repartir. À nouveau, il était frappé par l'endurance de Folâtre et d'Ardent, qui avançaient sans relâche, avec une étonnante régularité. Il devait même tirer un peu sur les rênes afin qu'ils ne distancent pas les destriers des deux chevaliers. Ceux-ci lui avaient pourtant paru frais et dispos en partant de Montrouge, mais ils avaient beau être vigoureux et entraînés au combat, ils ne pouvaient rivaliser avec les chevaux de Rôdeur, qui trottaient d'un pas égal.

Les cavaliers n'échangeaient pas un mot, n'ayant pas de temps à perdre en bavardages. Et même si la situation avait été moins urgente, ils n'auraient pu s'entendre parler entre le martèlement assourdissant des quatre destriers, le fracas des sabots de Folâtre et d'Ardent et l'incessant cliquetis des équipements et des armes.

Les deux chevaliers portaient de longues lances : des piques de frêne de plus de trois mètres de long, pourvues d'une épaisse pointe de fer. Chacun avait aussi attaché à sa selle une épée à deux tranchants : une arme énorme, qu'il fallait tenir des deux mains, beaucoup plus lourde que les épées qu'ils utilisaient d'ordinaire. À l'arrière du pommeau de la selle de Rodney, pendait une lourde hache de bataille. Mais ils comptaient d'abord sur les lances : elles leur permettraient de maintenir les Kalkaras à distance et d'éviter d'être paralysés par leur regard terrifiant qui, apparemment, n'avait d'effet que de très près.

Derrière eux, le soleil baissait rapidement ; leurs ombres se détachaient sur le sol, longues et déformées. Arald regarda par-dessus son épaule pour vérifier la position du soleil et s'adressa à Will :

— Quand va tomber la nuit ?

Will se retourna et fronça les sourcils en observant la sphère lumineuse qui descendait lentement.

— Dans moins d'une heure, Seigneur.

Le Baron secoua la tête d'un air sceptique.

— Il est fort possible que nous n'arrivions pas avant la nuit.

Il encouragea son cheval à accélérer l'allure ; aucun d'eux ne souhaitait affronter les Kalkaras dans l'obscurité. Folâtre et Ardent n'eurent aucune difficulté à adopter cette nouvelle cadence.

L'heure durant laquelle Will avait pu se reposer au château lui avait fait beaucoup de bien, mais il avait à présent l'impression que cela avait eu lieu dans une autre vie. Il repensa aux brèves instructions que le Baron leur avait données en partant : si les Kalkaras se trouvaient dans les Ruines de Gorlan, Will devrait rester à l'écart tandis que Rodney et le Baron se lanceraient à l'assaut des monstres. Ils n'avaient pas envisagé de stratégie très élaborée : il leur suffirait de charger tête baissée et de prendre les deux assassins par surprise.

— Si Halt est sur place, je suis certain qu'il nous donnera un coup de main. Mais je veux que tu restes hors d'atteinte, Will. Ton arc ne servirait pas à grand-chose face aux Kalkaras.

— Oui, Seigneur, avait répondu le garçon.

Il n'avait en aucun cas l'intention de s'approcher des Kalkaras. Il n'était pas mécontent de laisser les deux chevaliers s'en occuper ; eux seraient protégés par leur bouclier, leur heaume, leur chemise et leurs jambières en cotte de mailles. Toutefois, les paroles suivantes du Baron dispersèrent le peu de confiance qu'il pouvait encore avoir en leur capacité à vaincre les deux bêtes.

— Si nous ne venons pas à bout de ces satanées bestioles, il te faudra aller chercher du renfort. Karel et les autres chevaliers seront quelque part derrière nous. Trouve-les et conduis-les aux Kalkaras. Pourchassez ces monstres et tuez-les.

Will ne répondit rien. Le fait qu'Arald puisse envisager une défaite, alors que Rodney et lui étaient les meilleurs chevaliers à deux cents kilomètres à la ronde, en disait long sur son inquiétude. Pour la première fois, Will se dit que la bataille était perdue d'avance.

Les derniers rayons du soleil tremblaient sur l'horizon et les ombres des cavaliers s'étaient encore allongées. Il leur restait pourtant plusieurs kilomètres à parcourir. Le Baron leur fit signe de s'arrêter. Il regarda Rodney et désigna le paquet de torches enduites de résine qu'ils avaient accroché à leur selle.

— Les torches, Rodney.

Le Maître des guerriers parut hésiter.

— En êtes-vous sûr, Seigneur ? Si les Kalkaras sont à l'affût, ils vont nous repérer.

— De toute façon, ils nous entendront arriver, répondit le Baron en haussant les épaules. Et sans lumière, nous avancerions trop lentement entre les arbres. C'est un risque à prendre.

Il était déjà en train de battre sa pierre à briquet contre un silex ; il fit jaillir une étincelle et son petit tas de brindilles se mit à fumer, avant de s'enflammer.

Il posa une torche sur le feu et l'épaisse résine qui la recouvrait prit feu à son tour. Rodney se pencha vers lui, une autre torche à la main, et l'alluma en se servant de celle du Baron. Ils enfilèrent leurs lances dans une lanière de cuir nouée autour de leur poignet droit, puis, les torches brandies au-dessus de leur tête, ils reprirent leur galop. Ils abandonnèrent la large route qu'ils avaient suivie depuis midi et s'engagèrent à toute allure dans la forêt obscure.

Dix minutes plus tard, un hurlement se fit entendre.

Une vocifération lugubre et terrifiante, propre à nouer l'estomac et à glacer le sang. Sans s'en rendre compte, le Baron et Rodney tirèrent sur les rênes et leurs chevaux affolés se cabrèrent. Le cri résonnait devant eux et l'air nocturne en frémissait d'effroi.

— Dieu tout-puissant ! s'écria le Baron, qu'est-ce que c'est ?

Le teint livide, Arald écoutait ce hurlement diabolique qui s'élevait dans la nuit, tandis que lui répondait un autre cri, de même nature.

Mais Will, pâle comme la mort, avait reconnu ce hurlement. Ses craintes se confirmaient.

— Ce sont les Kalkaras, ils sont en chasse, dit-il.

Et il savait que dans les parages, il n'y avait qu'une seule personne susceptible d'être pourchassée : Halt, à qui ils s'en prenaient maintenant, après avoir certainement fait demi-tour.

— Regardez, Seigneur !

Rodney indiqua le ciel qui s'obscurcissait rapidement. Une percée entre les arbres leur permit d'apercevoir un éclat lumineux qui se reflétait dans le ciel, preuve qu'un feu brûlait non loin de là.

— C'est Halt ! s'exclama le Baron. C'est forcément lui, et il a besoin d'aide !

Il planta ses éperons dans les flancs de son destrier épuisé, poussant la bête à s'élancer lourdement au galop. La torche qu'il tenait dans la main laissa derrière elle une traînée d'étincelles et de flammèches. Rodney et Will partirent derrière lui à toute allure.

Will frémissait d'inquiétude à la vue de ces torches qui crachaient des flammes à travers la forêt, semblables à de longues langues de feu qui voletaient entre les deux cavaliers en projetant d'étranges ombres sur les arbres ; et plus ils avançaient, plus la lueur d'un grand feu, probablement allumé par Halt, se faisait vive.

Ils débouchèrent brusquement de la forêt et se retrouvèrent face à une scène cauchemardesque.

Une petite étendue d'herbe laissait la place à des rochers amoncelés et à un fouillis de grosses pierres. D'énormes blocs de maçonnerie encore assemblés par du mortier étaient éparpillés tout autour, à moitié enterrés sous l'herbe. Les murs en ruine du Château de Gorlan encerclaient le lieu sur trois côtés, mais ne s'élevaient pas à plus de cinq mètres au-dessus du sol : tout avait été détruit par le Roi pour se venger de Morgarath. On aurait dit le terrain de jeux d'un géant : de toutes parts, le sol était presque entièrement recouvert de tas de roches, de pans de murs écroulés et de décombres empilés.

Ce spectacle chaotique était illuminé par les flammes dansantes d'un grand feu, à une quarantaine de mètres de Will et des guerriers ; près de ce bûcher, était accroupie une épouvantable silhouette, qui hurlait sa haine et sa fureur tout en pressant la blessure mortelle qu'elle avait reçue dans la poitrine et qui l'avait mise à terre.

La bête mesurait plus de deux mètres et demi et son corps était entièrement recouvert de poils emmêlés et broussailleux ; ses pattes étaient griffues et ses longs bras descendaient jusqu'en dessous de ses genoux.

Mais ce fut le visage brutal et simiesque qui frappa le plus les trois cavaliers, ainsi que les énormes canines jaunies et les yeux rouges et haineux : un regard dans lequel on lisait la soif aveugle de tuer. La créature tourna la tête vers eux, poussa un rugissement de défi et tenta de se relever, mais elle s'effondra à nouveau au sol.

— Que lui est-il arrivé ? demanda Rodney en arrêtant sa monture.

Will désigna les flèches qui dépassaient de son torse. On en comptait au moins huit, plantées les unes à côté des autres.

— Regardez, s'écria-t-il, regardez les flèches !

Halt, doté d'une incroyable habileté, avait dû décocher une volée de flèches qui, l'une après l'autre, étaient venues transpercer la fourrure aussi résistante qu'une armure. Un sang épais coulait sur le torse du Kalkara et à nouveau, il hurla sa haine.

— Rodney ! cria le Baron, avec moi ! Maintenant !

Le Baron lâcha la bride de son autre cheval, jeta au sol sa torche enflammée, positionna sa lance à l'horizontale et chargea. Rodney, en moins d'une seconde, suivit son exemple. Les deux destriers s'élancèrent à fond de train vers le Kalkara. La bête, couchée sur le sol imbibé de son sang, se releva pour parer l'attaque. Son poids et sa force réfrénèrent l'élan des destriers, qui se cabrèrent au moment même où les chevaliers se dressaient sur les étriers pour enfoncer le fer de leur lance dans l'animal. Les pointes transpercèrent brutalement la fourrure et la puissance de l'attaque souleva le Kalkara de terre, le précipitant violemment dans les flammes.

Durant un instant, il ne se produisit rien. Soudain, un jet de lumière aveuglant et une colonne de flammes haute de dix mètres s'élevèrent dans le ciel.

Les deux destriers terrorisés se cabrèrent à nouveau et Rodney et le Baron eurent bien du mal à rester en selle ; ils s'éloignèrent alors du feu. Une odeur pestilentielle de fourrure et de chair carbonisées imprégnait l'air. Will se souvint vaguement des mots de Halt, qui avait parlé de la meilleure façon de se débarrasser d'un Kalkara. D'après la rumeur, cette bête était particulièrement sensible au feu. Désormais, ce n'était plus une rumeur, songeait-il avec accablement, tout en rejoignant au trot les deux chevaliers.

Rodney, encore ébloui par l'éclat du feu, se frottait les yeux.

— Par tous les diables ! Que s'est-il passé ? demanda-t-il.

— C'est à cause de la substance cireuse qui s'agglutine sur leurs poils, répondit Arald. Elle a dû s'enflammer très vite.

— Bref, nous l'avons tué, dit Rodney d'un ton satisfait.

Le Baron secoua la tête.

— Pas nous, mais Halt, rectifia-t-il. Nous l'avons simplement achevé.

Rodney opina. Le Baron jeta un coup d'œil vers le bûcher, qui se stabilisait peu à peu après l'immense flambée, mais d'où jaillissaient encore des gerbes d'étincelles.

— Halt a dû allumer ce feu quand il s'est senti encerclé par les bêtes. Il a ainsi pu avoir de la lumière pour tirer ses flèches.

— De beaux tirs, ajouta Rodney. Toutes les flèches étaient fichées au même endroit.

Ils regardèrent autour d'eux, en quête d'un indice pouvant leur indiquer la position de Halt. Au pied d'un des murs en ruine, Will aperçut un objet qui lui était familier. Il mit pied à terre et courut le récupérer ; son cœur se serra à la vue de l'arc de Halt, brisé en deux.

— Il a dû se placer là pour tirer, dit-il en indiquant le mur qui surplombait l'endroit où il venait de trouver l'arc.

Ils levèrent les yeux et imaginèrent la scène. Le Baron prit l'arc brisé des mains de Will, qui se remettait en selle.

— Et le second Kalkara s'est jeté sur lui alors qu'il était en train de tuer l'autre, dit-il. Mais où se trouve-t-il maintenant ? Et l'autre bête ?

Au même instant, ils entendirent un hurlement.

30

Dans la cour en ruine, envahie par la végétation, Halt s'était glissé entre deux gros blocs de pierre. Sa jambe blessée, dans laquelle le Kalkara avait planté ses griffes, s'était mise à palpiter douloureusement, et il sentait le sang suinter à travers le bandage de fortune qu'il avait posé sur la plaie.

Il savait que le second Kalkara le cherchait, non loin de là. De temps en temps, il l'entendait se déplacer lourdement ; il avait même perçu son souffle saccadé, alors que la bête se rapprochait de sa cachette. Le Rôdeur savait que le Kalkara le trouverait, ce n'était qu'une question de minutes. C'en serait bientôt fini de lui.

Il était blessé et désarmé. Son arc s'était brisé lors de la première attaque, terrifiante. Il avait tiré flèche après flèche sur l'un des deux monstres. Il connaissait la puissance de son arc et de la pointe acérée de ses lourdes flèches, et il lui avait paru incroyable que le monstre puisse ainsi être transpercé sans que cela l'empêche de continuer d'avancer vers lui. Quand le Kalkara s'était mis à chanceler, il était trop tard pour s'occuper du second, qui était déjà arrivé à sa hauteur. De son énorme patte griffue, il lui avait arraché son arc, et Halt avait à peine eu le temps de s'enfuir le long du mur en ruine.

Le Kalkara l'avait poursuivi. Halt avait alors dégainé son grand couteau pour le frapper à la tête. Mais la bête avait rapidement paré l'assaut, faisant dévier la lame de sa trajectoire. C'est alors que le Rôdeur s'était retrouvé face aux yeux rouges, remplis de haine : il avait eu la sensation que son esprit le quittait, que ses muscles se figeaient et que tout son être était comme happé par la terrifiante créature. Au prix d'un violent effort, il était parvenu à arracher son regard de celui de la bête, mais il avait trébuché, tandis que les griffes de l'animal retombaient sur sa cuisse, la déchirant sur toute sa longueur.

Il s'était alors mis à courir, malgré sa blessure, comptant semer l'animal dans le labyrinthe que formaient les ruines.

C'était en fin d'après-midi qu'il avait perçu un changement dans les déplacements des Kalkaras. Leur itinéraire vers le nord-est, jusqu'alors régulier, s'était soudain modifié. Les deux monstres semblaient vouloir dissimuler leurs traces, si bien que seul un chasseur aussi expérimenté qu'un Rôdeur était capable de les suivre. Pour la première fois depuis des années, Halt, prenant conscience qu'il était maintenant la proie des Kalkaras, eut la peur au ventre.

Les Ruines étaient proches et il choisit de se défendre là-bas plutôt que de les affronter dans les bois. Il y laissa Abelard, en sécurité, et se rendit à pied vers l'ancien fief de Morgarath. Il savait que les Kalkaras se mettraient en chasse à la nuit tombée et il se prépara au mieux : il ramassa du bois mort pour faire un grand feu. Dans les décombres des cuisines, il trouva un pot à moitié rempli d'une huile rance et nauséabonde, mais qui brûlerait bien. Il la versa sur le tas de bois et s'éloigna pour s'adosser à un mur. Il avait aussi confectionné des torches qu'il alluma quand le jour baissa, et attendit l'arrivée des implacables tueurs.

Il sentit leur présence avant même de les voir. Il distingua ensuite deux ombres à la démarche maladroite. Comme prévu, les Kalkaras le virent immédiatement, grâce aux torches que le Rôdeur avait coincées dans le mur, derrière lui. Mais Halt avait deviné qu'ils ne verraient pas le tas de bois imbibé d'huile et, tandis qu'ils poussaient des hurlements, le Rôdeur y jeta les torches. Aussitôt, de grandes flammes jaunes montèrent dans le ciel obscur.

Un instant, les bêtes hésitèrent : le feu était leur pire ennemi. Mais ils continuèrent d'avancer dans sa direction ; Halt les accueillit avec une volée de flèches.

S'ils avaient eu à parcourir une autre centaine de mètres, le Rôdeur aurait peut-être pu les arrêter tous les deux, car il avait encore une douzaine de flèches dans son carquois. Mais le temps et la distance avaient joué contre lui et il s'en était sorti de justesse.

À présent, il était caché entre deux blocs de pierre, couvert de sa cape pour ne pas être vu. Son seul espoir reposait maintenant sur Will et sur les deux chevaliers. S'il pouvait échapper au monstre jusqu'à ce que les renforts arrivent, il aurait une chance de survivre.

Il essayait de ne pas penser à ce qui pourrait se passer dans le cas contraire ; si Gilan, par exemple, arrivait avant les chevaliers, seulement armé de son arc et de son épée. Il avait vu les Kalkaras de près et savait qu'un homme seul pourrait difficilement en venir à bout. Si Gilan arrivait trop tôt, lui et Halt ne survivraient pas.

La créature quadrillait maintenant la cour à la manière d'un chien de chasse à l'affût : elle avait adopté une implacable méthode d'exploration, examinant chaque coin et chaque recoin, chaque endroit pouvant servir de refuge. Il était convaincu que cette fois, la bête allait le trouver. Sa main se posa sur le manche de son petit couteau, la seule arme qui lui restait, bien dérisoire.

C'est alors qu'il entendit le martèlement des sabots des chevaux, un son qui ne trompait pas. Il leva les yeux et observa le Kalkara à travers une petite fente entre les deux roches. Lui aussi les avait entendus. Il se tenait dressé et immobile, la tête tournée en direction du bruit des sabots.

Les chevaux s'arrêtèrent et il perçut le cri du Kalkara qu'il avait mortellement blessé et qui défiait les nouveaux arrivants. Le bruit des sabots retentit à nouveau, puis un cri précéda un immense éclat de lumière qui s'éleva très haut dans le ciel. Halt comprit que le premier Kalkara venait d'être projeté dans le feu. Il recula lentement afin de ramper hors de sa cachette. Il pourrait peut-être contourner l'autre bête et escalader le rocher avant qu'elle ne le voie. Il n'avait de toute façon pas le choix. La créature se dirigeait furtivement vers un tas de rochers formant un escalier de fortune jusqu'au sommet d'un mur. Dans quelques minutes, elle serait là-haut, prête à bondir sur ses compagnons sans méfiance. Halt devait l'en empêcher.

Le Rôdeur s'était à présent extirpé de sa cachette ; il avait dégainé son petit couteau et contournait les décombres en se faufilant entre les roches éparpillées sur le sol. À peine avait-il parcouru quelques mètres que le Kalkara l'entendit et fit volte-face : l'épouvantable bête bondit vers lui à la manière d'un singe, afin de lui couper la route et de l'empêcher de prévenir ses amis.

Halt s'arrêta aussitôt et se figea, les yeux braqués sur l'énorme silhouette qui avançait sur lui d'une démarche lourde.

Plus que quelques mètres, et le regard du monstre

prendrait le contrôle de son esprit. Halt ferma les yeux et se concentra intensément sur son couteau. Il fit défiler dans son esprit les mouvements fluides et instinctifs à effectuer pour le lancer : lame pointée vers le haut, puis vers l'arrière et enfin projetée vers l'avant ; il alignait mentalement la trajectoire du couteau et la cible.

Nul autre qu'un Rôdeur n'aurait été capable de viser ainsi et, parmi eux, seuls quelques-uns auraient pu y parvenir. Le couteau se planta dans l'œil droit du Kalkara, qui se mit à hurler de rage et de douleur. La créature s'arrêta et posa sa patte sur la blessure, s'efforçant de calmer l'atroce souffrance. Halt courut en direction du mur, passa devant la bête et escalada tant bien que mal les roches.

Will aperçut une ombre qui arrivait au sommet d'un mur en ruine. Il la reconnut immédiatement.

— Halt ! s'écria-t-il en le montrant du doigt.

Les deux chevaliers le virent eux aussi. Le Rôdeur s'arrêta, regarda derrière lui et sembla hésiter. Soudain, une énorme silhouette fit irruption à quelques mètres de lui : c'était le Kalkara.

Le Baron s'apprêtait à se remettre en selle mais se ravisa ; un cheval ne pourrait pas se déplacer entre les blocs de pierre écroulés. Il dégaina alors sa grande épée accrochée à la selle de son cheval et se mit à courir vers les ruines.

— Recule, Will ! hurla-t-il.

Le garçon, mort d'inquiétude, mena Folâtre vers la lisière du bois. Halt avait entendu le cri du Baron et il le vit arriver. Messire Rodney le suivait de près, tenant dans ses mains son imposante hache d'armes qu'il faisait tournoyer au-dessus de sa tête.

— Saute, Halt ! Saute ! cria le Baron.

Halt ne se fit pas prier et se jeta du mur, haut de trois mètres, atterrissant en roulant sur le sol afin d'amortir sa chute. Il se remit sur pied et rejoignit les deux chevaliers en boitant, car sa blessure s'était rouverte.

Le cœur palpitant, Will observait la scène. Il vit Halt courir vers Arald et Rodney. Le Kalkara marqua un temps d'arrêt avant de le suivre en poussant un rugissement effroyable. Contrairement à Halt, qui avait dû arriver en roulade, le Kalkara sauta lestement du mur et atterrit sur ses pattes arrière incroyablement puissantes ; il bondit à nouveau et fut aussitôt à la hauteur du Rôdeur. De son bras énorme, il le frappa si fort que Halt fut projeté en arrière et perdit connaissance. Mais le monstre n'eut pas le temps de l'achever : le Baron s'avançait ; il brandit son épée afin d'atteindre le cou de l'animal.

Le Kalkara esquiva le coup mortel puis planta brutalement ses griffes dans le dos du Baron. Elles déchirèrent la cotte de mailles aussi aisément que s'il s'était agi d'un bout de tissu et Arald, surpris, gémit de douleur : du sang coulait de plusieurs entailles profondes et la force de l'attaque l'obligea à tomber à genoux.

Si Rodney n'avait pas été là, Arald serait mort sur-le-champ. Le Maître des guerriers fit tournoyer sa hache qui s'abattit dans le flanc de la bête.

L'armure de fourrure protégeait le Kalkara mais le coup fut si violent qu'il perdit l'équilibre et recula en chancelant, hurlant de fureur et de frustration. Messire Rodney se plaça entre le Kalkara et les corps étendus de Halt et du Baron pour les protéger ; les pieds fermement plantés au sol, il se prépara à envoyer un second coup de hache.

Mais soudain, Rodney lâcha son arme et resta face au monstre, à la merci de son regard paralysant, dont le pouvoir s'était canalisé dans l'unique œil qui lui restait, et qui lui ôta toute volonté et toute capacité de penser.

Le Kalkara lança un cri de victoire vers le ciel. Du sang noir coulait sur son museau. Jamais on ne lui avait infligé une telle douleur et ces trois humains si malingres allaient payer leur audace de leur vie. Mais l'intelligence primitive qui l'animait l'incitait d'abord à savourer son triomphe et il hurla encore et encore au-dessus des trois hommes sans défense.

Will assistait au terrifiant spectacle. Peu à peu, une idée prenait forme dans son esprit. Il jeta un coup d'œil sur le côté et aperçut la torche que le Baron avait jetée à terre. Du feu. Le seul moyen de vaincre un Kalkara. Mais la bête était à plus de quarante mètres...

Il prit une flèche dans son carquois, glissa de sa selle et courut avec agilité vers la torche allumée. Une bonne quantité de résine avait fondu et coulé le long du manche : il trempa la pointe de sa flèche dans la substance visqueuse et la plaça au-dessus de la flamme.

Quarante mètres plus loin, retentissaient les incessants cris de triomphe de la diabolique créature, dressée devant les trois hommes : Halt, sans connaissance, Arald, au paroxysme de la douleur et Rodney, les bras ballants, toujours pétrifié et impuissant, attendant la mort. Le Kalkara leva alors l'une de ses énormes pattes griffues pour l'abattre sur lui ; le chevalier ne ressentait rien d'autre que de la terreur.

Will banda son arc autant qu'il put ; il grimaça de douleur tandis que les flammes léchaient la main qui tenait l'arme. Il tint compte du poids supplémentaire de la résine, redressa légèrement son arc et décocha sa flèche.

Elle s'envola dans les airs en décrivant une courbe chargée d'étincelles, le vent réduisant la flamme à une simple braise. Le Kalkara aperçut cet éclair de lumière et se retourna, un mouvement qui décida de son sort : la flèche l'atteignit en pleine poitrine.

Elle pénétra à peine dans la chair mais, au contact des poils, la braise qui se trouvait sur la pointe enflamma la fourrure à une incroyable vitesse.

À la vue du feu, la seule chose qu'il craignait au monde, le Kalkara se mit à hurler de terreur ; il se frappa la poitrine mais cela n'eut pour effet que de propager le feu à ses bras. Une grande flamme jaillit soudain, brûlant le monstre des pieds à la tête. Il tournait sur lui-même, à l'aveuglette, s'efforçant en vain d'échapper à la férocité des flammes. Ses cris allaient crescendo, se faisaient de plus en plus perçants, et témoignaient d'une agonie difficile à imaginer.

Les hurlements s'arrêtèrent enfin : la créature était morte.

31

L'auberge du village de Wensley résonnait de musique, de rires et de bruit. Will était assis à une table en compagnie d'Horace, d'Alyss et de Jenny, tandis que l'aubergiste les régalait de plats succulents : de l'oie grillée, des légumes frais et un délicieux gâteau à la myrtille, dont la pâte feuilletée remporta même l'approbation de Jenny.

C'est à Horace que revenait l'idée de fêter ainsi le retour de Will à Montrouge. Les deux jeunes filles avaient accepté tout de suite, heureuses de faire une pause et d'égayer leur quotidien, bien monotone si on le comparait aux événements que Will venait de vivre.

Bien évidemment, le récit du combat contre les Kalkaras s'était propagé aussi rapidement qu'un feu de forêt ; une comparaison qui convenait à la situation, songeait Will. Ce soir-là, quand il était entré dans l'auberge avec ses amis, un silence plein d'impatience contenue l'avait accueilli et tous les regards avaient convergé sur lui. Il portait heureusement sa cape, dont le large capuchon dissimulait son visage rougissant. Ses trois compagnons avaient perçu son embarras et Jenny, comme toujours, fut la première à réagir et à rompre le silence :

— Allez, bande de rabat-joie ! cria-t-elle à l'adresse des musiciens regroupés autour de l'âtre. Un peu de musique ! Et vous autres, reprenez donc vos bavardages, ajouta-t-elle à l'intention des convives, en les regardant d'un air résolu.

Les musiciens ne se firent pas prier davantage : il était difficile de refuser quoi que ce soit à Jenny. Ils entamèrent un air populaire dont les notes emplirent bientôt la salle. Les autres villageois se rendirent compte que leur curiosité gênait Will. Ils reprirent leurs bonnes manières et se remirent à parler, tout en jetant de temps à autre quelques coups d'œil en direction du garçon, stupéfaits que quelqu'un de si jeune ait pu prendre part à une telle aventure.

Les quatre amis s'installèrent autour d'une table située au fond de la salle, où ils pourraient discuter sans être interrompus.

— George s'excuse de ne pas être là, dit Alyss, il croule sous la paperasse. Tous les scribes travaillent jour et nuit.

La guerre imminente contre Morgarath, de même

que l'obligation de mobiliser les troupes et de reformer d'anciennes alliances avaient dû multiplier le nombre de documents à rédiger.

Tant de choses étaient survenues depuis le combat contre les Kalkaras, dix jours plus tôt. Rodney et Will avaient immédiatement dressé un campement près des Ruines de Gorlan ; ils avaient soigné les blessures du Baron et de Halt. Dès l'aube, Abelard, inquiet pour son maître, était arrivé au trot. Will avait à peine réussi à calmer l'animal, que Gilan, épuisé, les avait rejoints, monté sur un cheval de labour. Il fut heureux de retrouver Ardent. Will l'ayant rassuré sur l'état de santé de son ancien maître, Gilan était presque aussitôt reparti pour son fief et Will lui avait promis de rendre le cheval de labour à son propriétaire.

Plus tard dans la journée, Will, Halt, Rodney et Arald étaient rentrés à Montrouge où d'innombrables tâches les accaparèrent. Il y avait mille et un détails à régler afin de se préparer au combat ; il fallait aussi transmettre des messages et envoyer des ordres à l'extérieur. Halt se rétablissait lentement et Will avait donc vu la plupart de ces tâches lui incomber.

Will s'aperçut qu'en des temps aussi troublés un Rôdeur ne pouvait se reposer un instant, et cette soirée à l'auberge n'en était que plus agréable. L'aubergiste arriva à leur table avec empressement et prit un air important. Il posa devant eux quatre chopes et un pichet rempli de la bière sans alcool qu'il brassait lui-même à partir de gingembre.

— Ce soir, le repas vous est offert, annonça-t-il. C'est un privilège que de vous recevoir dans cet établissement, Rôdeur.

Il s'éloigna et appela l'un des serviteurs, lui demandant de venir s'occuper de la table.

— Et sans traîner !

Alyss, stupéfaite, haussa les sourcils.

— Qu'il est agréable d'être avec quelqu'un de célèbre. D'ordinaire, le vieux Skinner s'agrippe au moindre sou qui porte l'effigie de notre Roi...

— Les gens exagèrent les choses, dit Will.

Mais Horace, les coudes sur la table, se pencha vers lui, impatient d'en apprendre davantage.

— Alors, raconte-nous ce combat !

Jenny, les yeux écarquillés, regardait Will d'un air admiratif.

— C'est incroyable, tu as été si courageux. J'aurais été terrifiée !

— Croyez-moi, j'étais pétrifié, dit Will en souriant avec modestie. Le Baron et Messire Rodney, eux, se sont comportés avec bravoure. Ils ont chargé et se sont attaqués à ces créatures de très près. Moi, je suis resté à l'arrière tout du long.

Il leur fit le récit des événements sans trop s'attarder sur l'apparence physique des Kalkaras. Ils étaient morts et il valait mieux les oublier à présent. Il y avait des choses sur lesquelles il était inutile de s'appesantir. Les trois apprentis l'écoutaient : Jenny, excitée et pleine d'étonnement, Horace, désireux d'avoir plus de détails du combat, et Alyss, toujours calme et digne, mais totalement captivée par son histoire. Quand il raconta comment il avait dû chevaucher pour aller chercher des renforts, Horace secoua la tête d'un air admiratif.

— Ces chevaux de Rôdeur sont décidément exceptionnels.

Will eut un large sourire et ne put retenir la boutade qui lui venait à l'esprit :

— Le tout est de savoir rester en selle...

Il fut heureux de voir Horace lui sourire en retour : les deux garçons se remémoraient l'altercation qui les avait opposés lors de la Fête de la Moisson. Will éprouva un certain plaisir à l'idée que leur amitié s'était solidifiée, et qu'ils se traitaient d'égal à égal. Content de dévier le centre d'attention, Will demanda à son compagnon comment se passait son apprentissage. Le sourire d'Horace s'élargit encore.

— Beaucoup mieux maintenant, grâce à Halt.

Will le pressa d'autres questions, et le garçon leur expliqua quelle existence il menait à l'École des guerriers, en plaisantant à propos de ses erreurs et de ses défauts, et en riant des punitions et des ennuis qu'il s'attirait. Will s'aperçut qu'Horace, qui avait eu tendance, par le passé, à se montrer vantard et arrogant, était beaucoup plus modeste maintenant. Il avait aussi le sentiment que son ami, en tant qu'apprenti guerrier, se débrouillait mieux qu'il ne l'avouait.

La soirée était agréable, surtout après la chasse aux

Kalkaras et son lot d'angoisse et de terreur. Alors que les serviteurs débarrassaient la table, Jenny, radieuse, sourit aux deux garçons et dit avec empressement :

— Parfait ! Qui veut danser avec moi maintenant ?

Will ne réagit pas assez vite. Horace s'était déjà emparé de la main de la jeune fille et la conduisait vers la piste, où ils rejoignirent les autres danseurs. Will jeta un coup d'œil hésitant vers Alyss. Il ne savait jamais ce qu'elle pensait vraiment. Il se dit qu'il serait peut-être plus courtois de l'inviter elle aussi. Il s'éclaircit la gorge et s'adressa un peu maladroitement à elle :

— Hum... as-tu envie de danser, Alyss ?

Elle le gratifia d'un sourire furtif.

— Pas vraiment, Will. Je ne vaux pas grand-chose comme cavalière. J'ai les jambes qui s'emmêlent...

Elle était en réalité excellente danseuse mais, diplomate jusqu'au bout des ongles, elle avait compris que Will lui avait fait cette proposition par simple politesse. Il hocha plusieurs fois la tête et ils se turent tous deux, comme seuls deux amis peuvent le faire.

Au bout de quelques minutes, elle se tourna vers lui et, le menton posé sur la main, elle se mit à l'observer attentivement.

— Demain est pour toi un grand jour.

Il rougit. On lui avait en effet ordonné de paraître devant le Baron et sa cour le lendemain.

— Je n'ai pas compris de quoi il s'agissait, marmonna-t-il.

Alyss lui sourit.

— Il souhaite probablement te remercier en public. Il paraît qu'un Baron agit ainsi quand quelqu'un lui a sauvé la vie.

Il était sur le point de répondre mais elle posa une main douce et fraîche sur la sienne et il s'interrompit. Il la regarda dans les yeux. Il n'avait jamais pensé qu'Alyss était jolie mais, à cet instant, il prit conscience que son élégance, sa grâce et ses yeux gris, encadrés par de beaux cheveux blonds, lui donnaient une beauté naturelle qui surpassait de loin toutes les autres. Sans qu'il s'y attende, elle se pencha plus près de lui et murmura :

— Nous sommes fiers de toi, Will, et je crois bien être la plus fière d'entre tous.

Et elle l'embrassa. Ses lèvres, posées sur les siennes, étaient d'une incroyable, d'une indescriptible douceur.

Des heures plus tard, quand enfin il sombra dans le sommeil, il avait encore l'impression de les sentir.

32

Paralysé par le trac, Will se tenait à l'entrée de l'imposante salle d'audience.

C'était la pièce principale du château, là où le Baron dirigeait ses affaires officielles avec les membres de sa cour. Le plafond était si haut qu'il semblait ne jamais devoir finir. Des traits de lumière entraient par les fenêtres haut placées sur les murs massifs. À l'autre extrémité de la salle, qui semblait inaccessible, le Baron, revêtu de ses plus beaux habits, était assis sur une chaise pareille à un trône.

Entre lui et Will, se tenait une immense foule, comme le garçon n'en avait jamais vu. Halt le poussa gentiment en avant.

— Allez, vas-y, marmonna-t-il.

Des centaines de paires d'yeux se posaient sur Will. Étaient présents les Maîtres des Arts, qui portaient leurs vêtements de cérémonie, ainsi que les chevaliers et les dames de la cour, vêtus de leurs plus beaux atours. Un peu plus loin, se trouvaient les guerriers de l'armée du Baron, les autres apprentis et les artisans du village. Will aperçut une tache de couleur qui voletait au loin : c'était Jenny, toujours aussi impulsive, qui lui faisait signe avec son foulard. Près d'elle, Alyss se montra plus discrète et se contenta de lui envoyer un baiser du bout des doigts.

Il se dandinait gauchement. Il aurait voulu que Halt l'autorise à porter sa cape de Rôdeur, afin de pouvoir se fondre dans le décor et disparaître.

Halt le poussa à nouveau.

— Avance donc ! siffla-t-il.

Will se tourna vers lui.

— Vous ne m'accompagnez pas ?

— Je suis pas invité. Bouge-toi maintenant.

Il le poussa encore une fois puis s'éloigna en boitant et alla s'asseoir. Finalement, Will comprit qu'il n'avait pas le choix, et il se mit à remonter la longue allée centrale. Il entendit des murmures qui se propageaient, et son nom qui circulait à voix basse.

Soudain, des applaudissements crépitèrent.

Une dame s'était mise à battre des mains, imitée par l'ensemble de la foule réunie dans la grande salle : la tempête d'applaudissements devint assourdissante et la clameur continua de résonner jusqu'à ce que Will se retrouve au pied de la chaise du Baron.

Il suivit les consignes de Halt et mit un genou à

terre, tout en baissant la tête. Le Baron se leva et, d'un signe de la main, demanda à l'assemblée de faire silence. Les applaudissements s'éteignirent.

— Lève-toi, Will, dit doucement le Baron en tendant la main pour l'aider à se redresser.

Tout étourdi, Will obéit. Le Baron posa une main sur son épaule et le fit se tourner face à la foule. Quand il commença à parler, sa voix profonde porta sans mal jusqu'à l'autre bout de la salle.

— Voici Will, l'apprenti de Halt, Rôdeur de ce fief. Regardez-le tous et n'oubliez pas son visage. Il a prouvé sa loyauté, son courage et son esprit d'initiative à ce fief et au Royaume d'Araluen.

Un murmure d'approbation parcourut l'assemblée, puis les applaudissements reprirent, accompagnés cette fois d'acclamations qui venaient de l'endroit où se trouvaient les apprentis guerriers. Will aperçut le visage radieux d'Horace, qui menait le chœur.

Le Baron leva à nouveau la main pour demander le silence et grimaça de douleur : ses côtes brisées et les plaies qu'il avait dans le dos, pourtant soigneusement bandées, le faisaient encore souffrir.

— Will, reprit-il de la même voix puissante, je te dois la vie. Tous mes remerciements ne suffiraient pas à exprimer ma gratitude. En revanche, il est en mon pouvoir d'exaucer un vœu qui te tenait à cœur...

— Un vœu, Messire ? dit Will, que les paroles du Baron intriguaient vraiment.

— J'ai commis une erreur, Will, avoua le Baron.

Tu m'avais demandé de devenir apprenti guerrier. Tu souhaitais être l'un de mes chevaliers et j'ai refusé. Je peux aujourd'hui rattraper cette erreur. Je serais honoré de pouvoir compter parmi mes chevaliers un garçon aussi brave et ingénieux que toi. Je n'attends plus que ton accord et je te donnerai l'autorisation d'être transféré à l'École des guerriers comme l'un des apprentis de Messire Rodney.

Le cœur de Will battait la chamade. Depuis toujours il avait ardemment souhaité devenir chevalier et il se rappelait l'amertume et la profonde déception qu'il avait ressenties quand le Baron et Messire Rodney avaient refusé d'accéder à sa requête.

Rodney s'avança et le Baron lui fit signe de prendre la parole.

— Seigneur, c'est moi qui n'ai pas voulu de ce garçon comme apprenti, vous le savez. À présent, je veux que tous m'entendent dire que j'ai eu tort. Mes chevaliers, mes apprentis et moi-même sommes d'accord : personne ne serait plus digne d'appartenir à l'École des guerriers que Will !

C'est avec une clameur d'approbation que les chevaliers et les apprentis accueillirent ces paroles. Dans un fracas de métal, ils firent glisser leurs épées hors des fourreaux et les brandirent au-dessus de leur tête tout en les entrechoquant. Ils scandaient le nom de Will et, une fois encore, Horace fut le premier à agir ainsi et le dernier à s'interrompre.

Le vacarme diminua peu à peu et les chevaliers

rengainèrent les épées. Sur un signe du Baron, deux pages s'avancèrent ; ils portaient une épée et un bouclier admirablement émaillé, qu'ils déposèrent aux pieds de Will. L'emblème qui se trouvait au centre du bouclier représentait une tête de sanglier à l'air féroce.

— Ce sera ton blason quand tu auras l'âge d'être chevalier, Will, dit le Baron avec douceur. Pour que tous se rappellent la première fois où nous avons découvert ton courage et ta loyauté envers un camarade.

Le garçon mit un genou à terre et caressa la surface lisse du bouclier. Lentement, il retira l'épée de son fourreau : une arme superbe, un chef-d'œuvre habilement forgé par un maître artisan. La lame acérée était légèrement bleutée. Le manche et la garde étaient incrustés d'or et le motif du sanglier avait été repris sur le pommeau. L'épée semblait posséder une âme qui lui était propre et elle lui parut aussi légère qu'une plume. Son regard passa de cette épée aussi ouvragée qu'un bijou au simple manche de cuir de son couteau de Rôdeur.

— Ce sont des armes de chevalier, Will. Mais tu n'as pas cessé de prouver que tu les méritais. Accepte-les, et elles seront à toi, insista le Baron.

Will rangea respectueusement l'épée dans son fourreau et se releva lentement. Il avait devant lui tout ce qu'il avait toujours désiré. Et pourtant...

Il songea aux longues journées passées dans la forêt

avec Halt ; à la satisfaction farouche qu'il éprouvait quand l'une de ses flèches se plantait dans la cible, à l'endroit exact qu'il avait visé. Il repensa aux heures passées à reconnaître les empreintes laissées au sol par les hommes et les animaux, à apprendre l'art du camouflage. Il pensa aussi à Folâtre, à son courage et à son dévouement ; au plaisir qu'il ressentait quand il entendait Halt lui dire avec simplicité : « C'est bien », chaque fois qu'il réussissait une tâche. Et soudain, il sut ce qu'il allait répondre ; il leva les yeux vers le Baron et dit d'une voix ferme :

— Je suis un Rôdeur, Seigneur.

Un murmure de surprise traversa la foule. Le Baron se rapprocha de Will et lui dit à voix basse :

— En es-tu certain, Will ? Ne refuse pas uniquement parce que tu crains d'offenser ou de décevoir Halt. Il a insisté : c'est à toi de choisir. Il a accepté de se conformer à ton souhait et il se soumettra à ta décision.

Will secoua négativement la tête. Jamais il ne s'était senti aussi sûr de lui.

— Je vous remercie pour cet honneur que vous me faites, Seigneur.

Il jeta un coup d'œil vers Messire Rodney et, à son grand étonnement, celui-ci souriait et hochait la tête en signe d'approbation.

— Je remercie aussi le Maître des guerriers et ses chevaliers de leur offre si généreuse. Mais je suis un Rôdeur.

Il hésita avant d'ajouter avec maladresse :

— Sans vouloir vous offenser, Seigneur...

Un large sourire s'afficha sur le visage du Baron ; il empoigna la main de Will et la serra bien fort.

— Je ne suis pas offensé, Will, loin de là ! Ta loyauté envers ton maître et ta profession t'honore, toi et tous ceux qui te connaissent.

Il serra une dernière fois la main du garçon et la relâcha.

Will le salua, se retourna et redescendit la longue allée centrale, à nouveau sous les acclamations de l'assemblée. Mais cette fois, tandis que les applaudissements retentissaient jusqu'aux poutres de la grande salle, il garda la tête haute. À l'approche des immenses portes, il vit quelque chose qui le stupéfia et il s'arrêta net.

Un peu à l'écart de la foule, enveloppé dans sa cape d'un gris-vert moucheté, les yeux dissimulés sous son capuchon, se tenait Halt.

Et il souriait.

Épilogue

En fin d'après-midi, quand le tapage des festivités se fut apaisé, Will était assis sur le minuscule balcon de la chaumière de Halt. Dans sa main, reposait une petite amulette de bronze en forme de feuille de chêne, qui pendait au bout d'une chaîne de métal.

— C'est notre symbole, lui avait dit son maître après les événements qui s'étaient déroulés dans la grande salle du château. Pour les Rôdeurs, c'est l'équivalent d'un blason.

Il avait ensuite fouillé sous sa chemise pour en sortir une feuille de chêne identique, accrochée à son cou par une chaîne. Seule la couleur différait, car elle était en argent.

— Le bronze est le métal des apprentis, lui avait expliqué Halt. Quand ton apprentissage s'achèvera, tu recevras une feuille d'argent, comme celle-ci. Chacun des membres de l'Ordre des Rôdeurs en porte une, qu'elle soit de bronze ou d'argent.

Il avait alors détourné le regard et s'était tu quelques minutes durant. Puis il avait ajouté, d'une voix un peu rauque :

— Officiellement, tu ne devrais pas la recevoir avant d'avoir réussi ta première série d'épreuves. Mais étant donné les circonstances, je ne crois pas que l'on t'en tiendra rigueur.

À présent, ce morceau de métal dont la forme lui paraissait si curieuse luisait faiblement dans la main du garçon, qui repensait à sa décision. Il lui semblait encore étrange d'avoir délibérément abandonné l'unique chose qui lui avait toujours tenu à cœur : appartenir à l'École des guerriers et devenir un chevalier de l'armée de Montrouge.

Il fit tournoyer et s'enrouler la chaîne autour de son index. Puis il la déroula et poussa un gros soupir. La vie était parfois bien compliquée. Au fond de lui, il savait que sa décision était la bonne. Et pourtant, enfoui au plus profond de son esprit, un léger doute subsistait.

Il sursauta et s'aperçut que quelqu'un se tenait debout près de lui. Il se tourna vivement et reconnut Halt. Le Rôdeur se baissa pour s'asseoir sur le plancher de pin de l'étroit balcon. Devant eux, le soleil bas de fin d'après-midi filtrait à travers les feuillages verdoyants de la forêt et la lumière semblait danser et tournoyer dans les feuilles, qu'une légère brise agitait.

— Un grand jour, dit Halt doucement.

Will acquiesça. Quelques minutes s'écoulèrent en silence.

— Et une importante décision que tu as prise, ajouta Halt.

Cette fois, Will lui fit face et demanda d'un ton angoissé :

— Halt, est-ce que j'ai bien fait ?

Halt posa ses coudes sur ses genoux et se pencha un peu en avant ; ses yeux plissés fixaient les éclatantes taches de lumière qui se glissaient entre les arbres.

— Ta décision me convient. Je t'ai choisi comme apprenti et tu as de l'avenir dans cette profession. J'en suis venu à apprécier ta présence et à t'avoir sans cesse dans mes jambes, dit-il en souriant furtivement. Mais ce ne sont pas mes sentiments ou mes désirs qui comptent ici. Le meilleur choix que tu puisses faire est celui dont tu as le plus envie.

— J'avais toujours voulu être chevalier, dit Will.

Il se rendit compte, non sans surprise, qu'il en avait parlé au passé, même si une part de lui éprouvait encore ce désir.

— Il arrive, dit tranquillement Halt, de désirer deux choses différentes en même temps. Il suffit alors de savoir laquelle est la plus désirable.

Ce n'était pas la première fois que Halt semblait avoir le don de lire dans ses pensées.

— Pour simplifier, explique-moi pour quelle raison tu es un peu déçu d'avoir refusé la proposition du Baron ?

— Je suppose..., dit le garçon en réfléchissant à la question. J'ai eu l'impression qu'en refusant, d'une certaine façon, je laissais tomber mon père.

Halt leva les sourcils d'un air étonné.

— Ton père ?

— Oui, mon père était un puissant guerrier, un chevalier. Il est mort en héros sur la lande de Hackham, en combattant les Wargals.

— Tu en es vraiment certain ?

Will hocha la tête. Ce rêve lui avait permis de supporter toutes ces longues années solitaires, sans savoir qui il était et qui il serait un jour. Et ce rêve était pour lui devenu réalité.

— Un père dont tout fils serait fier, ajouta le garçon.

— Tu as probablement raison, dit Halt.

Le ton de sa voix fit hésiter Will. Halt n'avait pas dit cela par simple politesse. Will comprit soudain ce que le Rôdeur sous-entendait et il se tourna vivement vers lui.

— Vous l'avez connu, Halt ? Vous avez connu mon père ?

Une lueur d'espoir apparut dans le regard du garçon, qui réclamait la vérité, et le Rôdeur hocha sobrement la tête.

— Oui, c'est vrai. Je l'ai peu connu, mais je crois

pouvoir dire que je l'ai quand même connu. Et tu as raison, tu peux vraiment être fier de lui.

— Il était bien guerrier, non ?

— Un valeureux soldat.

— Je le savais ! s'écria Will d'un ton radieux. Il était bien chevalier !

— Sergent, dit Halt avec douceur.

Will resta bouche bée, et les mots restèrent coincés dans sa gorge. Finalement, il parvint à répéter, d'une voix perplexe :

— Sergent ?

Halt hocha la tête. Il vit que le garçon avait l'air bien déçu et il passa un bras autour de ses épaules.

— Ne juge pas un homme sur son statut social, Will. Daniel, ton père, était un soldat loyal et courageux. Il n'avait pas eu la chance d'intégrer l'École des guerriers car il était simple fermier. Mais s'il avait pu, il serait devenu un excellent chevalier.

— Mais il..., commença tristement le garçon.

Le Rôdeur l'interrompit et continua de la même voix douce et persuasive :

— Il n'avait pas suivi l'entraînement habituel d'un chevalier ni prononcé les vœux de loyauté, mais il a cependant vécu en accord avec les plus grands principes de la chevalerie. Je l'ai rencontré quelques jours après la bataille de Hackham. Morgarath et ses Wargals battaient en retraite pour rejoindre le défilé du Pas-de-Trois. Une contre-attaque inattendue nous prit de court et ton père vit que l'un de ses camarades était encerclé par un bataillon de Wargals. L'homme était à terre, sur le point d'être découpé en morceaux, quand ton père est allé à sa rescousse.

Les yeux du garçon s'étaient mis à briller de nouveau.

— C'est vrai ? demanda Will, intimidé.

— Oui. Il avait quitté les lignes de combat, où il était pourtant en sécurité et, armé de sa seule lance, il s'est précipité vers son camarade. Il s'est interposé entre l'homme et les Wargals. Il a tué le premier d'un coup de lance mais un autre a brisé le fer de son arme, et il n'avait plus que la hampe en main. Il s'en est alors servi comme d'un long bâton de combat et en a assommé deux autres : à droite, à gauche, comme ça ! dit Halt en mimant les gestes de sa main.

Will le regardait maintenant d'un air absorbé, et faisait défiler le combat dans son esprit au fur et à mesure du récit qu'en faisait le Rôdeur.

— Quand la hampe de sa lance a été brisée par un Wargal, il a reçu une blessure au côté. N'importe quel autre soldat se serait alors effondré, mais lui, il s'est contenté de ramasser l'épée d'un des adversaires qu'il venait de tuer et en pourfendit trois autres, malgré sa profonde blessure, qui saignait abondamment.

— Trois autres ?

— Oui, trois Wargals. Il fut vif comme l'éclair et pourtant, il n'était que soldat et n'avait jamais vraiment appris à manier l'épée.

Il s'arrêta, songeant à ce jour si lointain.

— Évidemment, tu sais que rien n'effraie les Wargals ? On les surnomme les « Persévérants » : une fois le combat engagé, ils n'abandonnent jamais. Ou presque... Ce fut l'une des rares fois où j'ai vu des Wargals prendre peur. Tandis que ton père, qui protégeait toujours son camarade blessé, portait des coups d'un côté et de l'autre, ils ont commencé à reculer. D'abord lentement. Puis en courant ! Je n'ai jamais vu aucun autre homme, qu'il soit chevalier ou guerrier, terrifier et faire fuir ainsi des Wargals. Ton père l'a fait. Il n'était peut-être que sergent, mais pour moi, il reste le guerrier le plus puissant que j'ai eu le privilège de voir au combat. Ensuite, tandis que les Wargals battaient en retraite, il s'est affaissé près du soldat qu'il avait sauvé, sans cesser de le protéger, même si lui-même était en train de mourir. Il avait été blessé à de nombreux endroits, mais la première blessure lui fut probablement fatale.

— Son ami s'en est-il sorti ? demanda Will d'une tout petite voix.

— Son ami ? demanda Halt d'un air intrigué.

— La personne qu'il a secourue, précisa Will. A-t-elle survécu ?

Il pensait que si sa vaillance et ses efforts avaient été vains, cela aurait été tragique.

— Ils n'étaient pas amis, dit Halt. Avant cet épisode, ton père n'avait jamais porté les yeux sur cet homme. Ni moi sur lui.

Ces dernières paroles et ce qu'elles impliquaient frappèrent profondément Will.

— Vous ? murmura-t-il. C'était vous ?

— Oui. Je t'ai dit que je ne l'ai connu que quelques instants. Mais il a fait davantage pour moi qu'aucun autre homme. En mourant, il m'a parlé de sa femme, qui se trouvait seule dans leur ferme, et qui allait accoucher d'un jour à l'autre. Il m'a supplié de prendre soin d'elle.

Will regarda le visage sévère de son maître qui lui était à présent si familier. Une profonde tristesse s'exprimait dans les yeux de Halt, alors qu'il se remémorait cette terrible journée.

— Je suis arrivé trop tard et je n'ai pu sauver ta mère. L'accouchement avait été difficile et elle mourut très vite après t'avoir donné naissance. Mais je t'ai ramené ici et le Baron a bien voulu que tu sois élevé au château, à l'orphelinat ; jusqu'à ce que tu sois en âge de devenir mon apprenti.

— Mais alors, jamais vous n'avez...

Will s'interrompit, incapable de trouver ses mots. Halt lui sourit tristement.

— Jamais je ne suis allé raconter que je t'avais confié à l'orphelinat ? Non, c'est vrai. Mais réfléchis, Will. Les gens... se font de drôles d'idées sur les Rôdeurs. Comment auraient-ils réagi ? Tu ne crois pas qu'ils t'auraient pris pour une créature bien étrange ? Nous avions décidé de ne pas faire savoir que je te portais de l'intérêt, cela valait mieux pour toi.

Will comprenait. Halt avait eu raison, évidemment. Sa vie à l'orphelinat avait déjà été assez difficile et l'aurait été davantage encore si les gens avaient su qu'il avait un lien avec Halt.

— Dans ce cas, vous m'avez choisi comme apprenti à cause de mon père ?

— Non. Je me suis assuré que l'on prenait soin de toi en souvenir de ton père. Mais je t'ai choisi parce que tu possédais les compétences nécessaires au métier. Il me semble en tout cas que tu as hérité du courage de ton père.

Un long silence s'installa. Will s'efforçait d'assimiler tout ce qu'il venait d'apprendre. Quelque part, la réalité était plus passionnante et stimulante que les récits imaginaires qu'il avait pu s'inventer au fil des années afin de garder espoir.

Halt se leva et Will sourit avec gratitude à cet homme grisonnant, qui se tenait à contre-jour dans les derniers rayons du soleil.

— Je crois que mon père aurait été heureux de mon choix, dit-il en passant autour du cou la chaîne à laquelle était accroché le médaillon en forme de feuille de chêne.

Halt se contenta de hocher la tête, puis rentra dans la chaumière, laissant son apprenti à ses pensées.

Will resta assis là cinq minutes de plus. Presque inconsciemment, il porta sa main au médaillon. La brise lui rapportait les bruits lointains des apprentis guerriers qui s'exerçaient et ceux de l'armurerie, où l'on martelait et frappait sans relâche les armes depuis une semaine. Le château de Montrouge s'apprêtait à partir en guerre.

Pourtant, pour la première fois de sa vie, Will se sentait en paix.

« Pour l'éditeur, le principe est d'utiliser des papiers composés de fibres naturelles, renouvelables, recyclables et fabriquées à partir de bois issus de forêts qui adoptent un système d'aménagement durable. En outre, l'éditeur attend de ses fournisseurs de papier qu'ils s'inscrivent dans une démarche de certification environnementale reconnue. »

Composition PCA - 44400 Rezé

Achevé d'imprimer en Espagne par Litografia Rosés
32.03.2343.5/02- ISBN : 978-2-01-322343-0
Loi n° 49-956 du 16 juillet 1949 sur les publications destinées à la jeunesse
Dépôt légal : février 2010